ASESINATO ENTRE LIBROS

Título original: *Homicide in Hardcover*

Edición original: New American Library, una división de Penguin Group (USA) Inc.
Publicado de acuerdo con Jane Rotrosen Agency, LLC a través de International Editors' Co. S.L. Literary Agency.

Diseño de la colección: lookatcia.com
Diseño de cubierta: lookatcia.com
Maquetación y revisión: LocTeam, S.L.

ISBN: 978-84-18933-62-2
Depósito legal: B-1641-2023

Impreso en España
Printed in Spain

El papel de este libro proviene de bosques gestionados de manera sostenible.

KATE CARLISLE

ASESINATO ENTRE LIBROS

Un misterio bibliófilo de Brooklyn Wainwright

Para Don, quien siempre
creyó que este día llegaría

Los libros tienen los mismos enemigos que
el hombre: el fuego, la humedad, los animales,
el tiempo y su propio contenido.

PAUL VALÉRY

CAPÍTULO UNO

Mi profesor siempre me decía que para salvar a un paciente primero tenías que matarlo. No era la forma más inocente de explicar su teoría de restauración de libros a su aprendiz de ocho años, pero funcionaba. Crecí resuelta a salvarlos a todos.

Mientras estudiaba el volumen quebradizo, desvaído y encuadernado en cuero que yacía al borde de la muerte sobre la mesa de trabajo ante mí, supe que también podría devolverlo a la vida. Pero no sería fácil. Con seiscientas páginas de pulpa áspera y maloliente, su lomo, dorado y elegante en el pasado, estaba casi escindido del resto del cuerpo.

—Lo siento, vejestorio, pero no voy a dejar que mueras durante mi guardia. —Desempolvé sus articulaciones con un pincel suave y luego pasé un dedo por el lomo. Al apartarlo, estaba cubierto de unas partículas rojizas. Había aparecido la pudrición roja. La encuadernación de cuero se encontraba en un estado terminal.

Con mi bisturí rasgué el frágil cuero a lo largo de la avejentada articulación marrón, soltando los trozos de fino nervio que todavía colgaban de los pegajosos fragmentos de cuero.

Pese a las dudas de mi madre, yo agradecía haber evitado la facultad de medicina, porque, afrontémoslo, si estos libros fueran seres humanos, estaría empapada de sangre hasta los codos y seguramente me habría desmayado. No me manejo muy bien con la sangre.

Oí una honda inhalación de aire.

—¡Esto es repulsivo!

Me encogí del susto y el bisturí se me escapó de la mano. Levanté la mirada y vi a mi mejor amiga, Robin Tully, mirando fijamente los trozos despellejados de cuero y el papel enmohecido extendidos por la mesa.

—No te he oído entrar —dije dándome unas palmadas en el corazón.

—Es evidente que no —dijo ella mientras yo recuperaba el bisturí del suelo y lo depositaba a salvo sobre la mesa—. Podría estallar una bomba y no te darías cuenta.

No hice caso al comentario, me bajé del taburete alto y le di un fuerte abrazo.

—Has venido temprano, ¿no?

Ella comprobó su reloj.

—A decir verdad, llego puntual, lo que supongo que es temprano en tu mundo.

Sonreí, entonces levanté mi cámara.

—¿Te importa? Necesito unos minutos más para acabar de documentar y fotografiar este material.

—Pospón las cosas cuanto quieras. No tengo prisa. —Se quitó la mullida chaqueta negra que llevaba puesta y se retocó el pelo ahuecándoselo.

—No pospongo nada. —Tomé varias fotografías en primer plano del descompuesto borde frontal, luego levanté la mirada y vi la expresión de profunda pena de Robin—. ¿Qué pasa?

Ella levantó las manos.

—No he dicho nada.

—Puedo oírte juzgándome. —Dejé la cámara sobre la mesa y cogí un puñado de bombones Caramel Kisses bañados en chocolate, un producto que, personalmente, consideraba un milagro de la tecnología moderna. Me eché algunos en la boca e intenté disfrutar el cálido estallido de sabores, pero acabé levantado las manos, derrotada—. Vale, estoy posponiéndolo, ¿vas a echarme la culpa? Esta noche podría caer en una trampa.

Ella se rio.

—Vamos a ir a la biblioteca, no a aventurarnos por un oscuro callejón.

—Ya lo sé —dije con el ceño fruncido.

Esta noche, la Biblioteca Covington inauguraba la exposición de la colección de libros más importante presentada en años. Y el hombre al que se homenajeaba, el responsable de la restauración de los raros libros de anticuario que se exponían, era Abraham Karastovsky, mi maestro y mentor de toda la vida.

¿Y mi némesis?

Yo no lo sabía. Hacía seis meses que no hablábamos y estaba muy nerviosa ante la perspectiva de verlo tras tanto tiempo distanciados.

Hacía seis meses, tras años de indecisión, finalmente había informado a Abraham de que tenía la intención de separarme de él y empezar mi propio negocio. No se había tomado bien la noticia. Nunca había sabido aceptar los cambios. Era de la vieja escuela, aferrado a sus costumbres, decidido a enfrentarse a las nuevas tendencias tanto en la restauración de libros como en la vida en general. Cuando fui a la universidad a estudiar restauración y conservación de libros, afirmó que era una inútil pérdida de tiempo y que aprendería más de la profesión trabajando con él.

Pese a lo huraño que era, dejarlo había sido una decisión difícil, aunque, en esencia, yo llevaba años trabajando de manera independiente. Abraham se había puesto furioso y había dicho algunas cosas que yo esperaba que ahora lamentara.

¿Qué pasaría cuando nos encontráramos cara a cara de nuevo? ¿Me trataría como a una enemiga? ¿Se apartaría de mí sin dirigirme la palabra? ¿Me dejaría en ridículo ante amigos y colegas? Yo estaba algo más que preocupada. ¿Quién podía culparme de posponer el reencuentro?

—Te mandó una invitación —dijo Robin—. Eso deja claro que quiere verte. No es un gran comunicador, pero te quiere, Brooklyn. Lo sabes.

Sentí que se me saltaban las lágrimas y recé para que Robin tuviera razón. Resultaba consolador e irritante a la vez saber que habitualmente la tenía.

Habíamos sido las mejores amigas la una de la otra desde los siete años, cuando mis padres se unieron a una comuna espiritual en la región de Wine Country, al norte de San Francisco. Mi madre y mi padre nos habían arrastrado, a mis cinco hermanos pequeños y a mí, a experimentar la emoción de cultivar nuestras propias verduras, llevar ropa confeccionada con cáñamo y compartir la armonía y la vivencia de la unicidad de la naturaleza. Yo no fui de buena gana.

Cuando llegamos a la comuna, la primera persona en la que me fijé entre la multitud de desconocidos fue una chica morena, más o menos de mi edad, que aferraba desafiante una muñeca Barbie calva que llevaba un vestido de satén rojo y unos zapatos negros de tacón de aguja. Era Robin. Nos hicimos amigas al instante pese a que éramos antagónicas en muchos sentidos.

Ahora Robin se presenta como una chica mundana, glamurosa y desenfadada. Nunca pensarías que dirige su propia agencia de viajes y excursiones y, además, es una brillante escultora. Es una morena voluptuosa con ojos almendrados y una capacidad insólita para que los hombres se bajen de la acera y se metan entre el tráfico que viene en dirección contraria.

Yo, por mi parte, soy seria, rubia y acabo de salir de mi etapa de jovencita desgarbada; de forma esporádica, algunos hombres me preguntan sobre mi revolucionaria técnica para estirar el cuero. Suena excéntrico pero, tristemente, no lo es.

Yo llevaba un traje oscuro pero elegante, mientras que Robin tenía un aspecto despampanante. Iba perfectamente ataviada para una ostentosa inauguración artística con un atrevido vestido de noche y unos zapatos negros de tacón de aguja. Como único accesorio, lucía un collar de perlas clásico que había heredado de su abuela.

Por desgracia, no íbamos a una ostentosa inauguración artística.

—¿Por qué te has puesto tan elegante? —pregunté, quitándome con cuidado mi bata de laboratorio cubierta de polvo. La exposición privada de esa noche para el Círculo de Fundadores de la Biblioteca Covington sería un acto tranquilo al que asistirían los administradores de la biblioteca, los donantes pasados y presentes, el consejo de directores y los miembros más acaudalados de la sociedad de San Francisco.

—Eh, esta noche es posible que no haya más que vejestorios por todas partes, pero allí estaré yo para la juerga.

—Ah. —Colgué la bata de laboratorio en el pequeño armario que había junto a la puerta de entrada—. Pensaba que a lo mejor te habías olvidado de adónde íbamos.

—¿Y cómo iba a olvidarme? —dijo ella apartándose de la mesa que estaba cubierta de trozos quebradizos de cuero y hojas de manuscritos hinchadas—. Abraham ha vuelto a llamarme esta tarde para asegurarse de que asistiría al acto. Estaba tan emocionado que casi hiperventilaba.

—¿Te ha estado llamando? —Sentí un arrebato de rabia al saber que Abraham se había puesto en contacto con ella. Pero ¿por qué no iba a hacerlo? Él había sido miembro de la comuna mientras Robin y yo vivimos allí. Todos estábamos muy unidos, pero yo siempre había sido la favorita de Abraham. Ahora ya no sabía qué era para él.

—Antes nunca me llamaba —señaló Robin—. Supongo que es una manera de tenerte controlada.

—Tal vez.

—Y nunca pregunta abiertamente por ti, pero yo siempre acabo hablando más de ti que de mí. ¿Quién lo hubiera dicho?

Me resistí a hacerme ilusiones.

—Así que ¿está ansioso por lo de esta noche?

—«Frenético» sería una palabra que lo describiría mejor —dijo ella mientras se sentaba en mi mesa—. Supongo que uno de los libros más importantes de la exposición todavía no está acabado.

—El *Fausto* —murmuré. Fue lo único que pude decir para evitar que mi voz delatara los celos, penosamente amargos, que crecían en mi interior—. He oído que es un gran libro.

El comentario debía de ser el más sutil del año.

Aquí estaba yo, trabajando en una serie de preciosos pero anónimos tratados de medicina, mientras Abraham había conseguido el encargo soñado del siglo: la legendaria colección Heinrich Winslow de libros y grabados raros antiguos.

La colección de libros Winslow era considerada una de las mejores del mundo. Se decía que su mayor tesoro era una edición dorada con incrustaciones de joyas de la obra maestra de Goethe, *Fausto,* encargada por el káiser Guillermo en 1880.

Y estaba maldita.

Algunos atribuían la maldición al hecho de que había pertenecido brevemente a Adolf Hitler, quien, según parece, no tenía mucho aprecio por los libros, lo cual no era ninguna sorpresa. El Führer había entregado aquel *Fausto* de valor incalculable a la esposa de Heinrich Winslow como regalo simbólico por una cena que había celebrado en su honor.

Poco después de la aciaga cena, Heinrich Winslow fue envenenado y sufrió una muerte espantosa. Los libros se repartieron entre los hermanos Winslow, y varios miembros más de la familia murieron después de llevar el *Fausto* a sus hogares. No es raro que creyeran que estaba maldito.

Nadie amaba tanto como yo un buen libro maldito. Sentía tantos celos de Abraham que apenas podía pensar racionalmente.

—¿Hola? ¿Brooklyn? Traigo comida.

Mis ojos se iluminaron cuando una joven india asomó la cabeza por la puerta.

—Hola, Vinnie, pasa —dije.

Entró con una bolsa de la compra llena de pequeñas cajas de cartón blancas. Sus 501 desgarrados y sus toscas botas de motera contradecían su voz alegre y sus rasgos delicados.

—No quiero interrumpir, pero Suzie y yo pensamos que te apetecería lo que nos ha sobrado de nuestra comida china. ¿Es así?

—Dios, sí —dije casi babeando cuando me llegó el tentador aroma de pollo y ternera a la naranja con salsa de brócoli. Me volví hacia Robin—: Vinnie es una de mis vecinas. —A Vinnie le dije—: Esta es mi amiga Robin.

—Encantada de conocerte —dijo Robin.

Vinnie inclinó la cabeza.

—Me llamo Vinamra Patel, pero, por favor, llámame Vinnie.

Vinnie y su novia, Suzie Stein, vivían en un loft en el mismo pasillo que el mío. Eran escultoras en madera y activistas animalistas. Hasta que me mudé aquí, nunca había visto a dos lesbianas que manejaran con tanto dominio una motosierra para hacer maravillas con un pedazo de ciento cincuenta kilos de madera de secuoya. Resultaba impresionante.

—Es todo un detalle, Vinnie —dije mirando en la rebosante bolsa de la compra—. Gracias.

—Esta noche nos vamos al Sierra Festival y no quería tirar comida —le explicó a Robin—. Aquí no acabará en la basura.

Robin me clavó la mirada.

—Veo que te conocen muy bien.

Entrecerré los ojos.

—Son vecinas muy atentas.

—Tiene buen diente —dijo Vinnie esbozando una suave sonrisa—. Dejaré esto en la cocina. —Desapareció por el pasillo que llevaba a la zona del loft donde vivía.

Robin se rio.

—No me extraña que te encante este piso.

Ella también me conocía bien. Sí. Me gustaba comer. Me gustaba mucho. Y no era quisquillosa. Me gustaba todo. En especial el chocolate. Y la pizza. Oh, y la carne roja. Me encantaba un buen bistec. Le echaba la culpa a mis padres y a los dos años de «etapa vegana» que nos habían impuesto, a mis hermanos y a mí, durante nuestros años de formación. Todavía conservaba las cicatrices emocionales, y disfrutaba recordándoles ese dolor cada vez que ellos encendían la parrilla de la barbacoa.

—Te lo he dejado todo en la nevera —dijo Vinnie con su voz cantarina mientras me pasaba un manojo de llaves. Abrió los ojos como platos al ver los gruesos trozos de cuero y papel extendidos sobre mi mesa—. ¿Ahora trabajas en esto?

—Sí —respondí con orgullo.

Lanzó una mirada a Robin y arrugó la frente mostrando su desagrado.

—Es... muy bonito.

Robin resopló.

—¿Quieres decir que es un montón de porquería pestilente?

Vinnie asintió.

—Tú lo has dicho.

—Muchas gracias por la comida, Vinnie —dije agitando el llavero—. Que Suzie y tú os lo paséis bien en el festival artístico. Cuidaré bien de Pookie y Splinters.

Vinnie no pareció preocupada por la suerte de sus gatos. Se quedó mirando fijamente las partes del decrépito libro como si la hubieran hipnotizado.

Volví a menear el llavero y ella parpadeó.

—Eres muy amable ocupándote de nuestras monadas. —Entonces se inclinó por última vez y se marchó.

Los ojos marrones de Robin centelleaban divertidos.

—¿Te deja a cargo de sus mascotas?

—Puedo encargarme de dos gatos durante tres días.

Ella se rio.

—Dijo la mujer que poseía la mayor parcela en el cementerio de mascotas de la comuna.

—Eso no es justo. —Hice una mueca—. Tenía peces dorados. Esos peces siempre mueren.

—Anda ya. Si te prohibieron la entrada en la tienda de mascotas.

—Calla, por favor. —Cogí mi bolso—. Vámonos.

Bajó la mirada a mis pies y puso los ojos como platos.

—Ay, Dios mío. No puedes sacar a la chica de la comuna que llevas dentro...

—Hay que fastidiarse. —Me quité las cómodas sandalias y me calcé el par de zapatos de tacón negros que había dejado junto a la puerta —. ¿Mejor?

—Solo un poco.

—Menuda bruja.

Se rio mientras abría la puerta.

—Vale. Me encanta el traje y los tacones son claramente una mejoría. Pero no doy crédito a que todavía lleves sandalias Birkenstock.

—Solo me las pongo para trabajar —dije suspirando—. Es como si mis pies se hubieran amoldado a su forma.

Robin soltó un delicado bufido.

—Como una *geisha,* solo que no lo eres.

—Triste, pero cierto. —Apagué la luz—. Pero por Abraham haré de tripas corazón y me pondré tacones.

—No te preocupes; tienes un aspecto espléndido —dijo por encima del hombro—. Se morirá cuando te vea.

CAPÍTULO DOS

Si a los ocho años todavía no había decidido trabajar con libros, mi primera visita a la Biblioteca Covington había zanjado el asunto.

La majestuosa mansión de estilo italiano con su museo y preciosos jardines abarcaba dos manzanas cuadradas en la parte alta de Pacific Heights. Atravesar las inmensas puertas de hierro de la Covington era como entrar en una catedral gótica. Casi se oía susurrar los secretos del universo a los espíritus que moraban en la sala inmensa forrada de caoba y todos los libros que se acumulaban en sus paredes.

Ahí había magia. Tanto si alguien que la recorriera asumiera la creencia en lo sagrado de ese espacio como si no, instintivamente hablaría en un tono bajo mientras se abría paso por las diversas salas y exposiciones.

La colección de la Biblioteca Covington era una de las mayores y mejores del mundo. Se jactaba de poseer doce de los folios de Shakespeare en exposición permanente, así como las cartas de Walt Whitman y una de las primeras Biblias de Gutenberg.

Había resplandecientes manuscritos iluminados pintados por monjes medievales, correspondencia del siglo xvi entre la reina Isabel I y el tercer conde de Covington, y relatos impresos de exploradores a partir de Cristóbal Colón.

Esas piezas compartían espacio con raras primeras ediciones de obras de Mary Shelley, Hans Christian Andersen, Agatha Christie y Henry David Thoreau. Faulkner, Hemingway y Kingsley Amis compartían espacio con los dibujos de John Lennon, las cartas de rechazo de Stephen King, los diarios de Kurt Cobain y una asombrosa colección de cromos antiguos de béisbol. La colección Covington era diversa y, a menudo, poco convencional, por no decir otra cosa. Para mí eso suponía gran parte de su atractivo.

Tras un divertido recorrido por la ciudad, Robin me dejó justo delante del edificio, y se fue a buscar un aparcamiento seguro para su amado Porsche Speedster. No me molesté en esperarla porque sabía que se tomaría su tiempo y haría una entrada a lo grande. Yo solo quería entrar y ver a Abraham y los libros.

Me abrí paso entre los congregados, gente bien vestida y parlanchina reunida en el amplio vestíbulo con suelo de mármol, hasta que finalmente llegué a la sala principal de exposición, donde casi me di de bruces con Abraham en persona.

Abrió los ojos de par en par cuando se percató de que era yo.

—¡Pastel de Calabaza! —Me aferró con un abrazo de oso tan fuerte que casi me desmayé, pero al menos pareció alegrarse de verme—. No sabes cómo me alegro de que hayas venido.

—Yo también —dije jadeando para recuperar el aliento. El hombre era más corpulento que un toro y el doble de refinado. Esa noche vestía un traje oscuro apagado que no amansaba al salvaje que llevaba dentro, ni la rebelde melena que crecía en una densa masa rizada. Mi padre siempre decía que el pelo de Abraham debería tener su propio código postal.

Abraham era una fuerza de la naturaleza, en ocasiones arrogante, a veces destructiva, siempre terca y brillante. Olía a libros enmohecidos y a té de menta, y me abracé a él ciñéndome un poco más solo para disfrutar de su aroma.

Le había echado de menos; lo quería como se quiere al tío favorito. Era la primera vez que lo veía desde que cortamos nuestra relación profesional, pero él se comportaba como si nunca nos hubiéramos separado. Era un tanto raro, pero yo me alegraba.

Con su brazo todavía alrededor de mi hombro, le hizo gestos aparatosos a una mujer que estaba a unos metros. Mi cuerpo entero se estremeció cuando gritó:

—¡Doris, ven a conocer a Calabaza..., esto, a Brooklyn!

Una mujer pequeña y frágil con un traje de Chanel negro y dorado le devolvió el saludo con un gesto distraído antes de continuar su conversación con el hombre alto y calvo que tenía al lado.

—Ella puede hacer maravillas por tu carrera, Calabaza —susurró ruidosamente Abraham.

Mientras esperábamos a Doris dispuse de unos segundos más para recuperar el aliento, mirar a mi alrededor e intentar olvidar que él ya había utilizado tres veces aquel horroroso apodo infantil. Sí, en el pasado había tenido cierta obsesión con el pastel de calabaza del Día de Acción de Gracias. Como todo el mundo, ¿no?

Supongo que podía perdonarle mientras estaba a punto de presentarme a alguien que pudiera ayudar a mi trabajo. Eso bastaba para decirme que él había dejado a un lado su rabia por mi abandono. Tampoco es que yo esperase que quisiera hablar del tema. Abraham era un hombre de la vieja escuela: fuerte, reservado, esporádicamente taciturno. Salvo cuando se ponía a despotricar de algo. En ese momento no era precisamente un hombre callado.

Sonriendo, alcé la mirada hacia él.

—¿Cómo te ha ido?

—Ah, la vida es buena, Brooklyn —dijo, abrazándome con fuerza fugazmente—. No creía que pudiera ir a mejor, pero sí, ha mejorado.

—¿De verdad? —Nunca había visto al gruñón de mi mentor tan optimista—. Me alegro mucho por ti.

Desde algún lugar por encima de nosotros, un cuarteto de cuerda empezó a tocar una serenata de Haydn. Alcé la mirada las tres plantas que me separaban del techo artesonado y de las delicadas galerías de hierro forjado de la segunda y la tercera planta. Los músicos estaban acomodados en el tercer piso, sobre el salón principal, con kilómetros de estanterías como telón de fondo. En los dos pisos superiores, altas estanterías de libros circunnavegaban el salón principal, divididas por estrechos pasillos de más libros que llevaban a acogedoras salas de lectura y rincones de estudio. Había más recovecos y recodos que en la madriguera de un *hobbit* y todavía me imaginaba como una niña de ocho años amante de los libros, visitando por primera vez ese espacio y vagando por los enrevesados laberintos. No es extraño que me enamorase del lugar.

Más invitados iban entrando en el salón principal y ocupando el espacio con sus conversaciones vivaces y elegantes atuendos de noche. Las risas competían con la música mientras camareros de frac salían con bandejas llenas de copas de champán y exquisitos bocados. Froté con afecto el brazo de Abraham.

—Todo tiene una pinta fabulosa. Es muy emocionante.

—Gracias, cariño —dijo—. Esta noche estás especialmente chachi.

Suspiré. ¿«Chachi»?, ¿quién utilizaba todavía esa palabra? No obstante, me gustó que la dijera.

Los músculos de sus brazos se crisparon y maldijo por lo bajini. Levanté la mirada y vi que se había quedado lívido.

—¿Qué pasa, Abraham? ¿Algo va mal?

—¡Baldacchio! —susurró con tono irritado—. No puedo creerme que ese retorcido embustero haya tenido el valor de presentarse aquí esta noche.

—Estás bromeando. —Empecé a darme la vuelta pero él me agarró.

—¡No mires! —exclamó—. No quiero que vea que estamos malgastando aire hablando de él.

—Dime cuándo.

Me seguía sujetando del brazo.

—Vale. Por encima de tu hombro izquierdo. Espera. Vale. Ahora.

Intenté parecer distraída y me volví para mirar a través del espacio atestado. Al principio me costó reconocer al hombre enjuto y de pelo grasiento que estaba en el rincón, pero luego sonrió taimado y no me cupo la menor duda de que se trataba de Enrico Baldacchio, el mayor y más detestado rival de Abraham en el pequeño mundo que era la encuadernación de libros. A lo largo de los años ambos habían cuestionado las respectivas reputaciones difundiendo cotilleos y apropiándose de lucrativos encargos arrebatándoselos el uno al otro.

—Me han contado que volvisteis a trabajar juntos en un proyecto para el Gremio de libros —dijo—. ¿Era solo un rumor malintencionado?

—No. —Abraham parecía a punto de escupir cuchillos—. El Gremio me rogó que lo hiciera y yo lo intenté, pero tuve que echarlo otra vez. No puedes fiarte de él. Es un mentiroso y un ladrón.

Yo lancé otra mirada a hurtadillas por el salón. Baldacchio charlaba animadamente con Ian McCullough, el jefe de conservadores de la Covington y viejo amigo de la universidad de mi hermano Austin, además de mi exnovio. Había una mujer al lado de Ian agarrándole del brazo. Cuando ella volvió la cabeza, me quedé sin aliento y aparté la mirada.

—¿Qué ocurre, Calabaza? —preguntó Abraham.

—Minka LaBoeuf.

Agradecí la rapidez con la que Abraham puso mala cara.

—Me sorprende que esté aquí esta noche.

¿Abraham conocía a Minka LaBoeuf?

Oh, sí, el mundo de la encuadernación era un pañuelo. Ella tenía mucho valor para presentarse en cualquier sitio a menos de dos manzanas de mi casa. Me enfurecí en silencio. De todas las zorras del mundo...

Hace años, Minka y yo fuimos compañeras de clase en el posgrado del Departamento de Arte y Arquitectura de Harvard. No la conocía bien, pero cada vez que nuestros caminos se cruzaban, yo captaba unas extrañas vibraciones de rabia o desprecio... hacia mí. Era desconcertante pero hice cuanto pude para ignorarla.

Un día, después de que un profesor me destacara por mi excepcional acabado dorado en una clase de fabricación de papel, Minka se acercó a mi mesa de trabajo para ver mi obra, o eso creí yo. En vez de eso, intentó clavarme en la mano un cuchillo de desbastar, una herramienta muy afilada utilizada para pelar cuero que llevaba oculta. Por poco no me dio en la arteria radial, además de en varios nervios y músculos vitales, y luego juró que había sido un accidente, pero yo había visto la intención y la burla en sus ojos taimados.

Más adelante descubrí que ella estaba locamente enamorada de mi novio de por entonces. Locamente en el peor sentido de la palabra. Había estado buscando el modo de quitarme de en medio. Por fortuna, poco después del incidente del cuchillo, abandonó el curso, que yo continué hasta sacarme el título de máster.

Nuestros caminos volvieron a cruzarse el semestre que impartí clases de encuadernación de hojas en la Universidad de Texas, en Austin. Ella intentó asistir a mi clase como oyente y yo me puse lo bastante nerviosa para imaginar que podía estar acosándome. Llámenme chiflada, pero después de encontrar dos ruedas de mi coche pinchadas, y al poco descubrir un gato muerto en el porche delantero de mi casa, fui a las oficinas administrativas e hice que la echaran de mi clase. Temía de verdad por mi seguridad, e incluso la imaginaba intentando aplastarme la cabeza entre las planchas de una prensa de libros o algo así.

Ahora aquí estaba, en la Covington, agarrada a Ian. ¿Sabría que yo había estado comprometida con él hacía unos años? No era un secreto. ¿A qué estaba jugando ahora?

—¿La conoces? —dije sin delatar ninguna emoción.

—No mucho —reconoció—. Forma parte del personal a tiempo parcial, así que le encargué parte del trabajo de restauración de Winslow. Al principio daba la impresión de ser encantadora y eficiente, pero surgieron problemas en cuanto empezó. Dos de mis mejores ayudantes amenazaron con irse, así que la saqué del proyecto.

Me costaba mirar mientras ella se reía y charlaba como si fuera una íntima amiga de Ian y de Baldacchio. Y aparecía esta noche precisamente, en la inauguración de la exposición de Abraham. Tuve que preguntarme si habría acudido por mí. En la profesión, todo el mundo sabía que él había sido mi maestro y mentor. ¿O acaso me había vuelto completamente paranoica?

Me habría encantado seguir con el tema de los defectos de Minka y averiguar, para empezar, cómo se las había apañado para encontrar un empleo en la Covington, pero Doris, la amiga de Abraham, nos interrumpió en ese instante, agarrándolo del brazo y dándole una fuerte sacudida.

—A ver, ¿de qué estabas despotricando ahora, viejales?

Casi se me escapó un bufido.

—Doris Bondurant —dijo Abraham con tono formal—. Me gustaría presentarte a mi antigua ayudante y ahora mi mayor competidora, Brooklyn Wainwright. Brooklyn, esta es mi vieja amiga Doris Bondurant.

—Vete con ojo para no llamar vieja a cualquiera, carcamal —dijo ella y le dio un codazo a Abraham en el estómago. Luego se volvió hacia mí y me estrechó la mano—. Hola, querida.

—Es un placer conocerla —dije. Además de ser administradores del fideicomiso de la Biblioteca Covington, Doris y Theodore Bondurant formaban parte de los consejos de al menos media docena de organizaciones de caridad de la zona de San Francisco, y sus nombres eran sinónimo de artes y alta sociedad. Si las inversiones iban bien, probablemente valían unos cuantos miles de millones de dólares, así que Doris podía permitirse ser descarada.

Su mano era nudosa y estaba cubierta de manchas de la edad, pero estrechaba la tuya con fuerza suficiente para que tuvieras que pedir clemencia.

—He escuchado a este tipo proferir un montón de elogios sobre ti, señorita —dijo señalando a Abraham con el pulgar—. Me gustaría ver algún trabajo tuyo por aquí uno de estos días. —Su voz tenía la profundidad cavernosa de alguien que ha fumado toda la vida.

—Gracias, señora Bondurant. Es muy amable por su parte.

Meneó un dedo ante mí.

—Primero, no soy amable. Y segundo, llámame Doris.

Sonreí.

—Muy bien, Doris.

Ella guiñó un ojo.

—Eso está mejor. Bien, a ver, la gente cree que soy una engreída que va de lista, pero básicamente amo los libros.

—Yo también.

—Me alegra saberlo —dijo—. Bien, este pedazo de idiota me dice que conoces a fondo el trabajo de la encuadernación, así que voy a darte un poco de faena.

Dediqué una mirada de agradecimiento a Abraham y él pestañeó como respuesta.

—Será un honor.

—¿Tienes tarjeta profesional?

—Claro... —Rebusqué en mi bolso, encontré mis tarjetas y le di una. Ella la miró unos segundos antes de asentir.

—Te llamaré. —Se guardó mi tarjeta en su bolso de mano, miró alrededor de la sala y dio unas palmadas en el pecho ancho de Abraham—. Voy a buscar a Teddy y a hacer una visita al bar antes de que se llene demasiado, pero luego quiero dar ese paseo entre bastidores que me has prometido.

—Sí, señora —dijo Abraham sonriendo.

Me hizo un guiño, le dio un golpe a Abraham en el brazo y meneó los dedos a modo de despedida mientras se alejaba.

Me volví hacia Abraham.

—La amo.

—Es una rica clásica, sí. —Miró su reloj y soltó un taco por lo bajini—. Más vale que me vaya corriendo, tengo algunos asuntos pendientes.

—Claro. No te retendré.

—Escucha, ¿por qué no socializas durante una hora o así y luego bajas a mi taller? Te dejaré echar un vistazo por adelantado al *Fausto.* —Se acercó a mí y parpadeó—. No me digas que no te mueres de ganas de verlo.

Sonreí.

—Me encantaría verlo.

—Es espectacular, créeme.

—Te creo, Abraham.

Me dio otro abrazo rápido.

—Eres mi chica preferida.

Las lágrimas me asomaron a los ojos. La primera vez que me dijo eso, yo tenía ocho años y me sentía desdichada. Los estúpidos de mis hermanos habían utilizado mi libro favorito, *El jardín secreto,* como pelota de fútbol. Lo había encontrado tirado en el barro, con la portada deshecha y la mitad de las hojas desgarradas o arrancadas. Mi madre me sugirió que fuera a ver al encuadernador de la comuna para que lo arreglara.

Abraham le echó un vistazo y convocó a mis hermanos al estudio, donde les prometió todo tipo de escalofriantes castigos si alguna vez volvían a dañar otro libro. Después de darles ese susto de muerte, les hizo sentarse y les dio una lección rápida sobre las artes y la historia del libro —la versión infantil— y una explicación de lo que significaba la familia y por qué debían querer y honrar a su hermana respetando cuanto era precioso para ella.

Aquel día me enamoré de Abraham.

Ahora contuve las lágrimas y dije:

—Abraham, solo desearía que nosotros...

—Ni una palabra más. —Me aferró los hombros—. Reconozco que he sido un viejo idiota y terco, pero hace poco he aprendido una valiosa lección.

—¿Sí?

—Sí —dijo asintiendo con firmeza—. La maldita vida es demasiado breve para desperdiciar el tiempo lamentando o deseando lo que podría haber sido. A partir de ahora, tengo la intención de vivir el presente y disfrutar cada minuto.

Se me había hecho un nudo en la garganta, pero me las apañé para susurrar:

—Te he echado de menos, Abraham.

Me acercó a él para darme un último abrazo.

—Ah, Calabaza, eso suena a música celestial a estas viejas orejas. —Me soltó, pero añadió—: No volveremos a comportarnos como unos extraños, ¿verdad?

—Desde luego.

—Bien. Te veré abajo dentro de un rato.

—Allí estaré.

Se alejó y se habría desvanecido entre los congregados, pero su melena era como un faro. Lo observé hasta que pasó por la puerta que conducía a la pequeña Galería Oeste y desapareció.

Yo sabía que la Galería Oeste llevaba a una serie de salas de exposición más pequeñas que al final acababan en la escalera que conducía al sótano donde tenía su estudio temporal. Una de las ventajas de trabajar en una exposición de la Covington era que tenías acceso al uso libre de sus talleres, equipados a la última, que tenían allí mismo, si es que podías encontrar el camino a través del enrevesado laberinto de galerías, pasillos y escaleras. Por descontado, si ibas a perderte, este era un sitio espléndido para que te pasara.

Mi corazón se sentía como si le hubieran quitado un peso de encima. Abraham y yo podíamos seguir adelante como amigos y colegas en lugar de los distantes rivales en que, me temía, nos habíamos convertido.

Sintiéndome más ligera, me dirigí hacia la exposición de las cartas y las fotografías de Walt Whitman. La sala principal estaba llena hasta los topes con la flor y nata de la sociedad de San Francisco. Había vejestorios por todas partes, según lo previsto.

Al pensar en vejestorios me vino a la cabeza Robin, lo que a su vez me recordó que no tenía nada que beber en la mano.

Mientras echaba un vistazo por la sala buscando el bar, algo en la pared del fondo me llamó la atención. Cerca de un gran panel de pinturas originales de Audubon, había un hombre solo, apoyado en la pared, un cauteloso desconocido entre una muchedumbre de amigos y colegas amantes de los libros. Daba sorbos a una bebida mientras observaba a la gente, las piezas expuestas, el ambiente, aunque parecía mantenerse aparte de cuanto le rodeaba.

Nunca lo había visto. Me habría acordado. Medía más de uno ochenta y tenía el pelo moreno y muy corto. Su constitución delgada pero musculosa exudaba la fuerza de los tipos duros, casi como si usara tanto sus puños como sus encantos para conseguir lo que quisiera. De eso me di cuenta. Destilaba una arrogancia masculina pura y más de unos cuantos secretos en sus ojos oscuros mientras recorría la sala con la mirada.

Cuando sus ojos se cruzaron con los míos, se entornaron y frunció el ceño. Y lo hizo directamente hacia mí. No me equivocaba. ¿De qué iba todo esto?

Su visible desaprobación resultaba una afrenta tan inesperada que yo también le fulminé con la mirada. Él no apartó la suya y siguió clavándome los ojos, y ni por asomo iba yo a apartar la mirada primero. Pero la sala pareció encogerse y tuve que aferrarme a la barandilla que había delante de la exposición de Walt Whitman por un momento.

Debo de haber parpadeado. Espero que no. Pero en ese instante su mala cara despareció y fue sustituida por una expresión de aburrido desinterés mientras de nuevo volvía a mirar a los reunidos.

No me devolvió la mirada. Estaba bien porque seguramente parecía una idiota, jadeando y boqueando para recuperar la respiración.

Sin duda me hacía falta salir más.

Más que enojada conmigo misma, me abrí paso entre los congregados y, cuando llegué a la barra, había recuperado relativamente la cordura... hasta que vi quién estaba sirviendo las bebidas.

—¿Papá?

—Hola, cariño —me saludó como si algo así pasara todos los días: verlo ocupándose de la barra de una inauguración de la alta sociedad y sirviéndome una copa de cabernet sauvignon sin preguntarme si me apetecía. Todo muy raro.

Bueno, ni que decir tiene que me apetecía el vino. Eso no era lo raro.

—Papá, ¿qué haces aquí?

Se empujó las gafas hacia arriba (tenían tendencia a deslizarse nariz abajo), luego me pasó el vino. Sirvió dos copas más de chardonnay y se las dio a otro parroquiano antes de volverse hacia mí.

—Eh, pequeña, ¿no es una pasada? —dijo sonriendo—. Abraham lo ha montado. La Covington ha aceptado ofrecer nuestros vinos en todos sus actos a partir de ahora. Robson está entusiasmado. ¿Te gusta?

Volvió a servir y a explicar los matices de los vinos a los demás reunidos alrededor de la barra mientras yo daba dos largos tragos del excelente cabernet sauvignon. No era la mejor manera de saborear un buen vino, pero ¿quién iba a culparme? Llevaba ahí menos de media hora y ya me había quedado completamente seca.

En los años setenta, mis padres y los de Robin, además de unos pocos cientos de sus mejores amigos, admiradores de los

Grateful Dead, a los que se conocía como Deadheads, y buscadores de la sabiduría, habían seguido a su líder espiritual, Avatar Robson Benedict —o el gurú Bob, como le llamábamos mis hermanos y yo—, a Sonoma County, donde fundaron la Fraternidad para la Iluminación Espiritual y una Elevada Conciencia Artística. No sabría decir si una conciencia más elevada tenía algo que ver con lo que hacían, pero resultó ser una buena inversión. La comuna abarcaba seiscientas cincuenta hectáreas de fértil tierra de cultivo, la mayor parte de la cual acabaría convertida en viñedos.

Mi padre había sido un niño rico al que había desheredado su padre, que desaprobaba su forma de vida libre y despreocupada. Cuando mi abuelo decidió volver a poner a papá en su testamento, era demasiado tarde para cambiar sus malas costumbres. A mi padre le encantaba la mala vida, como le gustaba llamarla. No fue ninguna sorpresa lo bien que se adaptó a su vida de vinatero. Era un *bon vivant* de pies a cabeza.

A día de hoy, mi padre dirigía la bodega de la comuna con mi hermano mayor, Austin, y mi hermana Savannah. Mi hermano Jackson estaba a cargo de los viñedos. Me pregunté si ellos también estarían aquí esta noche.

—¿Cómo está el caber, Brooks? —preguntó mi padre.

—Mmm, perfecto —farfullé dando un sorbo más pequeño del vino y moviéndolo como era debido dentro de la boca mientras echaba un vistazo a los presentes buscando a Robin. Eso me decía a mí misma, al menos, hasta que ni yo pude creérmelo y finalmente eché un vistazo atrás, hacia el rincón donde había visto por última vez al hombre del ceño fruncido. Se había ido de la exposición de Audubon, pero lo localicé con bastante facilidad en la exposición de Shakespeare en la sala circular.

Lo observé mientras merodeaba por el margen exterior de la gran sala examinando a los congregados, lanzando alguna mirada esporádica a lo expuesto, fijándose en todo. Se movía como una pantera que acecha a su presa. Intenté apartar la mirada, pero no pude. Lo siento, me resultaba increíblemente guapo y sexy. No se encuentran hombres así cada día en la biblioteca.

Le vi levantar una ceja y reprimir una sonrisa. Intrigada, seguí la dirección de su mirada por la sala hasta el umbral donde estaba Robin con una mano en la cadera, revisando a los congregados, con expresión descarada y vivaz hasta que finalmente hizo su llamativa gran entrada.

Encajaba. Yo me había ganado una mueca malhumorada de san Guapo y Sexy, mientras Robin era recibida con una ceja levantada y una expresión sonriente. Detestaba hacerme la llorica, pero hay veces que la vida es un verdadero asco.

Suspiré, alargué mi copa y mi padre me la llenó inmediatamente. A veces ayudaba de verdad contar con amigos en lugares importantes. Como detrás de la barra, sirviendo copas.

Dejé a mi padre cautivando a los invitados y, con mi copa de vino llena, recorrí con prisa las exposiciones, disfrutando de la preciosa música mientras saludaba a alguna gente a la que conocía. Daba la impresión de que Abraham había invitado esa noche a todos los encuadernadores del norte de California. No podía echarle la culpa. La exposición era un triunfo de principio a fin, hasta el blini recubierto de salmón y *crème-fraiche* que masticaba mientras paseaba.

Se había ocupado una amplia esquina de la sala principal de la biblioteca para la exposición de Winslow, y una elegante pancarta la denominaba «EL VIAJE LITERARIO DEL HÉROE: LA LITERATURA Y LA FILOSOFÍA ALEMANAS DESDE EL SIGLO XVII HASTA EL XX; LA COLECCIÓN DE HEINRICH WINSLOW».

Los expositores contaban en cartas, fotografías y carteles informativos de museos la historia de Heinrich Winslow, que había sido el propietario de una importante empresa de construcción en la Alemania nazi y utilizó su posición de poder para salvar a más de setecientos judíos y que no los enviaran a campos de concentración. Todo resultaba escalofriantemente similar a lo sucedido con la «Lista» de Oskar Schindler. Me hizo plantearme cuántos ciudadanos alemanes normales más se habrían atrevido a desafiar a Hitler y a los nazis.

La vida de Heinrich había sido recientemente el tema de un especial de History Channel, y supuse que ese golpe de suerte inesperado despertaría más interés todavía por la exposición.

Paseé a lo largo de las hileras de volúmenes, examinando los otros libros de la colección Winslow, en especial la primera edición de 1812 de los cuentos de los hermanos Grimm con sus elegantes ilustraciones pintadas a mano y varias de las partituras originales de óperas de Wagner con sus notas en los márgenes.

También había cartas de víctimas y supervivientes del Holocausto junto a fotografías de la época. La presentación era emotiva y turbadora, pero a la vez edificante.

Pese al tema, los asistentes se mostraban vivaces y amigables. La música se alzaba sobre el jaleo de las conversaciones y corría la comida tanto como el licor.

Había transcurrido más de una hora desde la última vez que había visto a Abraham, así que decidí aventurarme escaleras abajo para ver el *Fausto.* Tras detenerme a rellenar mi copa de vino, recorrí un silencioso pasillo hasta el aseo de señoras, donde repasé mi pintura de labios.

Reanimada y fresca, dejé atrás el hueco que llevaba a los teléfonos públicos y escuché a un hombre susurrar acaloradamente:

—Ese malnacido no se saldrá con la suya.

—Por favor, no hagas ninguna tontería —dijo una mujer, con una voz trémula por la preocupación.

—Yo nunca hago tonterías —dijo él—. Eso os lo dejo a vosotras, mujeres.

—Oh, papá —dijo una mujer más joven, con una voz aguda y quejumbrosa.

—Por desgracia, cariño, papá tiene razón —dijo la mujer mayor—. No olvidemos cómo empezó esta catástrofe.

—Al menos, lo admites —dijo el hombre con amargura—. Ahora tengo que pensar cuál es el mejor modo de ocuparnos de ese imbécil y el lío en que nos ha metido.

—Cuida las formas, cariño —le advirtió la mujer.

—Ella ha escuchado cosas peores —se defendió él.

—Escucha —dijo lo mujer—, olvidémonos del problema con el libro e intentemos pasar una noche agradable.

—¿Puedo irme? —preguntó la chica—. Esto es muy aburrido.

—¿Te aburre tu herencia? —dijo el hombre elevando la voz. El trío salió del rincón, me vio y se quedaron paralizados.

Los reconocí. Conrad y Sylvia Winslow y su encantadora hija, Meredith. La versión de San Francisco de Paris Hilton. Eran los propietarios actuales de la colección Winslow y más ricos de lo que podría concebirse, pero, a diferencia de los amigos de Abraham, Doris y Teddy Bondurant, a los Winslow les gustaba hacer ostentación de su dinero, convirtiéndose en fuente diaria de porquería para los *paparazzi* locales.

Mientras sonreía, supliqué no parecer un ciervo paralizado por los faros, di unas corteses «Buenas noches» y seguí adelante. Cuando dudes, compórtate como si fueras el dueño de la maldita casa.

Mientras ellos se perdían de vista pavoneándose, me pregunté quién sería el «malnacido» al que se había estado refiriendo el señor Winslow. ¿Y de qué estaría hablando su mujer cuando dijo que había un «problema con el libro»? Si había un problema con algún libro, Abraham lo sabría. Me encaminé rápidamente a la Galería Oeste.

Me di cuenta de que había perdido la pista tanto de Robin como del hombre malcarado. Era lo mejor, dado que lo último que querría ver era a los dos coqueteando. Y qué tonta parecía yo. Si ni siquiera conocía al hombre.

Locura temporal. Demasiadas horas pasadas en compañía de enmohecidos libros antiguos. Tanto daba. Di otro trago de vino mientras pasaba por la puerta de la Galería Oeste y me dirigí a las escaleras del sótano en busca de Abraham.

La iluminación del hueco de la escalera era tenue y las escaleras, estrechas y empinadas. Mis tacones altos no ayudaban, así que daba cada paso lentamente, agarrada con una mano a la barandilla y con la otra sosteniendo la copa de vino mientras descendía.

Más abajo, oí unas pisadas a ritmo de *staccato* subiendo rápidamente hacia mí. Al llegar al descansillo, una mujer se detuvo sobresaltada para evitar chocar conmigo.

Conmocionada, me quedé sin aliento. Ella me miró.

Y soltó un chillido.

CAPÍTULO TRES

—¿Mamá?

—¡Guau! —Mi madre se rio nerviosa y el sonido levantó un eco en el hueco de la escalera—. ¡Brooklyn! Vaya, me alegro de que seas tú y no tu padre.

No era el saludo que yo habría esperado. Pero nada cumplía mis expectativas esta noche.

Se agarró a la barandilla de la escalera y recuperó el aliento. No iba vestida precisamente para una inauguración artística de la alta sociedad con su chándal rosa y blanco y sus zapatillas deportivas. Llevaba el pelo rubio oscuro recogido en una coleta y su piel brillaba de humedad como si hubiera estado haciendo ejercicio durante la última hora.

—Mamá, ¿qué haces aquí?

Miró con angustia por encima del hombro. Yo también lo hice, recuperando repentinamente mi paranoia. Una vez segura de que estábamos solas, susurró:

—Tenía que ver a Abraham en privado.

—¿Y tenía que ser esta noche? —Fruncí el ceño—. Aquí estamos justamente en un lugar que no es privado, mamá. ¿Qué está pasando?

Se mordió el labio.

—Nada.

Casi me entró la risa.

—¿Nada?

—Eso es, nada. —Cerró el puño sobre la cadera, irritada—. Me ha dejado plantada.

—¿Cómo? ¿Quién te ha dejado plantada?, ¿Abraham?

—No puedo hablar de eso.

—Pero, mamá, tú...

Levantó la mano para que me callara, luego cerró los ojos, movió los hombros y unió las palmas de las manos, como si hiciera yoga. Yo reconocí el movimiento. Estaba buscando su centro, calmándose, alineando los chakras, equilibrando su núcleo. Era una con el universo. Por el amor de Dios.

—La Tierra llamando a mamá.

Abrió lentamente los ojos e inclinó la cabeza.

—Todo está bien.

—No, mamá, todo es raro, muy raro. ¿Qué estás...?

—*Om shanti shanti shanti* —salmodió mientras alargaba la mano y me acariciaba el centro de la frente, mi tercer ojo, el lugar de la conciencia más elevada en el que reinaba la paz interior.

—Mamá. —Había un matiz de advertencia en mi voz.

—Brooklyn, respira. Te preocupas demasiado. —Acarició ligeramente las arrugas de mi frente y luego sonrió con dulzura—. Paz, mi niña pequeña.

Estuve a punto de gruñir. Se había ido del aquí y ahora lucía lo que a mis hermanos y a mí nos gustaba llamar cara de Sunny

Bunny.[1] Cuando se ponía esa inquietante máscara de felicidad, se habían acabado todas las batallas.

Derrotada, negué con la cabeza. Nada podía penetrar la cara de Sunny Bunny.

—Todavía no hemos acabado, mamá —dije—. Quiero saber qué está pasando.

—Tal vez, a su debido tiempo. —Miró otra vez a su alrededor—. Hazme un favor, cariño.

—Vale —dije sin estar muy segura.

Me dio unas palmadas en el cuello.

—No le cuentes a tu padre que me has visto aquí.

—¿Qué?

—*Namasté,* cariño. Tengo que irme.

Antes de que pudiera detenerla, zigzagueó para esquivarme y echó a correr escaleras arriba. Mi madre yogui era veloz cuando quería serlo.

Me quedé mirando fijamente la escalera vacía durante unos segundos. Así que ya era oficial: mi madre se había vuelto loca. Lo bueno era que, cuando volviera a la comuna, nadie se percataría.

Pero, en serio, ¿qué estaba pasando?

Di un largo trago de vino, intenté animarme, alineé mis propios chakras, o lo que fuera, y reemprendí el descenso.

Mi madre era la persona más abierta y honesta que he conocido. No podía guardar un secreto ni aunque le costase la vida, o eso había pensado yo siempre. ¿Había algo entre ella y Abraham? A todas luces, la respuesta era que sí. Pero la pregunta pertinente era: ¿qué había entre ella y Abraham?

¿Y de verdad quería conocer yo la respuesta?

---

1 Personajes de una serie infantil de dibujos animados, los Sunny Bunnies («Conejitos soleados») reparten alegría y felicidad allá donde van, gracias a la luz. *[N. del T.]*

«No hay nada entre ellos», me dije, y luego me lo repetí unas cuantas veces. Por descontado, no pasaba nada. Mi madre y mi padre habían estado enamorados desde que se conocieron en la caseta de camisetas atadas y teñidas durante un fin de semana con concierto especial de Grateful Dead en Ventura Fairgrounds en 1972. Habíamos escuchado esa historia tantas veces que éramos capaces de recitarla de memoria.

Mamá tenía diecinueve años y papá, veintidós. Mamá vestía unos vaqueros recortados, deshilachados y de botones en la bragueta con una camiseta corta y ceñida con un rótulo que parecía un anuncio para un motel local: «BED & BECKY». Y sí, mi madre se llama Becky. Todos nos imaginamos que papá seguramente iba muy puesto, aparte de caliente, pero él se empeñaba en que se sintió fascinado por su espíritu dulce y natural.

Cuando lo contaban, hacían que sus primeros años juntos parecieran un cuento de hadas. Pero la conclusión era que mis padres seguían acaramelados hasta la fecha. Habían compartido juntos los buenos y los malos tiempos a través de seis hijos y grandes cambios, problemas familiares e intrigas en la comuna. La mera idea de que mi madre y Abraham fueran... No. Buf. Y no es que yo no quisiera a Abraham, pero..., no, olvídalo.

Sé que suena un poco bobo, pero, muy dentro de mí, me gustaba pensar que mis padres representaban la posibilidad real de un amor eterno, lo que implicaba que, tal vez algún día, yo podría experimentar mi propia versión del mismo. Por el momento no se había dado el caso, pero podría pasar.

Di otro vigorizante trago de vino, desterré todos los pensamientos sobre mi madre y..., bueno, seguí adelante.

Cuando llegué al nivel del sótano, seguí las indicaciones de los rótulos y las flechas que señalaban el camino a Conservación y Restauración. Tras varias series de zigzagueos y un par de puertas dobles, acabé al final de un pasillo largo y vacío. Había salas a ambos lados, seguramente unas veinte en total. Eran los talleres de los restauradores de libros. Todas las puertas estaban cerradas.

—¿Abraham? —llamé.

Nada.

Supuse que estaba concentrado en mantener el inapreciable *Fausto* oculto y tras puertas cerradas, así que tendría que perseguirlo. Acabé la copa de vino antes de probar la manija de la primera puerta. Estaba cerrada. Igual que la siguiente. La quinta estaba abierta, pero la sala se hallaba completamente vacía.

La siguiente puerta se abrió con facilidad.

Las lámparas estaban encendidas a plena potencia. La sala brillaba deslumbrante. Había papeles esparcidos por todas partes. Herramientas y pinceles yacían desordenados sobre las mesas y por el suelo. Habían sacado los cajones de los armarios y los habían volcado. Un taburete alto estaba tirado en el suelo junto a la mesa de trabajo principal.

Menudo caos. Entré para mirar.

Fue entonces cuando vi a Abraham, caído sobre el frío suelo de cemento. Un charco de un líquido oscuro se filtraba por debajo de él.

—Dios mío. —Se me escurrió la copa de la mano y se hizo añicos contra el suelo. Unas manchas empezaron a dar vueltas ante mis ojos. Aspiré hondo, me acerqué corriendo y me arrodillé a su lado.

—¡Abraham!

Sus brazos aferraban con fuerza su pecho. ¿Estaba vivo? «Por favor, Dios, que viva».

Yo chillaba, no podía evitarlo.

—Abraham. Despierta. —Intenté levantarlo con los brazos, pero pesaba demasiado y no pude moverlo—. Oh, por favor, no te mueras.

Lo aferré de los hombros y lo sacudí con fuerza antes de darme cuenta de que no era una buena idea. Me incliné y lo abracé pegándolo a mí.

—Lo siento, ¿te he hecho daño? Ay, Dios, lo siento mucho.

Sentí que se estremecía.

Parpadeó y yo casi me desmayé de puro alivio.

—Ay, Dios, estás vivo. Gracias. Iré a buscar ayuda. No te preocupes.

Él alzo la mirada hacia mí, con ojos borrosos. Tosió y a continuación murmuró algo.

Me incliné más.

—¿Qué?

—Dia... blo —susurró. Sus brazos se relajaron alrededor de su pecho y su chaqueta se aflojó.

—¿Qué estás diciendo?

Volvió a toser.

—Recuerda... al... diablo.

Un libro grueso y pesado se deslizó del interior de su chaqueta. Lo agarré rápidamente antes de que cayese en el suelo ensangrentado. El instinto, supongo, arraigado en mí desde la infancia. Salva el libro. Me quedé embobada ante la encuadernación de cuero negro desvaído. Lo que en tiempos había sido un elegante estampado en seco de color dorado se había convertido en el pálido contorno de una flor de lis alrededor de los márgenes frontales de la cubierta, y cada punto de la flor estaba tachonado con piedras preciosas de color rojo sangre. ¿Rubíes? Unos broches ornamentados pero oxidados de latón con forma de garras mantenían el libro cerrado.

El *Fausto* de Goethe.

Volví rápidamente la mirada a Abraham. Los labios le temblaron al formar una leve sonrisa.

Guardé el libro dentro de la chaqueta de mi traje.

Él asintió con la cabeza mostrando su aprobación. Al menos a mí me pareció que asentía. Entonces se le vidriaron los ojos y parpadearon hasta cerrarse.

—No —le agarré la chaqueta—. No, ni se te ocurra. Abraham, despierta. Oh, Dios. No...

La cabeza se volvió pesadamente hacia un lado.

—¡No! No, por favor...

—Suéltalo.

—¡Joder! —Aparté las manos. Abraham cayó flácidamente al suelo. Me miré las manos. Las tenía cubiertas de sangre. Volví a chillar.

—Basta ya. Levántate y apártate de él.

Giré la cabeza. El hombre malcarado del salón estaba en la puerta apuntándome con una pistola.

Y sí, seguía con el ceño fruncido. La luz era demasiado intensa. Esquirlas de colores giraban como caleidoscopios en los márgenes de mi visión. El Hombre Ceñudo movió la pistola como si quisiera captar mi atención, pero se estaba volviendo borroso.

Sentí que me tambaleaba. Y todo se fundió a negro.

Unas manos encallecidas me apartaron el pelo de la frente.

—Mujeres —murmuró una voz masculina con desdén.

Gemí.

—Despierta ya. —La voz sonó entrecortada, impaciente, con acento británico. Tenía que ser el hombre ceñudo, ¿quién si no? Por su tono, imaginé que no me estaba sonriendo precisamente.

Me dio unas palmadas en la mejilla.

—Vamos, anímate. —Olía muy bien. Desprendía un aroma viril y cálido con un matiz de bosque, una pizca de cuero y...

Entonces me abofeteó quizá con demasiada contundencia.

—Sé que estás despierta. Vamos. Ya está bien. Anda, espabila.

«¿Que espabile?»

—No soy ningún pabilo —dije gruñendo y cambié de postura para alejarme de él. Tenía cojines debajo de mí. Un sofá. ¿Cómo había llegado a un sofá?

—Bien, te has despertado. —Me dio otra bofetada para asegurarse y yo me las apañé para incorporarme y agarrarle la mano. Con un ojo abierto, le fulminé con la mirada.

—Deja de pegarme.

—Ah. Veo que te encuentras mejor.

—No será gracias a ti. —Me incorporé del todo hasta quedar sentada—. ¿Dónde estoy?

—A dos puertas de donde te encontré.

Me había encontrado con Abraham. El recuerdo volvió precipitadamente. Se me saltaron las lágrimas y se desbordaron.

—Oh, por el amor de Dios. —Buscó en el bolsillo de su camisa y me puso su pañuelo de lino blanco en la mano. Entonces se levantó y empezó a caminar por el cuarto.

Estaba a punto de agradecerle el pañuelo cuando dijo:

—Más vale que te levantes o acabarás ahogándote.

—Oh, cállate. —Me soné la nariz y me enjugué las lágrimas, resuelta a no llorar más delante de aquel idiota insensible. Me senté erguida y crucé los brazos con fuerza ante mi pecho, y entonces me di cuenta alarmada de que el libro que ocultaba había desaparecido.

Me levanté del sofá de un salto.

—¿Dónde está mi...?

—¿Buscas esto? —Sostuvo en alto el *Fausto* encuadernado en negro, aferrándolo con un paño blanco para limpiar el polvo.

—Eso es mío —le espeté.

—¿Tuyo?

—Lo que quería decir es que no es tuyo.

—¿No lo es?

—Pertenece a la colección Winslow. Me lo dio Abraham.

—¿Que te lo dio?

Apreté los puños.

—Deja de repetir mis palabras.

—¿Repetir? —Frunció los labios esbozando una sonrisa arrogante.

Había dejado de importarme que fuera sexy y oliera bien. Resultaba increíblemente irritante.

Respiré hondo.

—Abraham me dio el libro para que lo protegiera.

—De eso no me cabe duda.

—No hace falta que seas sarcástico —dije clavándole la mirada—. Es verdad que me lo dio.

Refunfuñó.

—Muy bien.

—¿Se puede saber quién eres tú?

Con cuidado depositó el libro en la mesa lateral.

—A eso ya llegaremos.

—De eso hablaremos ahora mismo o me voy. —Me aparté el pelo de la cara y dije—: ¿Por qué estoy hablando siquiera contigo? Me voy ya.

Dio un paso y su puso delante de mí.

—No vas a ninguna parte. Hace un momento que ha llegado la policía y quieren interrogarte.

—Perfecto. Yo también quiero hablar con ellos.

—No tendrás que esperar mucho. Ahora mismo están en el piso de arriba ocupándose de la multitud. Bajarán dentro de poco para examinar la escena del crimen y luego mantendrán una pequeña charla contigo.

Tragué saliva y me senté reclinada en el sofá. ¿Por qué esa frase hizo que esa noche horrible pareciese todavía peor?

—¿Escena del crimen?

—Oh, muy bien interpretado —dijo—. Tendría que haberme dado cuenta de que causarías problemas en cuanto te vi.

Hice una mueca.

—¿De qué estás hablando?

—Ese numerito de hacerte la inocente. —Paseó por la sala con las manos en los bolsillos—. Estoy convencido de que la policía local quedará impresionada con tu breve interpretación del desmayo, pero yo te he visto en esa sala con Karastovsky.

Horrorizada, me levanté de un salto del sofá y lo arrinconé.

—¿Crees que yo maté a Abraham?

—Tenías las manos manchadas de su sangre.

Me miré las manos. Tal vez me tambaleé un poco porque me agarró de los hombros, me sacudió y dijo:

—Oh, no. Ni se te ocurra. Basta de desmayos.

Me quité sus manos de encima a golpes.

—Suéltame. No voy a desmayarme.

—En ese caso, deja de jadear.

—Pero ¿a ti qué te pasa?

Se apoyó en la mesa y cruzó los pies con aire despreocupado.

—Has matado a un hombre. ¿Y me pasa algo a mí?

—¡Yo no he matado a nadie!

—Cuéntaselo a la policía.

—¿Cómo te atreves? —Aspiré hondo una muy necesitada bocanada de aire antes de proseguir—. Ni siquiera me conoces.

Abraham Karastovsky era mi amigo. Mi maestro. Él... era como un tío para mí. Esta noche hemos hablado y se le veía muy feliz y... y entonces lo he encontrado en esa sala. Ha muerto en mis brazos. —Sentí un nudo que me cerraba la garganta y tuve que parar. Me llevé las manos a los ojos.

—Oh, ya estamos otra vez —dijo él—. Estoy seguro de que embaucarás apropiadamente a la policía local.

Chillé. Lo reconozco. Entonces rechiné los dientes, lo miré a los ojos y dije:

—Primero: nunca me desmayo. Bueno, salvo esta noche. Ha sido por la sangre. Me afecta así. Tanto da, ¿por qué te estoy dando explicaciones?

—No tengo ni idea.

Me alejé, luego me di la vuelta.

—Segundo: me importa un pimiento lo que pienses. No he matado a Abraham Karastovsky. Sé la verdad y eso es lo único que cuenta. Y, a propósito, creo que a la policía va a interesarle también tu coartada, amigo.

Resopló con desprecio.

—Y tercero —proseguí—: ya nadie dice embaucar.

Entrecerró los ojos hasta formar unos puntos irritados mientas se acercaba.

—Embaucar significa engañar, timar, engatusar.

Le di un golpe a la solapa.

—Sé qué significa, pero nadie utiliza la palabra, aparte de en las novelas de Dickens.

Ambos nos miramos fijamente, con suspicacia y rabia.

Negué con la cabeza.

—Ni siquiera sé por qué estoy hablando contigo. Obviamente no eres más que otro de esos locos que anda por ahí con una pistola encima. —O, mierda, llevaba un arma. Podría haberla utilizado para asesinar a Abraham. Volví a encontrarme mal—. Tanto da —dije—. Ha sido agradable charlar contigo. Nos vemos.

Volvió a bloquearme el paso.

—No vas a ninguna parte.

—¿Y eres tú quien va a impedírmelo?

—Parece que ya lo he hecho —dijo esbozando otra de sus maliciosas sonrisas.

Levanté las manos y corrí por la sala.

—Eres el hombre más irritante que he conocido en mi vida. —Me di la vuelta y le señalé—. No, espera. En realidad, no te conozco, ¿verdad que no? No tengo la menor idea de quién eres y aun así me calumnias y me retienes con falsedades solo porque...

—Ya basta. —Sacó un tarjetero de plata fina del bolsillo de arriba de la chaqueta de su caro traje negro y me lo pasó—. Derek Stone.

Leí en voz alta.

—Stone Security. Derek Stone, Director. —Debajo de su nombre rezaba: COMANDANTE. ROYAL NAVY. RETIRADO. En la línea siguiente decía: SEGURIDAD E INVESTIGACIONES, y en caracteres más pequeños en la esquina inferior izquierda la tarjeta rezaba UNA SECCIÓN DE CAUSEWAY CORNWALL INTERNATIONAL.

Levanté la mirada hacia él.

—Causeway Cornwall es la aseguradora de la exposición de Winslow.

—Exacto. —Asintió con la cabeza hacia mí como si yo fuera una niña de tres años muy lista—. Y Stone Security está especializada en arte y antigüedades. Había ciertas cuestiones de seguridad que requerían la presencia de mi equipo en la inauguración de esta noche. Trabajamos codo con codo con la policía local.

Contuve la respiración.

—¿Y por qué no lo ha dicho antes, comandante?

Se encogió de hombros.

—Me lo estaba pasando muy bien, así que he debido de olvidarme.

Miré al techo, me guardé su tarjeta profesional en el bolsillo, respiré hondo y con cautela le tendí la mano:

—Yo soy Brooklyn Wainwright.

Empezó a estrecharme la mano, pero la retiró bruscamente. Bajé la mirada y de nuevo vi la sangre que me cubría los dedos.

La puerta se abrió de golpe.

—¡Brooklyn, aquí estás! ¡Ay, Dios mío! —Robin, llorando a lágrima viva, atravesó la sala corriendo y me atrajo a sus brazos—. Acabo de enterarme de lo de Abraham. No puede ser verdad.

—Lo es. —Susurré y me desmoroné del todo. Lloré en su hombro, liberando por fin todas las lágrimas que me habían estado ahogando.

Nos quedamos así, abrazadas y oscilando adelante y atrás, unos minutos hasta que Robin se sorbió los mocos y dijo en voz baja:

—Solo Abraham sería capaz de conseguir que esta exposición fuera inolvidable.

Esbocé una sonrisa llorosa.

—Siempre fue un exhibicionista.

A ella le entró un ataque de hipo y las dos nos reímos, luego emergieron más lágrimas.

—Discúlpenme, señoras —nos interrumpió Derek. Me había olvidado de que seguía ahí, observando nuestro emotivo llanto. No quise que me importara lo que pensara de nosotras.

—¿Quién es Cero Cero Siete? —me susurró Robin al oído.

Gruñí.

—Seguridad.

—Está muy bueno —dijo.

—Es un imbécil —repliqué—, y susceptible.

—Me gusta cómo suena.

Derek tosió discretamente.

—La policía local la interrogará, señora Wainwright.

Ay, Dios.

—¿Y por qué van a interrogarte? —preguntó Robin.

—Yo... yo lo encontré —dije y me miré las manos.

Ella retrocedió.

—¡Dios mío! ¡Brooklyn, no! ¿Esa sangre es suya? ¡Ay, Dios mío!

Sentí que me temblaba el labio y miré a Derek.

—¿Puedo lavarme las manos primero?

—Son pruebas —dijo con un tono de voz frío—. Déjelas tal como están.

El inspector de homicidios Nathan Jaglow, alto, seguramente en la cincuentena, con pelo grisáceo, corto y rizado, y una sonrisa triste, era un hombre muy paciente. Su colega, la inspectora Janice Lee, era norteamericana de ascendencia asiática, bonita pero dolorosamente delgada, con un pelo negro largo y brillante. Ambos tomaban notas, hacían preguntas y a veces me forzaban a repetirme solo para poder anotar mis palabras con precisión, tal como las decía.

Habían ocupado la sala de otro encuadernador y se sentaron frente a mí en la alta mesa de trabajo. Yo no sabía si pretendían hacerse los policías buenos hasta que apareció alguien más para hacer de policía malo, pero me cayeron bien. A diferencia de Derek Stone, parecieron creerme cuando insistí en que no había matado a Abraham. No obstante, eso no evitó que me pidieran que repitiera mi relato con todo detalle varias veces.

En un primer momento, un analista de la escena del crimen me pasó un hisopo por las manos para comprobar la sangre y ver si coincidía con la de Abraham. Permitieron que me lavara las manos en el fregadero del taller, lo que me hizo sentir algo mejor. Ya podía mirarme las manos sin desmayarme.

Jaglow sostuvo en alto una bolsita transparente con cremallera. Dentro había un cuchillo de veinticinco centímetros con una hoja ancha y redondeada.

—¿Puede decirme qué es esto?

El cuchillo estaba manchado de sangre.

Y sentí como de nuevo se me revolvía el estómago.

—Respire hondo, señora Wainwright —dijo la inspectora Lee con una voz cavernosa pero tranquila y extrañamente seductora—. Sé que es difícil pero de verdad que necesitamos sus conocimientos ahora mismo. Tómese su tiempo.

Inspiré hondo, luego exhalé, y lo repetí varias veces, mientras me decía para mis adentros que me relajara.

—Se llama cu... cuchillo de papel japonés —dije con una voz que sonó áspera—. Lo hacen en Japón. —¿Dónde si no?, pensé. Di un sorbo de agua y proseguí—: Se usa para cortar papel. —¿Y para qué otra cosa iba a usarse? Me costaba pensar.

—Lo está haciendo muy bien —dijo el inspector Jaglow—. De manera que es un utensilio usado para cortar papel. El papel que se emplea para hacer o reparar libros, supongo.

Asentí.

—¿Lo mataron con eso?

El inspector se lo pensó un momento y dijo:

—Todavía tenemos que determinarlo.

—Le dispararon, señora Wainwright —dijo la inspectora Lee con voz uniforme.

—Pero la sangre en el cuchillo... —Tragué saliva.

—Él podría haberlo agarrado —dijo ella, aparentemente ajena a la mirada furiosa de su colega—. ¿Posee algún arma de fuego, señora Wainwright?

—¿Qué? No. —La única arma que había visto últimamente pertenecía a Derek Stone, pero él era uno de ellos. O eso había dicho.

Jaglow entrecerró los ojos al mirar.

—¿En qué está pensando, señora Wainwright?

Me mordí el labio sin saber qué responder. Me habían destrozado los nervios. Lo único que me venía a la cabeza era la imagen de Abraham, tan feliz esa noche, tan contento de que volviéramos a ser amigos. Quería abrazarlo y oírlo reír. Contra mi voluntad se me saltaron las lágrimas.

Los dos policías se miraron.

—Me parece que basta por hoy —dijo Jaglow mientras se levantaba y se guardaba su cuaderno de notas en el bolsillo posterior del pantalón. El gesto tiró de su chaqueta hacia atrás y pude ver su arma en la funda bajo su brazo. Otro recordatorio de que ya no estaba en Kansas—. Tenemos su información de contacto y doy por sentado que no va a salir de la ciudad en el futuro inmediato, ¿me equivoco?

¿Era eso humor policial? Seguramente me reiría más tarde.

—No, no voy a ir a ningún sitio.

—Bien. Estoy seguro de que tendremos que hacerle más preguntas.

—Me parece bien —dije bajándome del taburete—. De verdad. Cualquier cosa que quieran saber, por favor, llámenme. Quiero ayudar a encontrar a quienquiera que lo haya hecho.

—Se lo agradecemos. —Me llevaron fuera del taller y señalaron el camino de vuelta por el pasillo a la sala donde había dejado a Robin y a Derek Stone.

Derek salía al pasillo en ese instante y al pasar a mi lado susurró:

—La estaré vigilando como un halcón, señora Wainwright.

Se me hizo un nudo en el estómago. No sabía dónde mirar. Agentes uniformados de policía hacían guardia delante de varias puertas que daban a los diversos estudios. Sobre las puertas dobles del fondo se había colocado cinta amarilla para delimitar la escena del crimen.

—Comandante —llamó la inspectora Lee—. Nos gustaría reunirnos aquí, si le parece bien.

Me volví sin dar crédito. ¿Ellos lo llamaban comandante? ¿Y le preguntaban por sus preferencias? Yo había pensado que él podía estar mintiendo, pero era verdad que trabajaba con los policías locales. Tenía un problema.

A escondidas, apreté los puños mientras proseguía avanzando por el largo pasillo. No resultaba agradable recordar de cuántas maneras había insultado al comandante, pero al menos esos pensamientos me distrajeron del hecho perturbador de que esa noche había mentido descaradamente a dos inspectores de homicidios de San Francisco.

Vale, es posible que no hubiera *mentido* exactamente, pero si la omisión era un pecado, yo era culpable. Y no una vez, sino dos.

Primero, no mencioné a los inspectores Jaglow y Lee las palabras de Abraham antes de morir. Intenté convencerme a mí misma de que la razón de haberme saltado ese pequeño detalle era que no estaba segura del todo de lo que había dicho Abraham.

Pero esa era yo, mintiéndome a mí misma. Él había dicho: «Recuerda al diablo». Y yo nunca lo olvidaría. Pero ¿qué quería decir? A lo mejor se refería al libro. *Fausto* era la historia de un hombre que vendió su alma al diablo. ¿Debería leer el libro? Tal vez había algo en él que me daría la primera pista acerca de lo que hablaba. ¿Quién era el diablo? ¿Y por qué se suponía que tenía que recordarlo?

La cabeza me daba vueltas y me di cuenta de que estaba muy cansada. Necesitaría una buena noche de sueño antes de empezar a pensar qué significaban aquellas palabras.

Me detuve, me apoyé en la pared del pasillo excesivamente iluminado, cerré los ojos y afronté la verdad. Omitir las últimas palabras de Abraham en lo que le conté al inspector no tenía nada que ver con la verdadera razón de que me sintiera obsesivamente culpable.

No, el verdadero pecado de omisión estaba en que no le contara a la policía que había visto y hablado con la única persona que había tenido los medios y la ocasión de asesinar de hecho a Abraham Karastovsky.

Mi madre.

CAPÍTULO CUATRO

Sola en el largo pasillo, bruscamente me di cuenta de una perturbación en La Fuerza, como en *Star Wars*. Con un escalofrío examiné el pasillo en ambas direcciones. Ya había sentido eso antes y supe que Minka LaBoeuf rondaba por allí. No la veía, pero eso no importaba. Estaba cerca. Demasiado cerca. Olía el azufre.

Entonces salió por una de las dos puertas del taller de Abraham y me vio entre los muchos agentes de policía que pululaban por allí. La adrenalina se me disparó. El agotamiento que había sentido unos segundos antes pasó a la historia a medida que se apoderaba de mí un deseo abrumador de atacarla, de darle un puñetazo en el estómago y salir corriendo. Me exasperaba que aquella mujer pudiera disparar mi rabia más deprisa que nadie que hubiera conocido, simplemente por salir de aquella sala.

Mientras se acercaba a mí, Minka se envolvía un mechón de pelo alrededor del dedo corazón, algo que siempre hacía cuando estaba nerviosa. Era bueno saber que no se sentía tan segura de sí misma como quería aparentar. ¿Y cómo se me había pasado por alto que por debajo de su corta chaqueta negra de cuero llevaba una ceñida malla de cuerpo entero metida en unas botas negras que le llegaban a los muslos?

¿El mundo estaba preparado para Minka la Dominatrix?

Se había embadurnado los labios con pintalabios de color coral y se había retocado los ojos con kohl negro. Al acercarse, vi que la malla se tensaba en las costuras cerca de su estómago. ¿Estaba mal alegrarse de que hubiese engordado?

—Vaya, si es Doña Petulante en persona —dijo con su característica voz chillona que siempre me hacía hervir la sangre—. El karma puede ser una arpía, ¿verdad?

—Tú bien debes saberlo —dije. Como réplica, era pésima, pero yo no estaba en mi mejor momento.

Se rio entre dientes y yo me estremecí. Su sonrisa siempre me había causado más aprensión que animosidad. No era culpa suya, pero el lado izquierdo de su labio superior se curvaba hacia arriba de forma natural de manera que, cuando sonreía, parecía un dingo gruñendo.

El miedo era una reacción perfectamente razonable, pero procuré que no se me notara.

Ella me estudió.

—Seguramente no debería dejar que me vieran charlando contigo ahora que eres sospechosa de asesinato. Podría arruinar mi reputación.

—No estamos charlando, y tu reputación hace mucho que está en ruinas —dije lanzando un suspiro. En serio, si iba a intercambiar pullas con Minka LaBoeuf, necesitaba reorganizarme—. ¿Qué estás haciendo aquí abajo, Minka? —pregunté con tono cansado.

—Trabajo aquí —dijo con desdén—, que es más de lo que puedo decir sobre ti. Yo pertenezco a este lugar. Tú no. Así que esta vez tú no eres la que dirige el cotarro. ¿Cómo te hace sentir eso, Brooks?

—No me llames Brooks —le espeté. Brooks era el apodo que utilizaban mi familia y mis amigos íntimos, como mi antiguo novio de la facultad. El mismo novio con el que Minka se había obsesionado hasta el extremo de que había cogido una navaja de precisión X-Acto de hoja ancha y me la había clavado en la mano.

—Como quieras —dijo.

Me fijé en que parte de su pintalabios coral se había desplazado a sus dientes y eso me dio ánimos para lanzar otra sarta de insultos hacia ella.

—Ya sé que la realidad no es tu punto fuerte —dije—, pero permíteme que te recuerde que Abraham Karastovsky te echó del trabajo de Winslow y sé que eso te cabreó.

—¿Y lo que quieres decir es que sí me importa?

—Bueno, te han mandado a los archivos y todos sabemos que es lo peor de lo peor.

—No es tan malo.

—Cierto. Pero mira, aquí, en la tierra, a eso lo llamamos «móvil». Estoy segura de que la policía querrá saber todo al respecto.

Su labio superior se dobló y retorció mientras su seguridad en sí misma desaparecía. Se acercó todavía más y chasqueó los dedos ante mi cara como una diva del *jive*.

—Y yo estoy segura de que también querrán saber con quién estaba follando Abraham en su taller esta noche, un poco antes.

Cada terminación nerviosa de mi cuerpo se puso en alerta máxima. ¿Había visto a mi madre aquí abajo? Pero mamá había insistido en que Abraham no se había presentado, así que ¿de qué estaba hablando Minka?

La agarré del brazo y le susurré apretando los dientes:

—Ten cuidado, Minka.

Ella se apartó de mí.

—¿O qué? ¿Vas a matarme a mí también?

—No seas ridícula. —Pero vi cómo alguien podría verse arrastrado al límite por ella.

—¿De verdad? Ambas sabemos que nada te gustaría más que...

—¿Brooklyn?

Las dos retrocedimos mientras Ian se acercaba por el pasillo.

—Justo la persona que estaba buscando. Oh, hola, Minka.

Minka emitió un sonido de asco y luego se fue en la dirección opuesta, con los hombros rígidos y los tacones de sus botas de pelandusca repicando en la superficie de madera dura mientras se alejaba.

—¿Dónde va? —preguntó Ian, que frunció el ceño mientras contemplaba su huida.

—Directa al infierno, espero.

Los dos observamos como un agente uniformado le impedía el paso a Minka. Después de un breve y tenso intercambio de palabras, la acompañó al interior de un taller, para interrogarla, supuse. No sabía si alegrarme o preocuparme, pero opté por preocuparme.

Me volví hacia Ian.

—Qué noche más espantosa, ¿eh?

—¿Eh? —Me miró completamente desconcertado, como si no se hubiese dado cuenta de que yo estaba allí. Este era el encantador y confuso Ian que conocía y amaba.

Estuvimos comprometidos hacía algunos años durante casi seis meses hasta que me dio pena y rompí el compromiso. Afortunadamente, todavía éramos buenos amigos. Si fuera sincero, reconocería que nunca había estado enamorado de mí.

Había declarado su supuesto amor poco después de verme producir una copia exacta de una encuadernación de Dubuisson, hasta el estampado dorado de uno de los «pájaros de la una en punto» de Dubuisson. Ian era fácil de impresionar, aunque debo decir que yo era muy buena.

Miren, Pierre-Paul Dubuisson fue un encuadernador del siglo XVII, el encuadernador real de Luis XV de Francia. Y uno de sus más conocidos diseños distintivos era el de un pájaro con las alas desplegadas encarado hacia la una en punto. Los «pájaros de la una en punto».

Solo un colega fanático de los libros se emocionaría por algo así, y yo era más fanática que la mayoría. Podía imaginarme a nuestros hijos, temibles pequeños psicópatas a lo Poindexter de la Marvel, con las manos manchadas de cuero, tics irritantes y preguntas constantes. No, yo nos había hecho un favor a todos al romper con él.

—¿Brooklyn?

—¿Eh? —Parpadeé—. Lo siento. Me he distraído —¿Ya les he dicho que menuda pareja estábamos hechos?—. ¿Qué pasa?

—Es por el *Fausto*.

Me estremecí.

—Necesito que te encargues tú de la restauración. ¿Puedes empezar mañana?

—Pero... —¿Qué podía decir? Como sombras, me pasaron por la cabeza imágenes de Abraham. La atmósfera festiva de antes. Los abrazos. Las risas compartidas. Doris Bondurant pegándole juguetonamente. Y luego el miedo. Encontrarlo agonizando. La frase susurrada. El libro cayéndosele de la chaqueta. Luego la muerte. Y la sangre. Mucha sangre.

La maldición.

—Ian, ya sabes que ayudaría si pudiera, pero...

Se notaba que estaba afligido.

—Lo sé, lo sé. Detesto incluso preguntarte.

Me pasó el brazo sobre el hombro y me condujo por el pasillo, lejos de las miradas curiosas de los policías.

—Los Winslow amenazan con retirar el libro de la exposición si no está listo para la inauguración oficial de la semana próxima. Tengo que saber si puedes hacerlo.

—Poder claro que puedo —me apresuré a decir—, pero ese no es el problema. Hay que tener en cuenta, ya lo sabes, a Abraham.

A mí me daba la impresión de que ocupar el lugar de un amigo asesinado le situaba a uno en una posición muy ambigua.

—Lo sé, querida —dijo pasándose ambas manos por el pelo en gesto de frustración—, pero no puedo contar con nadie más.

—Los Winslow no pueden negar el libro a la biblioteca, ¿verdad?

—No los conoces, ¿a que no? —preguntó con cautela.

—Sí. Bueno, no. —Me detuve y lo miré—. Pero el *Fausto* es el libro más importante de la colección. Tanto da si está restaurado como si no. Ya es una obra de arte. Exponlo tal como está.

—Créeme, nada me gustaría más, pero ellos no opinan lo mismo. La señora Winslow dijo que quería que se viera muy bonito. —Negó con la cabeza, asqueado—. Civiles.

Tenía cierta razón. Por otro lado, si no hubiera «civiles» por ahí que quisieran que sus libros se vieran bonitos, yo no tendría trabajo.

—Se te pagará bien —dijo.

—Ya sabes que eso no me importa.

Entonces mencionó el salario que quería pagarme y supe que sería una completa idiota si no aceptaba. Sí, el momento era desgraciado. Y sí, estaba a punto de sacrificar mis principios por dinero. Así que échenme toda la culpa, pero el trabajo había que hacerlo y no iba dejar que se encargara otro.

Sonreí apretando los dientes.

—Lo haré, claro.

Dejó escapar un suspiro de alivio.

—Gracias. Sabía que podía contar contigo.

—Siempre.

Sonrió y me tiró de la barbilla.

—Eres lo mejor.

Eran el comentario y el gesto típicos de Ian, y me hizo recordar que él no era un despreocupado californiano sino un aristócrata bostoniano de la vieja escuela fuera de su elemento en esta tierra de frutas y nueces. Imaginaba que había crecido en una mansión majestuosa donde sus padres y hermanos se saludaban entre ellos con exclamaciones como «saludos, cariñín», «hola, osea» y «agur, chatín».

—¿Te importa si mañana aclaramos los detalles? —pregunté—. Estoy exhausta.

Cedió asintiendo.

—Claro. ¿Por qué no te pasas por mi despacho mañana a las diez de la mañana y hablamos?

Entonces me sorprendió acercándome a él para darme un abrazo. En mis ojos volvieron a asomar las lágrimas, así que respiré hondo y retrocedí.

—Te veo mañana —dije.

Me dio un golpecito en el brazo.

—Gracias, chica.

Mientras Robin se daba una ducha en mi baño de invitados, hice lo que siempre hacía cuando me sentía completamente desesperada y sin saber qué hacer a continuación.

Me puse a trabajar.

Robin se había empeñado amablemente en pasar la noche conmigo y yo agradecí sinceramente la compañía. Así que enfoqué el objetivo de mi cámara en el tratado de medicina en el que había estado trabajando esa misma tarde e intenté conseguir una buena imagen del desgastado corte delantero del libro.

—¿Cómo puedes concentrarte en el trabajo? —preguntó al entrar en la sala frotándose el pelo mojado con una toalla. Tuve que maravillarme de que incluso en mi viejo albornoz de felpilla pareciera una fiestera.

Y, dado que me sentía más próxima a ella que a mis dos hermanas, no me importó confesar:

—Trabajo para no verlo muriendo una y otra vez en mi cabeza.

—Ay, cari. —Me dio un fuerte abrazo—. En ese caso, sigue trabajando. Daré una vuelta por aquí.

—Sírvete un vino si te apetece.

Desapareció por el pasillo y volvió un par de minutos después con copas para las dos.

—Tu casa es genial —dijo mientras paseaba por la sala, desplazándose de ventana en ventana para comprobar la vista desde la sexta planta de lo que había sido en el pasado un almacén de corsés, remodelado ahora para convertirlo en modernos lofts para artistas.

—Sí, es genial, ¿verdad? —Miré a mi alrededor con algo más que un poco de orgullo. Me había enamorado del loft hacía seis meses después de haber decidido concentrarme en mi propio negocio de restauración y conservación de libros. Lo mejor del barrio de South of Market Street es que era... ecléctico, como diría mi madre, en lugar de admitir que era terrorífico y desde luego no el barrio para que viviera su hija.

Pese a los temores de mamá, yo había dado el salto y ahora era la muy orgullosa propietaria de una octava parte del piso superior del edificio de ladrillo de seis plantas. La sala delantera abierta, soleada, del tamaño de un almacén, resultaba perfecta para mi estudio. Estaba llena de todas mis prensas, mesas y bancos de trabajo, además de estantes de herramientas y bobinas de cuero y los armarios y estanterías necesarias, junto con un escritorio y una silla de despacho.

La zona donde hacía vida, en la parte de atrás, tenía unas claraboyas inmensas, montones de ventanas, un baño gigantesco y una vista de la bahía tan impresionante que convertían al entorno ligeramente sórdido y las frenéticas llamadas telefónicas que me hacía mi madre dos veces por semana en molestias que merecía la pena soportar. Añádase que solo estaba a seis manzanas del estadio de los Giants y eso bastó para cambiar la opinión de mi padre en mi favor.

Y, hasta ahora, yo estaba encantada con mis vecinos. ¿Era eso muy frecuente?

Observé a Robin mientras ella se cercioraba de que la puerta principal seguía cerrada. Al cabo de un minuto, la oí trajinar en la cocina.

Mientras ella estaba allí me asaltó otra turbadora visión de Abraham muriendo delante de mí y me sentí más inquieta que nunca. Me pregunté si podría dormir, esta noche o alguna vez.

Intenté sentir alguna alegría y satisfacción porque Ian me hubiera elegido para restaurar el *Fausto*. Pero ¿a qué precio? Me dolía que Abraham y yo hubiéramos recuperado nuestra amistad solo para que él acabara muriendo en mis brazos.

En ese momento, me juré que no descansaría tranquila hasta que hubiera llevado a su asesino ante la justicia. Incluso si la policía no encontraba al malnacido, juré que le perseguiría y le haría pagar por lo que había hecho.

Robin volvió con un pequeño plato de queso, galletas saladas y aceitunas.

—Eh, gracias.

—Sé que estabas soñando con comida china, pero esto será más sano.

Reconocí que estaba en lo cierto con un gruñido y un sorbo de vino mientras ella se dirigía a la ventana de la fachada y comprobaba la calle de abajo. Al cabo de unos segundos, la oí quedarse sin aliento.

—¿Qué pasa?

Se dio la vuelta.

—Que no te entre el pánico, pero Derek Stone nos ha seguido hasta casa.

Casi me atraganto con el vino.

—¿De qué estás hablando?

—¿Es que tartamudeo y no me entiendes? Brooklyn, el tipo nos ha seguido hasta casa.

—¿Cómo...? ¿Por qué?

—¿Porque se ha perdido? ¿Porque es un imbécil? ¿Porque es un asesino en serie? Da igual. Ven aquí y míralo tú misma. Su coche está aparcado en la acera de enfrente.

Me bajé de un salto de la silla alta y apagué las luces, luego me puse al lado de Robin en la ventana. Ella había descorrido la cortina para que yo pudiera ver la bien iluminada calle. Una pareja salía del Pho Kim, el restaurante vietnamita de enfrente. Yo comía allí a todas horas. Unas gambas increíbles y un *bánh hỏi* por el que merecería la pena morir, aunque eso seguramente no venía a cuento en este momento.

Vi a dos personas mirando los libros expuestos en el escaparate de la librería Afro-Pop. Una mujer paseaba a su perro cerca. Era un vecindario acogedor y diverso, donde la gente paseaba, compraba, vivía y trabajaba, y, en general, no se preocupaba por desconocidos sentados a solas en coches disparatadamente caros.

—Muy bien, está claro que hay un coche negro aparcado ahí.

—Yo no sabía diferenciar un Bentley de un babuino, así que no estaba dispuesta a admitir más que lo que ya había dicho—. ¿Cómo sabes que es él?

—Oh, por favor. —Apoyó un puño en la cadera—. Un Bentley Continental GT negro nuevecito no me pasa inadvertido, ni tampoco su conductor.

—Eso lo entiendo. —Robin conocía los símbolos de su clase social—. Pero ¿cómo sabes que Derek Stone conduce ese coche en concreto?

—¿A cuántas personas conocemos que tengan un Bentley?

—¿A ninguna?

—Exacto. —Sonrió—. Y resulta que yo lo vi marcharse cuando salimos de la Covington, así que sé que conduce ese coche. —Bajó la mirada hacia la calle—. Y si esperas un poco, verás su perfil cuando unos faros lo iluminen desde la perspectiva adecuada.

—Ay, Dios. —Así que era Derek Stone, vale. Puede que yo no supiera diferenciar los coches, pero sí aquel perfil irregular.

—Me temo que no bromeaba cuando dijo que iba a vigilarte como un halcón —comentó Robin en voz baja.

—¿Hablaste con él?

—Sí. —Dio un sorbo a su copa de vino—. Cuando la policía te estuvo interrogando. Me impresionó bastante.

Solté la cortina, me apoyé en la estantería y bebí mi vino.

—¿Y qué más dijo sobre mí?

—Estás bromeando, ¿no? —Percibí un matiz de incredulidad en su voz—. Vaya... Dijo que te iba a pedir que salieras con él. ¿Qué te pasa?

—Nada. —Dejé la copa de vino en la mesa de trabajo y caminé nerviosa—. Es un imbécil. Solo quería decir que espero que no te haya, bueno, ya sabes, molestado.

Empezó a reírse.

—Ay, Dios. Te gusta.

—¿Qué? No.

—Sí te gusta.

—No seas ridícula.

Extendió los brazos.

—Eh, ¿y por qué no? Está muy bueno. Eso se lo reconozco. Y también su cochazo.

—Ya, claro, todo esto va del coche. ¿Te has vuelto loca? —Agité el brazo hacia la calle—. Es un... acosador.

—Pues, para tratarse de un acosador, está bueno.

—Oh, eso me halaga. —Agarré mi copa y di un trago—. El hombre no tiene sentido del humor y cree que soy una asesina.

—A mí eso me suena a amor.

Resoplé.

—Cállate. —Encendí las luces y volví a la mesa de trabajo. Al menos, mi acosador personal me había dado algo en que pensar aparte del asesinato de Abraham.

Robin se rio entre dientes al apartarse de la ventana y me siguió hasta el otro lado de la sala.

—¿Y cómo va la pútrida pila de caca?

El olor a moho, cuero antiguo y papel viejo se alzó a nuestro alrededor y debo reconocer que me encantaba.

—Es repugnante, ¿verdad? —dije con una sonrisa satisfecha—. Pero esa es mi versión del cielo.

—¿De verdad puedes arreglarlo?

—Claro que puedo —dije dando la vuelta a la portada—. Soy un genio, ¿no lo sabías? Y me ganaré cada céntimo de este trabajo porque parte de los daños son pavorosos. ¿Quieres ver esto? —Señalé un desgarrón mellado en la última lámina.

Ella entornó los ojos.

—¿Es eso cinta adhesiva?

—Sí. —Negué con la cabeza, asqueada—. ¡En una encuadernación de John Brindley! ¿Te lo puedes creer?

—El horror.

—Pues hay cosas peores. —Sostuve en alto una columna rígida de cuero desgarrado con manchas para que lo examinara de cerca—. Ratas. Mordisquearon hasta atravesar el...

Dio un paso atrás.

—Ay, Dios. ¿Hay piojos de rata aparte de todo lo demás? Aparta esa cosa vomitiva de mí.

—Cobardica.

—Friki. —Robin volvió a reírse y negó con la cabeza—. Vamos, es hora de acostarse.

—Tengo hambre.

—Estoy conmocionada. Buenas noches.

—Buenas noches. —Le di un abrazo—. Gracias otra vez por quedarte.

—También me gusta el viejo catre, ¿sabes? Y tampoco quería estar sola —reconoció mientras se encaminaba al cuarto de invitados—. Y no te olvides de dar de comer a los gatos.

—Les daré algo por la mañana.

—Ya te habías olvidado, ¿verdad?

Vaya, ¿leía Robin los pensamientos?

—No, no me había olvidado.

—No me obligues a llamar al PETA —dijo Robin riéndose.

Indignada, rebusqué en el cajón de restos de la cocina, y encontré una pegatina amarilla. Escribí «Da de comer a los gatos» y la pegué en la puerta de la nevera.

—Ahí la dejo, ¿estás contenta?

—Sí. Ahora no te olvides de leer la nota.

—Vete a la cama.

—Que duermas bien.

Puse mi copa de vino en el fregadero y pensé en meter mano a la bolsa con las sobras de comida china, pero opté por el buen camino. Eché agua en la cafetera automática y añadí tres cucharadas de Peet's Blend 101 para para la mañana del día siguiente y luego me fui a la cama.

Ocho horas más tarde me desperté sintiéndome extrañamente renovada y sorprendida por haber sido capaz de conciliar siquiera el sueño. Me llegó el olor de café recién hecho, así que salté de la cama y miré en el cuarto de invitados. Robin se había levantado y se había ido, pero cuando llegué a la cocina vi que había cogido una docena de pegatinas y había dibujado flechas apuntando hacia la que quedaba en medio, que decía «Da de comer a los gatos».

—Muy graciosa —dije gruñendo mientras me servía una taza de café. La estuve saboreando durante diez minutos, luego llamé a Ian y confirmé nuestra reunión de las diez en la Covington antes de ir a darme una ducha rápida. Después me sequé el pelo con el secador y me puse unos tejanos negros, botas negras y un suéter de cuello de cisne también negro. Me eché un vistazo en el espejo y me deprimió tanto negro, así que añadí una alegre chaqueta verde para dar color a mi atuendo. Tras unos toques de rímel y un poco de brillo de labios, calenté en el microondas un cuenco de noodles de Shanghái de Vinnie y los ingerí sorbiendo, seguidos de dos galletas de chocolate y caramelo de la bolsa nueva que acababa de abrir. No se trataba precisamente del saludable desayuno de los campeones, pero los noodles estaban increíblemente ricos y me ayudaron a mejorar el ánimo varios grados más.

Había bajado al garaje y caminaba hacia mi coche cuando me acordé de Pookie y Splinters.

—Oh, mierda. —Le di un golpe a la inocente puerta del coche. Estaba claro que no había nacido para encargarme del cuidado de otras criaturas vivientes.

Carcomida por la culpa, calculé con precisión lo tarde que podía permitirme llegar esa mañana. Supuse que los gatos podrían sobrevivir un día más sin agua ni comida, pero ¿quería correr ese riesgo? ¿Y si Vinnie y Suzie adelantaban la vuelta a casa y se encontraban el cuenco de comida vacío y dos gatitos demacrados maullando sin fuerzas por sus vidas? Dejaríamos de ser amigas y no me dirían dónde compraron esos noodles de Shanghái. Y, si no me equivocaba, esas mujeres tenían motosierras.

Y lo peor, Robin se lo pasaría en grande con la noticia. Eso acabó de convencerme para seguir el buen camino.

Diez minutos más tarde, con los gatos alimentados y sintiéndome libre de toda culpa, puse el coche en marcha. Mientras salía del aparcamiento del garaje miré al otro lado de la calle, casi esperando ver un Bentley negro aparcado allí. Se había ido. Bien. El hombre perdía el tiempo siguiéndome cuando había un asesino campando a su aire por la ciudad. Según parecía, Derek Stone había llegado a la misma conclusión en algún momento durante la noche. Esperaba que hubiera sufrido una leve congelación antes de conducir de vuelta a su acogedora habitación de hotel.

Me encaminé al oeste por Brannan hasta la Novena, y luego por Hayes para esquivar el atasco de Civic Center, finalmente giré a la derecha en Franklin. Desde allí el camino era directo a Pacific Heights y la Covington.

Aparqué en el estacionamiento adyacente y seguí el paseo flanqueado de árboles hasta la biblioteca, ciñéndome un poco más la chaqueta. Era una espléndida mañana de febrero, con un aire cristalino y fresco. Desde ahí, en la cima de Pacific Heights, podía ver la asombrosa extensión del Golden Gate

Bridge tendiéndose sobre la bahía de pequeñas olas espumosas para acariciar las colinas verdes y onduladas de Marin County al otro lado.

Una vez dentro, fui directa al despacho de Ian, donde su secretaria me dijo que ya estaba abajo. Me desvié por una pequeña galería lateral para bajar al área de estudio del sótano. Me acongojó un poco ver que, pese a que la cinta amarilla que delimitaba la escena del crimen todavía seguía tendida a lo largo de la entrada al taller de Abraham, la puerta estaba abierta.

Me asomé desde el umbral y vi a Derek Stone arrodillado en el suelo de cemento, examinando la mancha de sangre.

Debí hacer algún ruido porque me vio y se puso en pie de un salto, luego se agachó para pasar por debajo de la cinta amarilla y me alejó con firmeza por el pasillo.

—No me voy a desmayar —insistí casi cayéndome por los malos modos con que me echó de allí.

—¿Así que lloriqueaba por principios?

—Yo nunca lloriqueo —dije con un resoplido.

Ian asomó la cabeza desde dos salas más adelante.

—Lo conseguiste. —Se acercó y me echó el brazo sobre los hombros, acercándome a él para un rápido abrazo; entonces me llevó al taller nuevo—. Vas a trabajar aquí.

—Vale —dije, y detesté que me temblara la voz. El ver aquella mancha roja oscura me había traído a la memoria todos los horrores de la noche anterior.

El nuevo taller era idéntico al de Abraham en todos los detalles, salvo la inoportuna mancha de sangre sobre el suelo de cemento.

Vi a Derek Stone por encima del hombro de Ian porque nos había seguido hasta dentro del taller. Me devolvió la mirada. Iba vestido con un suéter de cuello de cisne negro, unos pantalones entallados negros y una chaqueta verde oscura de cachemira.

En esencia, íbamos vestidos igual, aunque su atuendo costaba seguramente varios miles de dólares más que el mío. Presumido. No es que me importara, pero supuse que la seguridad privada pagaba más de lo que cobra un policía del montón.

Ian se volvió hacia mí.

—Tengo entendido que ya os conocéis.

—Tuve ese placer —dijo, torciendo la boca con una sonrisa maliciosa.

Se me revolvió el estómago y podría haberme abofeteado a mí misma. Sí, de acuerdo, era tan atractivo como un pecado horneado con miel, pero eso no significaba que estuviera interesada en lo más mínimo por un hombre que me consideraba capaz de asesinar a alguien a sangre fría. Simplemente no resultaba muy halagador, y mi autoestima era algo más sana. O eso esperaba.

No me sorprendió descubrir que me atraía Derek Stone dado que estaba claro que yo no tenía la menor idea de cómo elegir a los hombres apropiados. Hacía poco, mi propia familia me había prohibido ir a mi aire cuando se trataba de salir con alguien, sencillamente porque me había comprometido tres veces sin llegar nunca hasta el final. No sé por qué importaba tanto. Sí, elegía a los hombres equivocados. ¿Y quién no?

Evité mirarlo mientras yo recorría el perímetro de la sala, probando la prensa y abriendo los armarios y los cajones para revisar el material. Toqueteé los interruptores de la luz para encontrar la mejor iluminación posible.

Los dos hombres no me hacían el menor caso, hablaban tranquilamente y se sentaron en las sillas altas y cómodas que flanqueaban un lado de la alta mesa de trabajo. Yo me situé enfrente, me quité la chaqueta y me acerqué un taburete sin respaldo. Fue entonces cuando reparé en el *Fausto* de Winslow depositado sobre un paño blanco en medio de la mesa.

Primero saqué la cámara de mi bolso. Luego estiré la mano para agarrar el paño y contuve el aliento mientras tiraba para acercármelo.

Incluso con su dorado levemente desvaído, sus piedras preciosas enturbiadas, sus broches deslustrados y su encuadernación de cuero agrietada, el *Fausto* de Winslow era una obra exquisita. Grabadas en relieve había espirales de oro pálido a lo largo de los márgenes exteriores de la portada. En el centro de esta había un águila trabajada minuciosamente, bastante arisca e irritada, que sostenía un escudo, un globo terrestre y una espada, todo grabado profundamente en oro. Pero había algo más. Del ala izquierda del águila goteaba sangre, tan espesa y escarlata que casi parecía real.

La toqué. Era real, claro. Había sangre en el libro. ¿La de Abraham? Ay, Dios.

Me entraron ganas de vomitar. Solté el libro e intenté apartarme de la mesa. Las patas del alto taburete se tambalearon por debajo de mí y salí despedida hacia atrás sin otro sitio al que ir a parar que el suelo.

CAPÍTULO CINCO

Derek se había puesto de pie y había dado la vuelta a la mesa antes de que mi cabeza hubiera golpeado el suelo. Mi taburete cayó estrepitosamente mientas él me alzaba y me agarraba con firmeza entre sus brazos.

Lo miré, incapaz de recuperar el aliento.

Me devolvió la mirada. Su boca estaba muy cerca de la mía y mi corazón palpitaba desbocado en mi pecho. Decir que estaba avergonzada ni se aproximaría a lo que sentía. «Mortificada» sería mejor.

Jadeé buscando aire, pensando que ese sería un momento muy oportuno para que encontrara el portal a otra dimensión. Sí, agradecía la velocidad y la fuerza de Derek, pero no era esa precisamente la postura más profesional en que me había visto en mi vida.

Por otra parte, a él no pareció costarle nada levantar a una mujer adulta en sus brazos, aunque tampoco es que yo pesara una tonelada ni de lejos. Parecía totalmente tranquilo, como si sostuviera una taza de té y mantuviera una agradable conversación con la reina.

—¿Voy a tener que estar salvándola siempre del siguiente desastre? —preguntó en voz baja.

—No —susurré—, no será necesario. —Aunque, pensándolo bien, y pese al hecho de que él seguía con la mirada fija en el punto donde estaba segura que tenía mi cara acalorada tan enrojecida como un rábano, prefería haber acabado en sus brazos que en coma o con una faja lumbar tras el golpe contra el suelo de cemento.

—Gracias —dije con el tono más digno del que fui capaz, pese a que se me había resecado la garganta y todo lo demás—. Puede dejarme en el suelo.

—¿Está segura? —Sonrió, exhibiendo su dentadura blanca y recta, y unas pequeñas arrugas adorables alrededor de los ojos de color azul cobalto, y no es que me fijara mucho.

—Lo estoy.

—Se cae con una regularidad alarmante.

—No es así —me empeñé—, pero he tenido una mala semana.

Me examinó de arriba abajo.

—Ahora parece bastante bien.

Fruncí el ceño.

—Déjeme en el suelo, ¿quiere?

—Claro. —Me devolvió al suelo y se apartó—. Como nueva.

Ian caminó alrededor de mi caballero británico con su brillante Armani y me agarró de los hombros.

—¿Estás bien?

—Sí, gracias. —Me alejé un poco y con gesto cohibido me alisé el suéter.

—¿Estás segura? —insistió Ian—. ¿Qué ha pasado?

Derek recogió el taburete y lo colocó al otro lado, luego acercó una de las sillas altas, más cómodas, para que me sentara. Buscó mi mirada, palmeó el asiento y dijo:

—Siéntese.

—Gracias. —Ocupé la silla y me obligué a concentrarme en el libro. La sangre seguía allí.

Esforzándome por recuperar cierta autoridad, miré primero a Ian y luego a Derek y dije:

—Hay sangre en la portada.

Ian ladeó la cabeza.

—¿Cómo has dicho?

La boca de Derek dibujó una mueca.

—¿Qué sangre?

—En el ala del águila. —Sostuve el libro en alto y señalé—. ¿Por qué no se lo ha llevado la policía como prueba?

Mientras la frente de Ian se arrugaba delatando su confusión, la expresión de Derek se volvió inescrutable.

Suspiré.

—La policía no la vio, ¿verdad que no? Vosotros no le dijisteis que Abraham me dio el libro, ¿no? ¿Por qué?

—Es evidente que a usted tampoco le pareció necesario revelar ese hecho —replicó; entonces, sin decir nada más, recogió mi cámara y sacó varias fotografías de la cubierta del libro. Luego dejó la cámara en la mesa, sacó un pañuelo de tela blanco de su chaqueta y le dio unos suaves toques a la sangre, que frotó a continuación. Volvió a depositar el libro en la mesa y dobló su pañuelo.

—Tome. Llevaré esto a la policía para que lo analice. Mientras tanto ya puede ponerse a trabajar.

Lo miré con incredulidad.

—¿Se ha vuelto loco?

Ian estiró el cuello para echar un vistazo a la cubierta.

—¿Se ha ido la mancha?

—Casi por completo —dijo Derek metiéndose el pañuelo en el bolsillo.

—Buen trabajo, Stone —dijo Ian, visiblemente aliviado—. Supongo que esto le pone fin al asunto.

Di la vuelta a la mesa rápidamente y le golpeé el brazo.

—¡Era una prueba!

—Eh —se quejó frotándose el brazo—. Eso no nos devolverá a Abraham, así que ¿qué importa?

—Sí que importa —repetí en un tono un poco más estridente de lo necesario.

Derek negó firmemente con la cabeza.

—No si implica entregar el libro a la policía.

—¡Ellos tienen que verlo!

—¿Por qué?

Me di la vuelta para encararlo.

—¿Y si no es la sangre de Abraham? ¿Y si atacó a su agresor y esa sangre del libro es la de su asesino? ¿Y si...?

—Dios, Brooklyn —dijo Ian—. Cálmate.

Derek levantó la mano para acabar con la discusión.

—Se me ha encargado que proteja este libro. Tengo la intención de entregar estas fotos y de que examinen la sangre del pañuelo.

—Pero ¿qué pasa con el propio libro? La policía...

—Lo destruirían en su afán por investigar combinado con su típica incompetencia y torpeza —dijo Derek con un gesto despectivo.

—Creía que trabajaba con ellos.

—Y lo hago, pero eso no significa que vaya a permitirles destrozar una obra de arte de valor inapreciable que estoy resuelto a proteger. —Volvió a recoger el libro y lo sostuvo en un ángulo que le facilitaba verificar que lo había limpiado a fondo.

—Oh, deme el maldito libro —dije.

Lo dejó de nuevo en su sitio sobre el paño blanco, luego tiró del paño hasta que el libro quedó justo delante de mí.

—Sabía que entendería la razón —dijo.

—Oh, por favor. —Le pinché con el dedo—. Quiero saber los resultados del análisis de ese pañuelo.

—Sí, señora. —Levantó una ceja y miró a Ian—. Menuda quisquillosa.

Ian asintió.

—Siempre lo ha sido.

—No tiene gracia. —Pero evidentemente a ellos les daba igual—. ¿No tenéis un sitio mejor donde estar?

Derek lo pensó un momento.

—A decir verdad, no.

—Yo tampoco —dijo Ian comprobando la hora en su reloj.

Resoplé. Eran peores que mis hermanos, que tenían un lazo compartido, a saber: el placer de atormentarme.

No iba a dejar que este par se enteraran, pero yo tampoco quería ver al *Fausto* cubierto del viscoso polvo negro para huellas dactilares. Al mismo tiempo, me recorrió en oleadas una punzada de culpabilidad. Quería que atraparan al asesino de Abraham, pero también quería que el libro estuviera a salvo. Intenté convencerme a mí misma de que Abraham habría sentido lo mismo.

Me olvidé de mi particular gallinero de mirones baratos y saqué unas gafas de leer, un cuaderno y un bolígrafo de mi bolso para echar una mirada al libro más de cerca y hacerme una idea de qué utensilios y materiales necesitaría traer de mi propio estudio.

El *Fausto* de Winslow era grande, aproximadamente unos treinta y cinco centímetros de largo por veinticinco de ancho. Necesitaría mi regla metálica para hacer una medida precisa, pero de momento esa era mi estimación de experta. Uniendo las esquinas del paño alrededor del libro, lo levanté unos centímetros de la mesa. Era pesado: un kilo, quizá algo más. Observé su grosor. ¿Siete centímetros largos? Como poco. Añadí la regla metálica a la lista de materiales, así como mi lupa de mesa manos libres.

Los dos broches utilizados para mantener el libro firmemente cerrado eran de latón y se les había dado forma de manera que parecían unas estilizadas garras de águila, cada una de aproximadamente dos centímetros y medio de ancho por cinco de largo. Se deslizaban a través de dos puentes de latón soldados a la portada y luego se ajustaban a su sitio con un clic, con lo que básicamente se cerraba el libro. Las garras de latón estaban fijadas a unas cintas de cuero de dos centímetros y medio de grosor que encajaban limpiamente en el cuero de la contraportada.

Se me crisparon los hombros. Oía respirar a Ian. Me di la vuelta y los encontré, a él y a Derek, a unos centímetros de mi espalda, observando cada uno de mis movimientos.

—¿Queréis dejarme un poco de espacio, chicos?

Ian retrocedió inmediatamente, pero Derek se mantuvo en su sitio.

Suspiré y examiné con la lupa los rubíes rojos engastados en la punta de cada hoja del contorno de la flor de lis. Eran treinta rubíes en total, todos enturbiados y polvorientos. Habría que sacarlos para limpiarlos y luego volverlos a colocar.

Con las joyas, la elaborada ornamentación dorada y las extrañas garras de latón compitiendo por la atención, el libro debía de haber parecido chillón y hasta de mal gusto. Pero no, era una obra maestra. Todos se habrían sentido unos humildes privilegiados al poder contemplar una obra de arte tan increíble. O tal vez solo me pasaba a mí, la fanática de los libros.

—¿Por dónde vas a empezar? —preguntó Ian.

—Todavía no estoy segura —murmuré mirando el lomo ondulado.

—¿Y cuándo empezará? —preguntó Derek.

Le clavé la más sucia de mis miradas, luego dediqué unos minutos más a estudiar y admirar el grabado y el encordelado a lo largo del lomo antes de separar cuidadosamente las garras de águila de latón y abrir el libro.

El intenso olor de la vitela envejecida, tibia y húmeda se mezclaba con el aroma del rico cuero marroquí. Cerré los ojos para dejar que el glorioso aroma de la edad y la elegancia enturbiase mis sentidos y envolviese mi cerebro.

Tuve que parpadear unas cuantas veces para aclarar mi visión. Vale, sí, tiendo a ponerme un poco sentimental con mi trabajo, pero mientras observaba la guarda delantera, no podía pensar en otra cosa que ¡guau! Nada de lo que había visto antes me había preparado para esto.

En lugar de los habituales papeles jaspeados típicos de los libros del mismo periodo, algún artista divino había pintado una espectacular escena de batalla de la escala del Armagedón, y, aun así, todo estaba hecho en miniatura. El detallismo era asombroso. Las nubes se arremolinaban en los cielos mientras batallones de ángeles al ataque descendían con toda la parafernalia para la batalla, blandiendo refulgentes espadas en un valeroso esfuerzo por restaurar la virtud en un mundo que había caído en el lado oscuro.

Alzándose desde el suelo para enfrentarse a ellos había un número igual de criaturas cornudas, malvadas y vestidas de negro, que blandían mazas siniestras y otros instrumentos de destrucción. Eran los guerreros enviados por Mefistófeles para destruir a sus rivales celestiales.

En medio de las fuerzas que chocaban, pero de algún modo apartado de la acción, había un hombre apuesto y rico, vestido con el elegante atuendo de la nobleza del siglo XIX. Su rostro era una máscara de repulsión y confusión mientras contemplaba cómo se libraba la batalla y los cuerpos caían a su alrededor.

Era Fausto, el héroe trágico de Goethe.

—Esto es asombroso —susurré.

—Increíble —convino Ian—. Nunca había visto nada igual.

Una vez más, los colores intensos y la iluminación dramática deberían de haber parecido chillones y melodramáticos, pero, en su lugar, eran una deslumbrante obra de arte por sí mismos. No estaba firmado, así que no tenía ni idea de quién era el artista o de si era la misma persona que había creado el libro. Intentaría averiguarlo.

De repente, me pregunté cómo demonios iba la Covington a exponer el libro para mostrar tantos detalles.

—Tendríais que exhibirlo dentro de una vitrina de cristal a la altura de los ojos —dije con creciente emoción—. La gente debe ser capaz de caminar a su alrededor y ver las diferentes partes. Podríais mantenerlo abierto sujetándolo para mostrar parte del texto, y colocar otro clip de manera que se vea la pintura, y también debe poder verse la encuadernación. Yo podría diseñar unos clips de latón que se fundirían con...

—Me parece genial —dijo Ian—. ¿Y podrías terminarlo en una semana?

Hice una mueca.

—Eso espero.

Sonrió.

—¿Así que te gusta el libro?

—Es espléndido —dije con un suspiro, luego levanté la mirada para cruzarla con la oscura de Derek. No debería haberme sorprendido verlo mirándome fijamente, pero la expresión de su cara en ese momento hizo que me sintiera como un jugoso bistec a ojos de un hambriento carnívoro.

Mi reacción debió de ser obvia porque inmediatamente controló sus rasgos y solo pareció vagamente interesado por el libro.

Vale, tal vez me imaginé esa mirada hambrienta, pero desde luego no imaginé mi reacción. El corazón me latía confuso y sentía unas mariposas aleteando en el estómago. ¿Cuántas veces tendría que recordarme que Derek Stone no era más que un completo imbécil que seguía considerándome una sospechosa? ¿Por qué iba a estar aquí si no fuera para vigilarme?

Bueno, lo había superado. Me aclaré la garganta.

—Ian, ¿te importaría subir un poco la luz?

—En absoluto —me respondió y cruzó el taller para toquetear el panel de mando de la iluminación.

Me volví hacia Derek y susurré.

—Deje de mirarme.

Él se acercó a mí, inclinándose.

—No sea engreída.

—¿Y usted como lo llamaría?

—No la miro, la estoy vigilando.

Cerré la mano formando un puño y tuve que resistirme a las ganas de darle un puñetazo.

—No puede creer en serio que mataría...

—¿Mejor? —preguntó Ian mientras alzaba la mirada al techo, calculando el nivel de intensidad de la luz, dichosamente inconsciente de la tensión que se estaba viviendo ante sus mismísimas narices.

—Perfecto —dije sonriéndole—. Gracias. —Lancé una mirada severa más a Derek, quien me devolvió una sonrisa de suficiencia que me crispó los puños. Me moría de ganas por romper algo, preferiblemente su nariz. Era una pena que yo fuera una cariñosa pacifista.

—Tengo que irme a una reunión —anunció Ian. Le llevó un minuto negociar un horario de trabajo conmigo; luego me pasó unas llaves y una tarjeta del aparcamiento. Mientras se encaminaba a la puerta, me recordó que me pasara por su despacho para rellenar un contrato de trabajo antes de irme hoy. Y así me convertí en una empleada de la Covington.

Derek se levantó y se desperezó estirando los brazos.

—Supongo que la dejaré con su trabajo.

—Oh, muchas gracias.

Me lanzó una mirada de advertencia.

—Por ahora. —Entonces me guiñó el ojo, sí, me lo guiñó, y salió.

Dichosamente sola, sin Derek Stone inhalando el oxígeno de mi taller, me pasé las dos manos por el pelo y sacudí la cabeza y los hombros para deshacerme de toda esta frustración acumulada. El responsable de que me sintiera tan tensa era Derek Stone. Le eché la culpa por entero.

Y, ya puestos, ¿qué clase de nombre era Derek Stone? Sonaba como el de un aspirante a James Bond. Por supuesto, yo era la última que criticaría el nombre de nadie, habiendo recibido el mío por el barrio de Nueva York donde, según la leyenda, fui concebida en un palco entre actos de un concierto de Grateful Dead en el ya desaparecido Beacon Theatre. Y por si eso no fuera bastante decadente, a mis malvados hermanos les dio por llamarme Bronx.

Pero estoy desvariando. Tanto daba cómo se llamara, Derek Stone exudaba más magnetismo animal que todos los Bond juntos. El hombre llamaba la atención y era fuerte. Pensé en la forma en que los esbeltos músculos de sus brazos se habían hinchado y tensado mientras me sujetaban y sostenían. Impresionante, por decir algo.

¿Estaba aumentando la temperatura aquí dentro o qué?

«¿Y cómo me ayuda esto a concentrarme?» Inhalando profundamente, busqué una bolsa de caramelos de chocolate con menta en mi bolso y me comí tres tan rápido como pude. Una vez refrescada, cuadré los hombros, agarré mi lupa de mano y seguí revisando el *Fausto*.

Al principio había creído que la pintura del Armagedón de la guarda se había realizado en una fina hoja de lienzo. Ahora vi que se trataba de vitela de alta calidad que más parecía pergamino, aunque de hecho era cuero fino de becerro que había sido estirado y tratado para que se pudiera grabar, o, en este caso, pintar.

Si el artista había sido también el encuadernador, tendría que haber conocido el riesgo que asumía al utilizar esta asombrosa pintura como guarda encolada. Teniendo en cuenta el estilo del siglo XIX de aplicar generosas cantidades de cola de almidón de trigo para pegar el papel y el cuero de los cartones, era llamativo que el brillo de la pintura y de la propia vitela hubieran sobrevivido.

—Oh, oh. —Acerqué la lupa como si quisiera demostrar el argumento. Reparé en que una parte significativa de la pintura se había despegado por la parte superior de la guarda delantera.

Pasé el dedo a lo largo de ese margen suelto. El lado interior todavía estaba pegajoso.

—Vaya —dije. La pintura no se había despegado por sí sola. Alguien la había ayudado creando un bolsillo entre la vitela y el cartón. Al colocar el libro en ángulo hacia mí, vi algo metido a presión entre ambos.

—¿Qué es esto? —Busqué en mi bolso mis tenacillas y mi navaja de precisión y, con cautela, meticulosamente separé una parte mayor de la pintura del cartón.

Metí las tenacillas dentro del espacio y alcancé el objeto, luego tiré, con toda la suavidad que pude, dado que no tenía ni idea de qué había allí. ¿Y si lo desgarraba? ¿Y si se desmenuzaba como polvo a causa de la presión?

Pero el objeto se deslizó limpiamente desde su escondite. Me sorprendió y, hasta cierto punto, me decepcionó encontrar un simple trozo de cartulina moderna, puede que de unos veinticinco centímetros cuadrados. Una tarjeta. Cara. Un material de calidad, recio.

En el centro de la tarjeta, escrito a lápiz, había un garabato, «AK», y una anotación, «GW1941».

La «AK» eran obviamente las iniciales de Abraham, pero la anotación era un misterio, fácil de resolver si pudiera leer su diario para este trabajo. Abraham siempre había tomado abundantes notas mientras trabajaba, así que no me cabía duda de que tendría una explicación para la tarjeta y su anotación garabateada.

Sería una conclusión apresurada pensar que Abraham había introducido la cartulina en el delgado bolsillo para impedir que la vitela se fundiera con el cartón, pero eso es lo que yo habría hecho. Así que, por ahora, esa sería la teoría con la que iba a trabajar. De manera que la pregunta era: ¿qué había encontrado Abraham en el espacio bajo la vitela pintada? Y otra pregunta: ¿qué significaba «GW1941»?

Mi imaginación evocó una carta secreta escrita por el káiser Guillermo en persona en el papel oficial del emperador. Tal vez se trataba de una denuncia de algún funcionario del Gobierno y su contenido era tan inflamable que tenía que ocultarse a los ojos curiosos. O tal vez era una apasionada carta de amor al emperador de su amante, en el supuesto de que tuviera una. Por descontado que la tenía. Era un emperador. Tal vez había escondido la carta sexual dentro del libro como un recuerdo secreto.

Y tal vez yo era una boba.

Según la anotación de Abraham, el objeto desaparecido se remontaba a 1941, de manera que cualquier documento del káiser Guillermo quedaba fuera de lugar. Fuera lo que fuese, esperaba que constituyera un objeto digno de los recuerdos de la familia Winslow para la exposición y que añadiera credibilidad a la procedencia del propio libro.

Probablemente, lo que había desaparecido fuera algo más prosaico, tal vez un recibo o puede que la descripción del encuadernador de los materiales utilizados para confeccionar el libro. A mí me daba igual lo que fuera, solo quería verlo.

—Abraham, ¿qué era? —pregunté mirando alrededor del ordenado taller—, ¿qué encontraste?

Oí cerrarse un armario en un taller próximo y sonreí. Era un consuelo saber que había otros encuadernadores trabajando hoy. Otro armario se cerró con un golpe seco. Me picó la curiosidad. Salí al pasillo para conocer a mis vecinos. Otro cajón se cerró de golpe y el ruido me llevó hasta la puerta de Abraham. Seguía cerrada y con la cinta amarilla que marcaba la escena del crimen tendida de lado a lado.

Había alguien dentro.

Empujé la puerta, que no tenía la llave echada, y vi a Minka de puntillas, mirando en uno de los anaqueles más altos del armario.

—¿Por qué no me sorprende? —pregunté.

Ella se quedó sin aliento y se dio la vuelta. Fue entonces cuando me fijé en la pequeña pila de objetos que había acumulado en la mesa de trabajo.

—¿Estás robando? —pregunté alegremente.

—¿Qué narices quieres?

Pasé por debajo de la cinta que delimitaba el escenario del crimen y entré para ver más de cerca lo que había encontrado.

—¡Sal de aquí! —chilló.

—Solo estoy mirando —dije y cogí una caja de madera pulida con las iniciales «AK» grabadas en la tapa.

Era el juego personal de Abraham de cuchillos Peachey para la encuadernación.

—Me los he pedido primero —dijo—. Saca tus sucios garfios de ellos.

Negué con la cabeza.

—Eres una ladrona lamentable.

—Son míos.

—No, pertenecen a Abraham.

Se lanzó a por la caja y yo aparté la mano de golpe.

—¡Eres una desgraciada!

—Es posible —dije—, pero estos cuchillos no te pertenecen.

—Él ya no puede usarlos y yo los encontré primero.

Se me abrieron los ojos. No pude evitarlo. Su carencia de un referente moral nunca dejaba de sorprenderme.

—Eso no significa que sean tuyos.

—Dios, cómo te odio —dijo apretando los dientes. Empujó el resto de su botín hasta aplastarlo contra su pecho y salió ruidosamente. Entonces se dio la vuelta y me fulminó con la mirada.

—Ojalá te mueras.

—Lo mismo digo —le grité.

Dejé escapar el aire que había estado conteniendo. Aquella mujer era tóxica. Tuve que preguntarme, y no por primera vez, cómo podía contratarla alguien en sus cabales.

—Eh, no deberías estar aquí. —Ian había aparecido en el umbral y me miraba con el ceño fruncido.

Me reí con ganas.

—¿Dónde estabas cuando te necesitaba?

—¿A qué te refieres?

—Minka ha entrado aquí. La pillé robando las cosas de Abraham.

—Oh. —La arruga de su ceño se profundizó—. Bueno, tenemos herramientas por todas partes. Habrá venido a buscar algo.

—No, Ian. Estaba robando las cosas de Abraham. —Pasé por debajo de la cinta amarilla y cerré la puerta, luego le di la caja con el juego de cuchillos Peachey—. Iba a llevarse esto.

Examinó la caja, me la devolvió y se encogió de hombros.

—No es más que una caja de cuchillos, Brooklyn. Estoy seguro de que fue un acto completamente inocente. Lo que pasa es que eres demasiado suspicaz, no me fastidies.

En ese momento de aturdida incredulidad, él fue capaz de rodearme los hombros con su brazo y llevarme de vuelta a mi taller.

Todo tenía un aire de *déjà vu* una y otra vez. Mi novio de la facultad se había negado a creer que Minka fuera culpable de atacarme. Por eso acabaríamos rompiendo más adelante. Él había dicho que yo estaba siendo demasiado sensible porque tenía la mano vendada y me dolía. Fue un accidente, insistió, y se empeñó en que tenía que tomármelo con calma.

Ya en mi taller, mientras Ian acercaba la silla alta y me ayudaba a sentarme, me sentí como Ingrid Bergman en *Luz que agoniza.* Y no era la primera vez. Ahí estaba yo de nuevo, intentando demostrar que Minka era una mentirosa patológica, además de un peligro para mi salud, mientras que lo único que veían los demás era a Minka como inocente observadora y a mí como bruja iracunda.

En ese momento me di cuenta de que Minka podía librarse del castigo por un asesinato.

Intenté trabajar veinte minutos más, pero fue en vano. Entre Minka desquiciándome y el objeto desaparecido del *Fausto,* no podía concentrarme.

Di una vuelta por el taller, me asomé por las altas ventanas para mirar el cielo azul y me pregunté qué podría ser ese objeto perdido.

—¿Y dónde demonios lo escondiste? —pregunté en voz alta.

Abraham me había agobiado desde mi más temprana infancia para que siempre llevara notas de mi trabajo. En cada etapa, era importante fotografiar y documentar todo, no solo la obra física, el papel, los cartones, la encuadernación y los hilos, sino también mis propias impresiones, pensamientos, problemas y teorías referentes al proyecto. Comparaba el trabajo al de un arqueólogo o un investigador en la escena de un crimen. Si Abraham había encontrado algo dentro de aquel bolsillo oculto, habría metido el objeto en una funda de plástico transparente y lo habría sujetado dentro de una carpeta como protección y referencia.

«Un libro es un pedazo de historia viva», le oí decir con tanta nitidez como si estuviera aquí en el taller, conmigo.

—¿Y qué demonios hiciste con este pedazo? —le pregunté en voz alta—. ¿Y dónde guardaste tu maldito diario?

Entorné los ojos mientras volvía a revisar aquel espacio compacto. Era idéntico al taller de Abraham, que estaba a dos puertas, pasillo adelante. Estanterías y armarios modulares de madera clara barnizada forraban tres paredes, y la gran mesa de trabajo y los taburetes llenaban el resto del espacio central. El techo era alto, la iluminación, aceptable. Era un taller despejado y ordenado con todo colocado donde debía.

Sin embargo, Abraham siempre había sido un remolino de energía creativa, un artista que dejaba su impronta allá donde fuera. En otras palabras, era un dejado. Mientras miraba alrededor de ese espacio que le habían adjudicado, me percaté de que él nunca habría guardado nada importante allí. Podría verse obligado a trabajar en ese taller, pero no vivía allí, no creaba allí, no dejaba allí su huella.

El hombre que yo conocía había guardado todos sus cuadernos de notas y diarios que había escrito en cuantos proyectos había trabajado. Lo guardaba todo compulsivamente. De manera que ¿dónde estaban todos los documentos, cuadernos de notas y diarios que el proyecto Winslow había generado?

¿Los había robado alguien? ¿Lo asesinaron por eso?

Al echar una mirada más alrededor, me di cuenta de que no encontraría las respuestas allí.

Solo se me ocurría un sitio donde buscar, y era el desordenado estudio y casa de Abraham en la comuna de Sonoma. Yo conservaba todavía una llave del lugar.

Me rugió el estómago. Miré mi reloj y vi que era casi mediodía. Mientras me arreglaba, calculé que si podía llegar a mi coche en diez minutos, tendría tiempo para pasarme por el servicio de comidas para llevar del Speedy Grill y comprarme una hamburguesa de queso júnior doble, megapatatas fritas y un batido de Oreo, y aun así plantarme en Sonoma antes de las dos.

CAPÍTULO SEIS

Eran casi las doce y media cuando dejé atrás el atestado peaje de Presidio Plaza y entré en el Golden Gate Bridge. No había tardado mucho desde la Covington, pese a la parada a mediodía en el restaurante de comida para llevar del Speedy Grill, que no servía tan rápido como su nombre indicaba. Aunque mereció la pena la espera porque no había una hamburguesa de queso mejor en el mundo. La suya estaba hecha con ternera del rancho Niman, tomates tradicionales y cebolla dulce Walla Walla, un esponjoso panecillo casero y una salsa secreta confeccionada con ajoaceite digna de un chef de Cordon Bleu. Los críticos lo repetían y yo estaba de acuerdo con ellos, era la mejor de la ciudad.

Por desgracia, tenía tanta hambre que, cuando llegué al puente, la hamburguesa ya no era más que un vago y dichoso recuerdo. Por fortuna, todavía me quedaban algunas patatas y la mayor parte del batido para el resto del trayecto al norte.

Aferraba el volante puede que con excesiva fuerza mientras revisaba mi última discusión con Derek Stone antes de salir de la biblioteca. Yo había intentado ver a Ian, pero este había salido de su despacho y no me apetecía confiar el *Fausto* de Winslow a ningún otro que no fuera Derek.

Pero ¿apreció él mi preocupación? No. Quiso saber dónde iba, y cuando le dije que tenía que visitar a mi madre, me arrebató el libro de las manos e hizo un desagradable comentario sobre la indolencia de mi horario laboral. Mi pobre réplica fue algo parecido a «que te den».

Me lo quité de la cabeza e intenté disfrutar del viaje. El Golden Gate Bridge y la vista de la bahía me impresionaban siempre. El cielo todavía era de un azul esplendoroso, pero había refrescado y el viento de costado soplaba a ráfagas.

Los embotellamientos fastidiaban a los conductores que enfilaban hacia el sur, pero conseguí ir todo lo rápido posible bordeando el límite de velocidad de setenta y dos kilómetros por hora después de esquivar una vieja minifurgoneta con techo descapotable que parecía prepararse para despegar. En la parte de atrás, dos niños sacaban la lengua y hacían gestos desagradables con los dedos que, supuse, la agobiada y aterrada conductora, su madre, no habría aprobado. Pero la mujer parecía ajena a sus pequeños monstruos, ocupada como estaba esforzándose por mantener el vehículo pegado a la tierra frente a las rachas de viento que lo zarandeaban.

Dos minutos más tarde, había dejado atrás el puente y estaba a salvo en tierra firme, en Marin County. Pasé por el túnel arco iris y, mientras aceleraba por el primer desvío a San Rafael, mi móvil emitió un sonido genérico, lo que significaba que no tenía la menor idea de quién llamaba. De todas maneras, recuperé el aparato y lo toqueteé buscando el botón de respuesta.

—Diga.

—Te has ido sin firmar los documentos. —Era Ian.

Mierda. El contrato de trabajo de la Covington.

—Lo siento, pero te estuve buscando —dije. Entonces me tensé—. Tienes el *Fausto,* ¿no?

—Sí, gracias.

Dejé escapar un suspiro de alivio.

—Bien.

—Pero ojalá te hubieras quedado —dijo—. Los Winslow se pasaron por aquí. Querían conocerte.

—Maldita sea.

—¿Algo va mal? —preguntó, inesperadamente comprensivo con mi cansino sarcasmo.

—No, todo va genial —dije animándome—. Lo siento. Me los perdí, pero me llamó mi madre.

—¿Está bien?

—Sí, sí. Pero me necesitaba para, esto, para que le recogiera no sé qué.

No es que fuera una gran excusa, pero todavía no estaba preparada para contarle lo que había descubierto dentro del *Fausto* —o, mejor dicho, lo que no había descubierto—, al menos hasta que supiera qué era. Y tampoco quería que los Winslow supieran qué estaba buscando, lo cual no supondría ningún problema dado que ni yo misma tenía la menor idea de qué buscaba.

Fruncí el ceño. Incluso yo estaba confusa.

—Bueno, saluda a tu madre de mi parte —dijo Ian.

—Ah —dije acordándome de dónde me encontraba y con quién estaba hablando—. La saludaré. Eh, deberías venir a cenar un día de estos. Austin cree que el pinot de este año bordea los caldos de primera. Está obligando a probarlo a todo el mundo.

—Menudo personaje. —Me reí. Dado que Ian había sido el colega de facultad de Austin, así como mi breve prometido, no era ningún extraño para mi familia ni para la comuna.

—Sé que a mis padres les encantaría verte —dije, esquivando a un idiota vestido con licra roja montado en una bici de diez velocidades. ¿Por la autopista? Bueno, después de todo estaba en Marin.

—Me encantaría verlos a todos —dijo con un deje de nostalgia—. Les llamaré pronto.

—Muy bien. —Pisé con fuerza los frenos para evitar rozar un Mustang cobrizo clásico cuyo conductor se creía el dueño de la carretera. Un coche con estilo. Un conductor idiota—. Intentaré estar de vuelta avanzado el día —añadí, sabiendo que mentía.

—No te preocupes —dijo—. Mañana puedes firmarlo todo. Porque mañana estarás aquí, ¿no?

—Claro —dije sintiendo de repente la presión de estar empleada legalmente. Por eso tenía mi propio negocio. No quería trabajar en cautividad—. Estaré ahí todos los días hasta que acabe el libro, te lo prometo. Esto ha sido solo, bueno, una circunstancia inesperada.

—No pasa nada, chica. Llamaré a los Winslow y les diré que vengan mañana.

—Genial —mentí, una vez más—. Mañana nos vemos.

—Chachi —dijo, y colgó.

Yo también colgué. Lo bueno de la llamada de Ian era que me había ayudado a no fijarme en las laderas horteras y atestadas de apartamentos de Sausalito y todos los pequeños centros comerciales y aparcamientos que flanqueaban la autopista a través de San Rafael.

Lo malo era que mañana tendría que hablar con los Winslow. Me pregunté de nuevo si la conversación que había oído casualmente la noche del asesinato de Abraham tendría algo que ver con su muerte. Intenté recordar sus palabras:

«Malnacido»; «Problema con el libro»; «Ocuparnos de ese imbécil».

Todo sonaba sospechoso. Sin pensarlo, miré por el retrovisor. Tuve la brusca e incómoda sensación de que alguien me seguía.

Tomé la salida a la Ruta 37 y durante los siguientes kilómetros hubo poco más a la vista que las marismas abiertas que se desplegaban al este de la bahía. No vi ningún coche siniestro tras de mí. Ni tampoco ningún Bentley negro.

Unos kilómetros más adelante, las colinas cubiertas de hierba se solaparon con los viñedos. Por fin llegué a Glen Ellen, el límite meridional de la región conocida localmente como el Valle de la Luna. Cinco kilómetros más allá de la ciudad, giré para entrar en la Montana Ridge Road y enfilé hacia Dharma.

El día, hace ya tantos años, que nos instalamos aquí, Montana Ridge Road era una carretera de grava de un solo carril, llena de baches, flanqueada por desvencijadas vallas de madera y herrumbrosas cercas metálicas. Habíamos pasado en coche entre graneros en ruinas, granjas malolientes y tráileres deteriorados. La mayoría de los jardincillos de entrada tenían la correspondiente lavadora acribillada. Había montones de autocaravanas aparcadas en los caminos de acceso como vivienda extra para los parientes.

Después de pasar mis primeros siete años en la tranquila elegancia del barrio de St. Francis Woods de San Francisco, me traumatizó ese entorno inhóspito, y lo mismo les pasó a mis hermanos. Mientras nuestro coche familiar traqueteaba y saltaba y veíamos por primera vez esta barriada rural y deprimente que iba a ser nuestro nuevo hogar, mi hermano mayor, Austin, empezó a tararear los cuatro primeros acordes de *Dueling Banjos.*[2]

---

2 *Dueling Banjos* es la composición instrumental de la famosa secuencia del principio de la película *Deliverance* (John Boorman, 1972) que interpretan un urbanita y un chico discapacitado mental. La secuencia no augura nada bueno. *[N. del T.]*

Por entonces, yo era demasiado pequeña para captar la referencia. Pero mi padre sí lo hizo y le dijo a Austin que se callara.

Pese a las primeras impresiones, nos había ido bastante bien a nuestro aire. Durante los dos primeros años vivimos aquí, los ocho, hacinados en una autocaravana Airstream mientras que los miembros de la Fraternidad construían una comunidad y plantaban viñedos. Con los años, se adquirieron más fincas, se construyeron más estudios de artistas, se abrió un restaurante en el ayuntamiento y se fundó una escuela para los niños, que parecían multiplicarse estación tras estación.

Al cabo de unos años, la comuna había crecido hasta alcanzar casi los novecientos miembros y el gurú Bob se unió. Ahora el pueblo de Dharma era una comunidad próspera con tiendas chic y galerías de arte, restaurantes, granjas artesanales, una bodega excelente, tres hostales con estilo y un espá de salud y belleza de primera. No estaba nada mal para una pandilla de fans de los Grateful Dead y de frikis, como decía siempre papá.

Montana Ridge daba a Shakespeare Lane, lo que señalaba el inicio del pintoresco barrio comercial de Dharma, que abarcaba dos manzanas. Pasé por delante de las encantadoras tiendas y cafés y los negocios de pequeños escaparates, entre ellos, Warped, la mercería con tejidos y costura de mi hermana China.

Tras dejar atrás el ayuntamiento y la plaza central, entré en la Vivaldi Way, la estrecha carretera privada que serpenteaba subiendo por la colina que estaba encima de Dharma. Me detuve en el acceso circular a la casa de Abraham y aparqué, luego me bajé del vehículo y estiré los brazos para relajar la espalda y los hombros. El aire ahí arriba era más fresco y el cielo empezaba a encapotarse. Esperaba que no lloviera antes de haber regresado a la ciudad.

Contemplé la casa de Abraham, un imponente edificio colonial de estilo español de dos plantas con una espléndida vista del pueblo y las colinas ondulantes que se alzaban más allá. No se trataba precisamente de la imagen que te venía a la cabeza cuando oías la palabra «comuna», pero unos años atrás, cuando la comuna había empezado a ganar dinero, el gurú Bob se había empeñado en mejorar el estilo de vida y la imagen de la zona.

El patio y el estanque de Abraham rodeaban la parte de atrás de la casa y su estudio de encuadernación se encontraba al fondo de la finca.

Cogí mis llaves y el bolso y me dirigí al estudio. Se había colocado cinta amarilla de la policía delante de la puerta, de manera que los agentes se habían pasado también por ahí. ¿Habían encontrado algo que incriminara a alguien?

Vacilé por unos instantes, luego arranqué la cinta con resolución y abrí la puerta. Entré y me asaltaron los olores a cuero de calidad, pergamino húmedo, tintas, óleos y menta. Casi al instante, mi conciencia se inundó de recuerdos agridulces.

Me imaginaba a Abraham con su delantal de cuero, las mangas de su camisa levantadas sobre sus brazos morenos y musculosos, sus manos manchadas de cuero y salpicadas de oro mientras doraba minuciosamente un enrevesado dibujo en el lomo de un volumen sostenido firmemente en su sitio por una de sus antiguas prensas de libros.

Yo me había criado en esa sala, ejerciendo de aprendiz para él. No había sido fácil. Él disfrutaba de su papel de estricto supervisor y yo cometía un montón de errores. Pero yo amaba ese trabajo, amaba los libros, amaba la sensación de triunfo que se generaba al acabar un proyecto. Supe desde el principio que tenía un don tanto para el arte como para el oficio de la encuadernación, aunque Abraham nunca lo dijera. No importaba.

Le había oído comentar a mis padres en más de una ocasión que yo estaba haciendo un buen trabajo y nunca dejó de alentarme oírselo decir.

Mientras recorría la sala, capté una vaharada de serrín mezclado con sudor y pegamento, y casi la perdí al instante. Él tendría que haber estado ahí, trabajando, riéndose y dándome órdenes. Tragué saliva, intentando deshacer el nudo que se me había formado en la garganta.

Me enjugué las lágrimas con golpecitos de la manga de mi chaqueta. Deambulé por el estudio, buscando algo que me dijera qué había oculto bajo las guardas del *Fausto* de Winslow. Tal vez un diario, una carpeta o una agenda. O tal vez un texto que rezaba: «¡Eh! Aquí tienes lo que estabas buscando».

El estudio de Abraham estaba dispuesto a la manera típica de un taller, con tres tableros anchos a lo largo de las paredes y una mesa de trabajo alta en el centro. Los tableros estaban atestados de prensas, perforadoras y demás equipos. Unos estantes llenaban las paredes y tenían cientos de bobinas de hilo, herramientas, pinceles, más papel, rollos de cuero y pilas de cartón grueso.

«Siempre fuiste muy desordenado». A medida que avanzaba iba colocando bien las herramientas, recogí todos los pinceles sueltos en un tarro vacío, apilé de nuevo ordenadamente un montón disperso de guardas.

Me entretuve al recoger el teléfono inalámbrico de su base al borde de la mesa de trabajo. Distraídamente, comprobé los números en el marcado rápido y reconocí tanto el mío como el de mis padres. Dejé el aparato sobre la servilleta donde había estado, y entonces me fijé en que era una pequeña servilleta de papel de un restaurante que reconocí, el Buena Vista, que estaba cerca de Fisherman's Wharf.

La cogí y vi una nota garabateada en el dorso:

No acudiste a nuestra cita. ¿Te estás burlando de mí? Te doy una oportunidad más. Nos vemos en el BV este viernes por la noche o quién sabe qué puede pasar.

La firmaba «Anandalla».

¿Anandalla? ¿Qué clase de nombre era Anandalla? Y, más importante, ¿quién era? ¿Una cita? ¿Una clienta? La nota tenía un tono amenazante. ¿La había redactado el asesino de Abraham?

Yo conocía bien el Buena Vista, un venerable bar y restaurante cerca de Fisherman's Wharf, en la calle que sale de Ghirardella Square. No había estado allí desde hacía meses, pero podía valer la pena hacer una visita este viernes por la noche. No tenía la menor pista de quién era Anandalla, pero tal vez ella sabía algo sobre Abraham que me ayudaría a encajar las piezas del rompecabezas.

Me metí la servilleta de papel en el bolsillo y me acerqué al largo tablero que estaba contra la pared del fondo. Ahí había apilado Abraham varias láminas de madera de abedul recién lijadas para utilizarlas como cubiertas de libro, supuse. Grandes trozos de hueso y conchas marinas se amontonaban en una pila junto a la madera.

Meses atrás, Abraham mencionó que iba a dar una clase sobre zen y el arte de la encuadernación japonesa. Me dio la impresión de que era muy divertido. Busqué entre los huesos y las conchas y escogí las formas más sólidas, pensando que servirían como preciosos broches de cierre. Metí algunos en mi bolso, coloqué ordenadamente conchas y huesos, alisé la pila de cubiertas de abedul y luego me dirigí a la estantería que había puesto Abraham al final del tablero. Ahí era donde colocaba siempre sus proyectos acabados y las muestras, junto con algunos de mis primeros trabajos de encuadernación. Me incliné hacia delante para mirar los títulos.

—Eh —dije en voz baja, y extraje el envejecido ejemplar encuadernado en cuero de *Flores silvestres azotadas por el viento.* Pasé la mano sobre el suave cuero azul y el sencillo dorado que recorría los bordes de la portada. Abraham me había permitido utilizar este viejo libro raído como primer proyecto de restauración. Había elegido un cuero azul celeste porque era precioso.

Sonreí al recordar a Abraham riéndose sobre el título del libro porque había dicho que las supuestas flores silvestres del libro parecían más bien hierbajos marchitos. El título dorado que recorría el lomo estaba un poco desviado y recordé que había peleado denodadamente para restaurarlo. Seguía siendo una de las partes más difíciles del trabajo para mí.

Al abrir el libro, mis lágrimas salpicaron el frontispicio.

«La humedad destruye los libros».

—Lo sé, ya lo sé —dije y me estremecí. Era como si Abraham estuviera ahí, en la sala, poniéndome pegas. Me sequé los ojos, luego devolví el libro de los hierbajos a la estantería.

—Eh, tú.

Me sobresalté, luego me di la vuelta y vi a mi madre en el umbral.

—Dios, mamá, casi me matas del susto, ¿cómo es que no me avisas?

—Lo siento —dijo mi madre con una sonrisa—. Imaginé que habías oído mis pisadas por el patio.

Exhalé estremeciéndome.

—Supongo que me he despistado.

Ella volvió a sonreír, ahora con indulgencia.

—Suele pasarte.

Me incliné para recoger el pincel que se había caído al suelo.

—¿Qué haces aquí?

Entró en la sala.

—Te vi viniendo en el coche por Vivaldi, pero no llegaste a casa, así que supuse que te habías parado aquí.

Miré a mi alrededor, sin saber cómo explicar qué estaba haciendo ahí. No tenía por qué sentirse culpable, pero, después de todo, era mi madre. La culpa era una reacción obligada.

—Ian me pidió que asumiera el trabajo de Abraham en la Covington, así que pensé que aquí encontraría algunas de sus notas sobre los libros.

—Espléndido. —Se ciñó el suéter alrededor de la cintura y se cruzó de brazos—. Aquí hace fresco.

No me había dado cuenta hasta ese momento. Las dos dábamos largas al tema que me había llevado allí, pero yo no iba a entrar al trapo por el momento. Cuando ella estuviera lista, ya me contaría qué estaba haciendo en la Covington la noche que asesinaron a Abraham.

—Vamos, mamá, te llevaré de vuelta a casa.

Cerré la puerta, dejé mi coche en el camino de acceso de Abraham y empezamos a subir la colina.

—¿Y cómo está Ian?

—Bien —dije—. Le pedí que se pasara a comer un día de estos.

—Estaría muy bien —dijo ella—. Es una lástima que vosotros dos no lo intentarais en serio.

—Oh, por favor. —Me reí—. Ya sabes que estamos mejor como amigos de lo que nunca lo estuvimos como amantes.

Ella sonrió.

—Supongo que sí. Es solo que la alquimia y el tipo de cuerpo de Ian casan a la perfección con los tuyos.

—Sí. —Alcé la mirada al cielo—. Ese era precisamente el problema.

Mi madre colocó su pequeña mano en mi esternón y cerró los ojos.

—Tu cuarto chakra siempre ha estado muy desarrollado, incluso de niña. Necesitas a alguien sumamente sexual para que remueva tu corazón y tus pasiones.

—Oh, gracias por el consejo. —Esa era justo la conversación que quería tener con mi madre.

Apartó lo mano y abrió los ojos.

—Procura arquear más la espalda durante tu tabla de ejercicios. Es una forma potente de reforzar la energía del Anahata de tu interior para atraer al compañero sexual correcto.

—Me pondré a ello —dije. Era agradable saber que ella daba por supuesto que yo cumplía una tabla de ejercicios.

—Muy bien. Tal vez conozcas a alguien que te convenga mientras estás en la Covington.

Involuntariamente, una imagen de Derek Stone me pasó a toda velocidad por la cabeza y me la quité rápidamente del pensamiento.

—Lo dudo, mamá, pero te mantendré informada.

Me dio unas palmadas en el brazo.

—Estoy muy orgullosa de que estés ahí, y de que seas capaz de ganarte la vida con este trabajo. Espero que Abraham no fuera... Bueno, sé que fue duro contigo.

—Me enseñó todo lo que sé.

—Ya lo sé, lo sé. —Me pasó el brazo por debajo del mío—. Y si yo no lo hubiera amado por ninguna otra razón, lo habría hecho por abrirte ese mundo.

La miré. ¿Estaba llorando? ¿Lo amaba? ¿Se refería a como se ama a un amigo? Al examinar la expresión de la cara de mamá me resultaba difícil interpretar lo que sentía, lo que pensaba. Y, para ser sincera, no tenía claro que quisiera saberlo. Noté que se me revolvía el estómago y dudé que tuviera nada que ver con la hamburguesa Speedy.

Estuve tres cuartos de hora en casa de mis padres. Mientras Austin me obligaba a hacer pequeñas degustaciones del pinot que tanto le entusiasmaba y del cabernet más reciente que acababan de embarrilar, papá me ponía al tanto sobre el servicio en memoria de Abraham que se celebraría el sábado en el ayuntamiento.

Mamá se empeñó en entretenerme enseñándome cuarenta o cincuenta fotos nuevas de los pequeños gemelos de London. A mamá no le dije nada, pero, por el amor de Dios, esos bebés tenían poco más de tres meses, lo que suponía unas seis mil fotografías que London le había mandado para que babeara y se riera con ellas. ¿Se quedarían ciegos los bebés con esa sobreexposición? ¿Podían desarrollar una adicción a las bombillas de los flashes?

Soporté a regañadientes el pase de fotografías. London siempre había sido la más competitiva, siempre intentaba eclipsarme ante mamá. Nadie me veía endilgando instantáneas mohosas de mis viejos libros a mi madre, ¿verdad que no? London había dado a luz a un par de gemelos. Yo no iba a competir con eso.

Conseguí despedirme sin sucumbir al estofado con el que intentó tentarme mi madre. El hecho de que rechazara los increíbles platos de mamá decía mucho sobre mi desesperada necesidad de regresar a la ciudad antes de que empezase a llover. Detestaba conducir bajo la lluvia.

Descendí a pie por la colina hasta la casa de Abraham, donde había dejado el coche. Llevada por un capricho, me desvié de vuelta a su estudio, con la intención de recoger más conchas para mi uso personal. Abraham no las echaría en falta y yo quería experimentar con un estilo de álbum acordeón con influencias asiáticas que estaba diseñando para un cliente.

Había luz de luna suficiente para que no encendiese la luz del estudio. Me limité a entrar rápido y me encaminé directamente a las conchas. Tropecé con algo duro y por poco no me caí.

—Buen paso, señora patana —me reprendí. Avancé lentamente a oscuras y encontré la mesa de trabajo del fondo. Palpé alrededor y cogí un puñado de conchas que metí con cuidado en el bolsillo lateral de mi bolso.

Al retroceder hacia la puerta, me di cuenta de que lo que en realidad quería era mi libro de hierbajos. Sería un agradable recordatorio de mis primeros años de trabajo con Abraham y lo quería conservar en mi propio estudio.

Me dirigí a la estantería y pisé algo que crujió. Seguramente era otra concha. Pensé que las había recogido todas del suelo, pero supuse que se me había pasado alguna por alto.

Llegué a la oscura estantería y durante un momento la revisé de cerca hasta que distinguí la cubierta de cuero azul. Saqué el libro de la estantería y lo guardé en mi bolso, y en ese preciso instante la luz del estudio se encendió y el mundo también.

CAPÍTULO SIETE

—¿Robando libros otra vez?

El corazón casi se me sale del pecho.

—Ay, Dios mío.

—Llámame Derek —dijo con una risita sardónica, divertido por su propio chiste. Estaba en el umbral, sin entrar del todo en la sala, de manera que la luz no iluminaba su cara. Pero incluso si no se hubiera anunciado habría reconocido esa figura ágil y musculosa en cualquier parte.

Tuve que darme unos golpes en el pecho para que mi corazón volviera a latir antes de poder chillar unas palabras inteligibles.

—¿Qué hace aquí? Me ha dado un susto de muerte.

—Eso siempre implica un beneficio adicional —comentó Derek mientras avanzaba hacia mí—. Recuerdo haber visto a la policía sellando esta sala.

—¿Estaba sellada? No me había fijado. —Retrocedí un paso—. Me ha seguido hasta aquí.

—Claro que sí. —Separó las manos como si sostuviera un regalo especial que yo siempre hubiera querido—. Dejó la

Covington con demasiada prisa como para traerse nada bueno entre manos.

—Bien, pues llega tarde. Ahora me voy.

—La vi antes aquí, pero llegó su madre, así que decidí esperar. Y, como imaginaba, aquí está de vuelta, merodeando a oscuras.

—Si esto va de mi condición de sospechosa de asesinato, olvídelo. —Me froté las sienes para mantener a raya el dolor de cabeza que me estaba causando—. Ha perdido el tiempo siguiéndome por la mitad del norte de California cuando el verdadero asesino anda suelto.

—No creo que usted sea sospechosa de asesinato —dijo mientras cogía un cartón de abedul y pasaba la mano sobre la lisa superficie, con sus ágiles dedos acariciando la madera adelante y atrás a lo largo de la veta.

Por el amor de Dios.

Sus palabras se filtraron lentamente a través de mi cerebro embotado.

—Un momento. ¿Usted no cree que asesiné a Abraham? Entonces, ¿qué pinta aquí?

Se metió las manos en los bolsillos.

—Di por sentado que haría alguna estupidez. Y resultó que tenía razón.

—Que... ¿qué?

—He dicho que di por sentado que...

—Le he oído —le espeté—. ¿Se le ocurre otra forma de insultarme más desagradable?

Sonrió.

—Puedo buscarla.

Yo contuve un chillido, inhalé hondo y solté lentamente el aire.

—Así que me ha seguido porque... ¿porque piensa que soy una estúpida?

—No creo que sea estúpida, pero sí que puede cometer una estupidez.

Se echó hacia atrás, se apoyó en la mesa de trabajo y cruzó los tobillos.

Sacudía la cabeza.

—A mí me parece lo mismo.

—Pues no lo es.

—Le agradezco que crea que hay una diferencia, pero yo no...

—¿Está o no está persiguiendo a un asesino por su cuenta?

Me mojé los labios con la lengua. ¿Me estaba delatando?

—Yo creo que sí.

Me reí, pero la risa sonó falsa.

—Eso es ridículo. He venido hasta aquí a buscar los diarios de Abraham para que me ayuden con el trabajo que estoy haciendo en el *Fausto*. He ido a visitar a mis padres y me he parado aquí de vuelta para recoger un libro que me pertenece.

Miré a mi alrededor y de repente me di cuenta de que algo no iba bien.

El estudio de Abraham era un caos. Me refiero a un caos absoluto. Lo habían destrozado. Habían tirado sus cosas sobre las superficies de los tableros y por el suelo. Una pesada cuna de perforación estaba volcada en el suelo: era el objeto duro con el que había tropezado. Había papeles sacados de los cajones, montones de telas para encuadernaciones esparcidas por la sala. Varios tarros de cristal utilizados para mezclar cola estaban hechos añicos por el suelo.

—Mire este caos —dije alarmada—. Alguien ha estado aquí.

Derek entrecerró los ojos.

—¿A qué se refiere con eso de que alguien ha estado aquí?

Agité las manos alrededor frenéticamente.

—Todo está tirado por el suelo, patas arriba.

Él miró a su alrededor.

—Pensé que a Karastovsky le gustaba así.

Di un pisotón.

—¡No! He entrado aquí hace apenas una hora y todo estaba en su sitio. Alguien ha entrado luego y lo ha dejado así. Usted me estaba esperando, ¿no ha visto a nadie?

Frunció el ceño.

—No. La he seguido colina arriba hasta casa de su madre y no he visto quién ha hecho esto.

Me apoyé sin fuerzas en el tablero.

—No toque nada más. —Con un gesto de frustración, se frotó la mandíbula—. Llamaré a la policía.

Derek no tenía por qué seguirme de vuelta a casa, pero lo hizo de todos modos. Cuando me desvié y me detuve en el aparcamiento de Whole Foods, insistió en acompañarme dentro; luego, cuando acabé la compra, cargó con mis bolsas hasta el coche.

Yo tenía tendencia a comer cuando me ponía muy nerviosa, y ese era mi estado de ánimo esa noche.

Derek había llamado al inspector Jaglow para darle la noticia del asalto a la casa de Abraham. Habíamos esperado obedientemente la hora y media que tardó en llegar allí con uno de sus investigadores forenses. Jaglow había hecho algunas preguntas, y luego nos dejó ir.

A mitad del Golden Gate Bridge se me ocurrió que si mi horario hubiera sido distinto, me habría topado con el asesino de Abraham.

¿Qué habría ido a buscar el asesino? ¿El objeto desaparecido del bolsillo secreto del *Fausto*? ¿Otra cosa? ¿Un libro? ¿Piedras preciosas? Si diera con los diarios de Abraham, tal vez me haría una idea más precisa de qué era eso por lo que merecía la pena matar.

—Es una compradora compulsiva —dijo Derek.

—Me calma los nervios. No ha tenido por qué seguirme hasta aquí.

—Yo también necesitaba algunas cosas.

Él cargaba con seis bolsas de comida. Cinco eran mías.

—Supongo que va a volver allí a buscar los diarios de Karastovsky —dijo Derek mientras yo pulsaba el botón de desbloqueo y abría mi coche.

—Por supuesto —dije con más descaro del que sentía; entonces abrí el maletero—. No quiero repetir su trabajo y él pudo tener ciertas ideas y ocurrencias que yo no he tenido en cuenta. —Eso, ni que decir tiene, era mentira. Lo único que quería era el trozo de papel perdido, fuera lo que fuese.

—Le ayudaré a buscarlos.

—Oh, gracias. —Amable, pero raro. No lo quería en el estudio mientras buscaba el objeto perdido, sobre todo dado que no tenía la menor idea de qué era. ¿Podía complicarse todavía más la situación?—. Pero no hará falta —añadí con despreocupación—. Además, tengo que subir hasta allí para asistir al servicio en su memoria, así que dispondré de toda la tarde para buscar los diarios.

—Es una pésima mentirosa —dijo con tranquilidad, mientras cargaba las bolsas de la compra en el maletero.

—No estoy mintiendo —mentí.

¿Vio cómo me sonrojaba a la tenue luz del aparcamiento? Él tenía razón. Yo no sabía mentir. Necesitaba que Robin me diera algunas lecciones. Si hubiera un equipo de béisbol de mentirosos, ella sería la bateadora más fuerte. Y ella consideraría lo anterior un cumplido.

—Está mintiendo sobre algo —replicó alegremente mientras metía la última bolsa en el espacio libre—. Pero no se preocupe. Yo también acudiré al servicio, y la ayudaré a buscar.

Me mordí el labio para no gritar.

—Pues muy bien.

Miró fijamente la plétora de bolsas de mi maletero.

—¿Va a consumir de verdad toda esta bazofia?

¿Por qué un insulto con un sexy acento británico dolía menos?

—Si se refiere a mi compra, no es bazofia; es una comida indudablemente buena.

Cerró el maletero con un golpe y se cruzó de brazos.

—He contado seis pizzas congeladas, ocho bolsas de chocolate y cuatro litros de helado.

—El helado es una fuente excelente de calcio.

—Es bazofia.

—Bazofia nutritiva —maticé.

—Si eres un chaval de catorce años.

—Vuelve a ofenderme.

—Es un talento. —Se frotó las manos—. Súbase al coche. La seguiré hasta su casa.

Levanté la mano.

—No hace falta.

—Sí la hace.

—Muy bien. Para empezar, no soy una asesina, ¿se acuerda?, de modo que debe dejar de seguirme. En segundo lugar, y lo digo en serio, debería buscarse un hobby o algo así. ¿Qué le parece un deporte? ¿Hay algún gimnasio cerca de su hotel? Podría hacer ejercicio con más frecuencia.

Sonrió y aguardó. Resultaba exasperante. Y viendo cómo nos habíamos parado en medio del aparcamiento de Whole Foods Market, también resultaba ridículo.

Suspiré.

—Me voy directa a casa a dar de comer a los gatos de mis vecinas y ver algo en la tele. Por más que usted crea lo contrario, le aseguro que no soy ninguna loca.

—Sus hábitos alimentarios la delatan. —Hizo un gesto significativo con la cabeza hacia la parte trasera de mi coche, donde se amontonaban mis bolsas de bazofia.

—Resulta que tengo un metabolismo acelerado.

—Eso no puede durar para siempre.

—Oh, gracias por el consejo. —Levanté las manos en gesto de derrota—. Pues, bueno, sígame. O haga lo que quiera.

Me ahuyentó como si fuera una mosca hacia la puerta del conductor.

—En ese caso, váyase.

—Es usted increíblemente irritante —dije—. Pero gracias por cargar con mis bolsas de comida.

—Le aseguro que ha sido muy divertido.

Corrí hasta el lado del conductor, subía al coche y cerré de golpe, luego puse el motor en marcha. Miré hacia él y le dediqué una débil sonrisa.

La mirada que me devolvió era de todo menos débil. Tragué saliva. Me alejé mientras veía en el retrovisor cómo se subía a su Bentley, lo ponía en marcha y me seguía para salir del aparcamiento.

Me pasé la noche dando vueltas en la cama y me desperté la mañana siguiente sintiéndome mareada e indispuesta, con un dolor de cabeza apagado acompañado de una sensación latente de catástrofe. No estaba segura de si culpar a Derek Stone o al medio litro de helado Coney Island Waffle que me había zampado la noche previa antes de ponerme a ver *Survivor: East L.A.*

Me sentaba mejor culpar a Derek, concluí mientras me tambaleaba hasta la cocina para servirme mi primera taza de café fuerte antes de ducharme.

Miré el contenido de mi armario y recordé que probablemente me reuniría hoy con los Winslow. Elegí un traje chaqueta un poco conservador, gris a rayas con una falda corta y ancha, una blusa blanca con cuello alto estándar y unos zapatos de tacón negros.

Robin se había empeñado en que me comprara ese traje porque me hacía parecer una postulante excomulgada. Yo había creído que se trataba de un cumplido, pero más tarde tuve que buscar la palabra «postulante» en Google. Encontré el sitio web de un convento en Indiana lleno de fotos de felices jovencitas agachando la cabeza en gesto de oración mientras respondían a la llamada celestial para convertirse en novias de Cristo.

No había fotos de la variedad excomulgada, pero tampoco importaba. A veces lo mejor era no analizar a fondo lo que había querido decir Robin.

Después de servirme la segunda taza de café, fui a la puerta de al lado a ver cómo estaban los gatos. No sé por qué me había olvidado de darles de comer la noche anterior, otro error del que responsabilizar a Derek Stone. Fregué sus cuencos de comer y les di un poco de agua fresca y un poco de comida pastosa de una lata mezclada con unos bocados de pienso.

Pookie y Splinters estaban juguetones, así que me quedé diez minutos haciéndoles compañía mientras ellos daban vueltas a un inmenso leño de secoya y a un par de trozos de madera nudosa, luego levanté la torre de su lujosa casa de gatos enmoquetada y a empezar de nuevo.

Mientras los gatos se perseguían el uno al otro y se mordían las colas, pensé en lo que había pasado la noche anterior en el estudio de Abraham. Por poco me había librado de cruzarme con un asesino. Él, quienquiera que fuese, había estado allí, y había realizado un rápido registro mientras yo visitaba tranquilamente a mi familia a solo unos cientos de metros colina arriba.

Producía escalofríos.

No podía ponerle cara al asesino. Me pregunté otra vez si estaría buscando el mismo objeto desaparecido que yo perseguía. ¿O se trataba de otra cosa? ¿Ocultaba Abraham otros secretos?

Y, hablando de secretos, no le había hablado a Derek Stone de la servilleta de papel que había encontrado con la nota garabateada de alguien llamado Anandalla. Me pregunté, con cierta culpabilidad, si tendría que habérselo contado, pero al momento negué con la cabeza. Había un número limitado de errores con los que podía lidiar a la vez. Ya le hablaría más adelante de la nota.

No haría ningún daño si pasaba esa noche por el Buena Vista, charlaba con los camareros y preguntaba si conocían a una tal Anandalla. Era un disparo a ciegas. Ni podría describirla.

¿Tendría siquiera alguna importancia la servilleta de papel? ¿Estaba perdiendo el tiempo en tonterías? Era posible. Sin embargo, me asaltó un repentino deseo de un café irlandés. Podía hacer que Robin me acompañara si no tenía ninguna cita. Pero probablemente la tendría. Tanto daba. Iría sola.

Tal vez Derek Stone sí estaba disponible. Parecía no tener nada mejor que hacer que seguirme a todas partes, así que ¿por qué no incluirlo?

—No es como si fuera una cita ni nada por el estilo —dije en voz alta—. Se parece más bien a una excursión.

Pookie saltó al sofá y me dio un cabezazo en el muslo.

—Ven aquí —dije y acomodé al gato sobre mi regazo, donde se puso a lamerse y acicalarse. Splinters caminaba ante mis pies maullando ruidosamente.

—Suponía que los gatos eran animales altivos —dije rascando la oreja de Pookie—. Estás avergonzando a Splinters.

Pookie pareció entender el mensaje porque dejó el sofá de un salto para volver a jugar a pillar con Splinters. Los estuve contemplando un minuto más, riéndome entre dientes y preguntándome si tendría que comprarme un gato. Entonces me llegó una vaharada muy desagradable y me acordé de que no había limpiado su arenero.

—Puaj, por favor. —Agarré una bolsa de plástico, me tapé la nariz y me acerqué al sucio cajón.

Así que seguramente no necesitaba ninguna mascota ahora mismo.

Cuando iba de regreso a mi piso, me di cuenta de que ya no me dolía la cabeza. Guardé los restos de comida china para la hora de comer y recogí las herramientas que necesitaría para la jornada, además de algunas muestras de papel y cuero, luego cerré la puerta y atravesé la ciudad en coche.

Cuando llegué a la Covington, me encaminé directamente al despacho elegante y masculino de Ian para firmar todos los documentos necesarios para convertirme en una empleada independiente oficial de la Biblioteca Covington.

—Hoy no te irás temprano, ¿no? —preguntó Ian, mientras se acercaba a una gran pintura renacentista de una mujer desnuda tumbada en una cama con un chal naranja que no cubría nada de su lujurioso cuerpo. Apartó el marco de la pared, dejando al descubierto una caja fuerte de pared—. Me molestaría decepcionar a los Winslow dos días seguidos.

—Aquí estaré —le tranquilicé, y luego añadí alegremente—: Supongo que están acostumbrados a que todos se postren ante ellos.

Ian se volvió hacia mí.

—Los Winslow son nuestros mayores benefactores, así que nos interesa postrarnos cuanto haga falta para que estén contentos.

Hice una mueca para mis adentros, pero dije:

—Pues aquí me tiene, postrándome, jefe.

Él esbozó una sonrisa maliciosa.

—Me gusta cómo ha sonado eso. Así que cuento con que estarás por aquí, ¿no?

—Claro, no te preocupes. —Pero todavía me desquiciaba que los Winslow consiguiesen que todo el mundo hiciera lo imposible por satisfacerlos.

No debería irritarme tanto, pero después de oír por casualidad aquella sospechosa discusión la noche del asesinato de Abraham no podía evitar la sensación de que no eran buena gente. ¿Lo habría matado uno de ellos?

Tengo que reconocer que me sentía bien al imaginarme a Meredith Winslow pasando veinte años o casi vestida con un mono naranja demasiado ceñido, intimando con un tipo corpulento llamado Beulah.

—Aquí tienes. —Ian extrajo el *Fausto* de la caja fuerte y me lo pasó. El libro seguía envuelto en el paño blanco con el que yo lo había protegido el día anterior cuando lo dejé con Derek.

—Gracias. —Lo aferré pegándolo a mi pecho, sintiendo el extraño apremio de protegerlo. Me vino a la cabeza la imagen de Abraham agarrando el libro dentro de su chaqueta mientras moría.

Me recorrió una intensa oleada de dolor y tuve que resistirme a las ganas de acurrucarme y llorar. Me pregunté cuántos recuerdos dolorosos más habría presenciado el libro. ¿Podía un libro guardar recuerdos entre sus tapas? Cuando despegase sus cubiertas, ¿se filtraría el dolor y me haría daño? ¿No me estaría volviendo un poco loca?

Tal vez estaba bien que Ian guardara el libro en la caja fuerte.

Me di cuenta de que él me miraba con atención. ¿Mi cara delataba todos mis sentimientos?

—Estaré abajo —dije.

Ian sonrió con dudas.

—Que tengas una jornada productiva, Brooklyn.

Productiva. Muy bien. Manos a la obra.

—Chao —dije, y salí a toda prisa del despacho.

«Primero, no hagas daño», no era solo un consejo para médicos. Lo mismo era cierto para la restauración de libros. Cuanto menos se manipulara y alterara la obra original, mejor. Mientras observaba la gruesa cubierta de cuero negro donde el lomo estaba ligeramente agrietado a lo largo de la costura frontal, decidí cómo proceder, paso a paso, y tomé las notas oportunas.

Por descontado, no daría ningún paso hasta que los Winslow hubieran venido y se hubieran marchado. No me molestaba tener público mientras trabajaba, pero ponía un límite a los propietarios de los libros. Por alguna razón, raramente lo llevaban bien. Era como si me estuvieran viendo destrozar a su bebé, destrozando a la criatura y esparciendo sus diminutos miembros y las demás partes del cuerpo por el espacio de trabajo.

Además, los propietarios tenían sus opiniones, a las que tenían derecho, claro, pero eso no significaba que yo quisiera escucharlas.

Así que, mientras esperaba, saqué mi cámara y fotografié el libro desde todos los ángulos posibles. Tomé instantáneas de las páginas interiores y de la espléndida pintura del Armagedón, que me resultó tan abrumadora en esta segunda mirada como lo había sido el día anterior. Hice *zoom* sobre los broches de latón de las garras del águila tanto en la posición cerrada como abierta y tomé imágenes de detalle de ambas, luego fotografié las joyas engastadas desde varios ángulos para captar sus múltiples facetas.

—¿Por qué hace fotos de nuestro libro?

A estas alturas, debería de haber estado acostumbrada a que la gente se me acercara sigilosamente, pero la verdad es que no lo estaba. Casi se me cae la cámara.

Meredith Winslow acababa de entrar en la sala, luciendo una mueca petulante y un alegre minivestido amarillo de lana. La madre y el padre de Meredith la seguían de cerca, componiendo un retrato familiar perfecto. *Gótico estadounidense* con un vástago presumido.

Me asaltaron unas ganas desquiciadas de gritar: «¡Sonrían al pajarito!» y hacerles una foto, pero me contuve. En vez de eso forcé una sonrisa y dije:

—Pasen. Estoy haciendo trabajo preliminar antes de iniciar la restauración.

Meredith no se movió y siguió fulminándome con la mirada y haciendo que el labio inferior sobresaliese para dibujar una mueca. Tenía exactamente el mismo aspecto que yo había visto en cientos de fotografías de tabloides sensacionalistas tomadas a lo largo de los años. Me pregunté por qué me miraba como si le hubiera robado su cachorro favorito o algo por el estilo.

—Vamos, Merry, estás retrasando el espectáculo —dijo alegremente Conrad Winslow mientras agarraba a su hija por el brazo y la conducía dentro del taller. La otra noche no me había fijado, pero hablaba con un leve acento alemán.

—¡Papá! —se quejó Meredith, y apartó el brazo de un tirón. Sus mejillas adquirieron un tono rosáceo. Parecía que su padre la había avergonzado y obviamente le cabreaba que la arrastraran dentro para conocerme.

—Soy Brooklyn —dije mientras extendía sin aspavientos el paño sobre el *Fausto.* Todavía sentía que tenía que proteger el libro.

—Nos han hablado mucho de ti, Brooklyn —dijo la señora Winslow. Su sonrisa era tan sincera que casi me relajé.

—Puedo explicarles parte del trabajo que voy a hacer, si lo desean.

Acerqué el libro y aparté el paño, y ellos se empujaron para situarse a mi alrededor.

—Es fascinante —dijo la señora Winslow.

—De otro mundo —convino Conrad.

Entró Ian y sonrió.

—Aquí están.

—Hola, Ian —le saludó Meredith pestañeando.

—Hola, Meredith. —Él le dedicó una leve sonrisa—. Permítanme hacer las presentaciones oficiales. —Nos presentó formalmente y luego dijo—: Brooklyn es una de las mayores expertas en libros raros del país. Se encargará de acabar el trabajo en el *Fausto* para la inauguración oficial de la próxima semana.

—Me alegro mucho de conocerles —dije, sonrojada por el elogio de Ian, mientras me levantaba para estrecharles las manos a todos. Era al menos quince centímetros más alta que Meredith, pero aun así daba la impresión de que me miraba desde las alturas. Adiós. Me han mirado con desprecio niñatas mejores que esta. Además, su apretón de manos tenía la misma fuerza que la de un pescado fofo.

La señora Winslow me estrechó la mano y dijo:

—Yo también me alegro de conocerte, Brooklyn. Tus referencias son tan buenas que estoy segura de que harás que nos sintamos orgullosos.

Sonreí.

—Gracias, señora Winslow. Espero complacerla.

—Oh, querida —dijo con un levísimo deje de un suave acento sueño mientras me daba unas palmadas en la mano con un gesto cariñoso—. No creo que tenga por qué preocuparme. Y llámame Sylvia.

Sonreí con sinceridad.

—Gracias, Sylvia.

—Dadas las circunstancias, te agradecemos que aceptases trabajar para nosotros.

—Sí, nos alegramos de conocerla, joven dama —dijo el señor Winslow de buen humor, rodeando a su esposa para estrecharme la mano con fuerza—. Conrad Winslow, a su servicio.

Era de complexión robusta, uno ochenta de alto, con el pelo rojizo pero griseando en las sienes. Su traje seguramente rondaba los tres mil dólares, pero llevaba la camisa blanca por fuera y la corbata torcida. Y los ojos estaban ligeramente rojos. Se me pasó fugazmente por la cabeza la idea de que se había tomado una copa con el desayuno.

Me sorprendió darme cuenta de que me caía bien. Y también su mujer. Esta era la gente que hacía menos de un día me habían parecido los más interesados en matar a Abraham.

Por descontado, mi cambio de opinión no se aplicaba a la pequeña Meredith. Ella era una doncella fría como el hielo.

¿Cómo dos personas bastante normales engendraron a alguien como ella?

—Lo que haces es un trabajo fascinante —dijo Sylvia, acercándose a la mesa—. ¿Puedes explicarnos algunos de los tratamientos?

—Claro —dije, y me volví hacia la mesa a tiempo de ver a Meredith estirar la mano hacia el libro.

—No —dije apartando el volumen.

—¿Qué? —Ella pareció perpleja—. Es nuestro.

—Lo siento —dije al instante—. Por supuesto que es suyo. No pretendía ofender a nadie. Pero hay que manipularlo con cuidado; eso es todo. Puedo enseñarte.

—Olvídalo.

—Meredith, por favor —dijo Sylvia—. Estoy segura de que Brooklyn no...

—Vale, ponte de su parte. —Se cruzó de brazos y se apoyó en un tablero lateral—. No es más que un estúpido libro.

—Basta ya, Meredith —dijo Sylvia con los dientes apretados, y luego se volvió hacia mí—: Brooklyn es un nombre muy interesante. ¿Te lo pusieron por el barrio? ¿La gente te llama Brook?

—Bueno —empecé—, la mayoría me llama...

—Sylvia, no agobies a la chica —dijo el señor Winslow con una risa afable—. Déjala volver a su trabajo.

Sylvia se rio y me dio unas palmadas en el brazo.

—No pretendía importunarte. —Miró a su hija—. Meredith, por favor, no te encorves.

—No me está importunando en absoluto —insistí con una sonrisa—. Es un placer hablar con usted. —Miré a Ian para cerciorarme de que se percataba de la alegría con la que me estaba postrando—. Por favor, venga cuando quiera.

—Resulta agradable ver a una joven tan centrada. —Fulminó a su hija con una mirada intencionada.

Ay, Dios.

Meredith apretó los dientes.

—Deberíamos dejar que la chica vuelva a su trabajo.

—Buena idea —se apresuró a decir Ian.

Conrad se balanceó sobre los talones.

—Si haces un buen trabajo habrá una pequeña gratificación esperándote.

Le sonreí.

—Eso no es necesario, señor Winslow. No hago más que mi trabajo y amo mi oficio.

—Pero no tiene nada de malo que te recompensen por hacerlo bien, ¿verdad que no? —Guiñó un ojo—. He descubierto que el dinero lubrica un montón de maquinarias.

Se rio y yo sonreí ante su despreocupada franqueza. No quería que pareciera un momento de intimidad entre los dos, pero así pareció interpretarlo él. Y también Meredith. Me clavó la mirada con los ojos entrecerrados, como un rayo letal. No es que sea una miedosa, pero la chica me intimidó de verdad.

No me había fijado la otra noche, pero, de cerca, Meredith Winslow, pese a su reducida estatura, tenía algo de depredadora. Como un felino, y no me refiero a un precioso gatito. Los tabloides la habían llamado a menudo frívola y rubia tonta, pero yo tenía la nítida impresión de que había mucho más bajo aquellos mechones realzados con mano experta de lo que le atribuía la mayoría de la gente.

Tonta no era la palabra que yo utilizaría para Meredith Winslow.

Temible se acercaba mucho más a una buena descripción.

CAPÍTULO OCHO

Supuse que Meredith Winslow y yo nunca iríamos juntas de compras, pero el señor y la señora Winslow eran una pareja de pijillos, como diría mi padre. Agradables y encantadores, no se parecían en absoluto a lo que yo había esperado, sobre todo después de haber oído sin querer aquella discusión la noche anterior.

Al empezar a trabajar en el *Fausto,* primero separando las guardas de los cartones de la cubierta, recordé lo que había oído de la conversación de los Winslow la noche del asesinato.

A decir verdad, no habían llegado a mencionar el nombre de Abraham, de manera que podrían haber estado hablando de otra persona. Pero lo que sí dijeron sin la menor duda fue algo sobre un problema con un libro. Tenía que estar relacionado con su colección de libros y seguramente con la exposición.

¿Se referirían a Ian? Esperaba que no. La biblioteca Covington había contratado a un amplio equipo para trabajar en la colección Winslow. Podía pedirle a Ian los nombres de todos sus miembros, y luego hablar con cada uno. Pero ¿por qué? ¿Era culpa mía por jugar a detectives? ¿Era ahí cuando irrumpía en escena Derek Stone y me llamaba idiota por intentar ahuyentar a un asesino?

—No soy ninguna idiota —farfullé, y entonces me di cuenta de que asía el mango del cuchillo con tanta fuerza que se me clavaba en la palma de la mano. Rápidamente aflojé la tensión para no cortarme y romper una de las diez normas principales de la encuadernación: no sangrar encima de un libro.

Tal vez podría satisfacer mi curiosidad llamando a la policía. Solo para estar en contacto, averiguar cómo iba la investigación. Por desgracia, yo todavía guardaba unos cuantos secretos que no tenía ninguna intención de contar, así que ¿cómo iba a sonsacarles información sin estar dispuesta a desvelar todo lo que sabía?

No podía decirles nada de la conversación de los Winslow que había oído la noche del asesinato porque ni siquiera sabía de quién estaban hablando.

Y luego estaba mi madre presentándose en la Covington la misma noche y comportándose de una forma muy extraña. No iba a decirles nada de eso a los policías.

Había desaparecido algo del interior del *Fausto.* Pero hasta que descubriera de qué se trataba, ¿qué iba a contarle a la policía?

En la cubierta del libro había una mancha de sangre, que había limpiado ni más ni menos que Derek Stone.

—Un movimiento sospechoso por su parte —me dije en voz alta, luego tomé nota para hacer el seguimiento con Derek de quién era la sangre.

Tampoco había mencionado a la policía que había encontrado la nota en la servilleta de papel de Anandalla en el estudio asaltado de Abraham. Pero yo no sabía ni quién era ni si tenía la menor relación con lo sucedido. Ella podía ser la contable de Abraham o su manicura o alguien igualmente inofensivo.

Afrontémoslo, lo único que tenía eran teorías, posibilidades y dudas. No era raro que la cabeza me diera tantas vueltas. Supuse que no llamaría a la policía muy pronto.

El águila dorada de la cubierta del *Fausto* levantó su único ojo bueno hacia mí. ¿Estaba pensando que debería volver al curro y ganarme el desproporcionado salario?

—Mi salario no es desproporcionado y tú ni siquiera eres un pájaro de verdad —me quejé. Pero recogí el pincel y volví al trabajo. Repasé página tras página, utilizando el pincel rígido y seco para eliminar los granos microscópicos de suciedad y plástico y tomando notas sobre cualquier daño que encontraba a medida que avanzaba.

El libro no se había guardado en condiciones, pero tampoco era el peor caso que había visto. Tendría que separar los pliegos del lomo, limpiarlos y recoserlos con más seguridad. Los cartones frontal y posterior se habían soltado en las bisagras y necesitarían un refuerzo. Había pequeños daños causados por insectos en los bordes superiores de varias páginas. Y tendría que limpiar y recolocar las piedras preciosas de la portada.

Me levanté de la silla y comprobé la prensa de tornillo doble del taller para ver si estaba en condiciones para trabajar. La usaría para sostener el libro, con el lomo hacia arriba, para recoser los pliegos y hacer el pegado, así como, posiblemente, volver a dorar los títulos del lomo y «hacer que se vea bonito», según el mandato del cliente. Los tornillos de la prensa necesitaban un engrasado, pero, aparte de eso, era una herramienta bastante decente. Ese tipo de prensa, con sus dos tornillos independientes, era ideal para libros que habían sufrido daños a causa del agua y el moho porque a menudo se hinchaban y deformaban en los márgenes.

Estudiaba el elaborado texto mientras trabajaba. El libro estaba escrito en alemán, claro. Reconocí varias palabras básicas porque había pasado dos semanas esquiando en Garmisch-Partenkirchen durante la universidad. Por desgracia, no vi ninguna referencia a beber a tragos cerveza lager alemana ni a practicar el *snowboard* extremo, que habría sido capaz de traducir impecablemente. Anoté que debía comprarme un diccionario de alemán y una versión de bolsillo del *Fausto* y leer la versión de Goethe del hombre que vendió su alma al diablo.

Al diablo.

Mis manos se quedaron petrificadas en la página cuando las últimas palabras de Abraham volvieron a sonar en mi cabeza. «Recuerda al diablo». Sentí una oleada de desazón al pensar que todavía no tenía la menor idea de qué significaban.

—Toc, toc.

—Oh. —Levanté la mirada y vi a Conrad Winslow en la puerta—. Señor Winslow, me ha pillado desprevenida. Pase.

Gracias a Dios, venía solo. No creía que pudiera resistir otra sesión de esquivar los dardos envenenados que lanzaba la pequeña Meredith.

—Lo siento, querida. —Parecía un tanto avergonzado al entrar en el taller.

—No pasa nada. A veces el trabajo me absorbe.

—Debes de amar lo que haces.

—Lo hago —dije—. ¿Qué puedo hacer por usted? —La pregunta me sonó servil a mí misma, pero, como había señalado antes Ian, el señor Wilson era el jefe y postrarse ante él era lo que tocaba hoy.

Miró fijamente el *Fausto* durante un largo rato.

—Es magnífico, ¿verdad?

Sonreí.

—Sí, lo es.

Con una sonrisa cohibida, dijo:

—Nunca he sido un gran lector de libros. Me van más las páginas de deportes y la sección de economía. ¿Cómo he podido acabar con todos estos libros? —Se rio entre dientes—. Es un comentario irónico.

—No es tan raro, ¿me equivoco? —Pasé de página y desplacé el pincel por la costura—. Pero es una colección hermosa y el *Fausto* es fantástico.

—Sí, bueno. —Miró alrededor del espacio y volvió a concentrarse en el libro, sin buscar mi mirada. Luego se apartó unos pasos de la mesa—. ¿Sabes que está maldito?

Garabateé una nota para mí misma sobre el *foxing*[3] de la página siguiente.

—Sí, claro. Es fascinante, ¿no le parece?

Me miró fijamente.

—¿No te importa trabajar con algo que podría matarte?

Mi sonrisa se difuminó.

—Señor Winslow, eso no es más que una leyenda. Un libro no puede...

—Nada de leyenda —dijo con contundencia—. Ese libro está maldito. Se lo regalaron a mi abuelo y a los pocos días murió envenenado. Entonces pasó a mi tío abuelo, que lo tuvo apenas una semana antes de morir aplastado por un tranvía. Dos de mis primos tuvieron un destino parecido. No es ninguna leyenda.

—Pero eso...

—Encontraron el cuerpo de uno de mis primos balanceándose, colgado de una soga. No era un hombre con tendencias suicidas. —El señor Winslow se sacó un pañuelo del bolsillo de la camisa y se enjugó la frente—. Y ahora la muerte de Karastovsky

3 El *foxing* es una oxidación del papel debido a la humedad o a microorganismos que causa pequeñas manchas marrones. *[N. del T.]*

a causa del libro. Quiero quitarlo de la exposición antes de que sufra alguien más.

—Pero no puede —insistí, cerré el libro y acaricié la rica portada de cuero con joyas engastadas—. Mírelo. No tiene precio, es exquisito. Es la pieza central de su colección por buenas razones. Se trata de una obra de arte de suma importancia, tanto histórica como estética. No puede quitarla así como así. Sería un crimen...

—No es más que un libro —dijo en tono cortante. Su acento alemán se hizo más reconocible y apuntó el dedo hacia el libro para subrayar sus palabras—. ¿Quieres morir por un estúpido libro?

Me retiré un poco.

—Abraham está muerto, pero no lo mató este libro.

Para mí eso era fácil de decir.

Me miró fijamente, luego miró al libro y finalmente al techo, con el ceño levemente fruncido en todo momento.

—Maldita sea, tienes razón —dijo por fin.

¿La tenía?

Sopesó sus palabras antes de hablar.

—Karastovsky me llamó la tarde de la inauguración, me dijo que tenía que verme esa noche. Tenía algo que enseñarme. Le respondí que esa noche no podía. —Se encogió de hombros—. No me caía bien, así que le di largas.

—¿No le caía bien Abraham?

—No. Se trataba de un choque de personalidades, supongo. Y oí por casualidad una discusión a gritos entre McCullough y él que corroboró mi opinión.

¿Habían discutido Abraham e Ian?

—¿De qué discutieron? —pregunté.

Frunció el ceño.

—Más vale que no lo sepas.

—Si tiene algo que ver con los libros, quiero saberlo.

Se enjugó el borde del nacimiento del pelo y exhaló un suspiro.

—Karastovsky había cogido una de las Biblias de mi abuelo y la había encuadernado de nuevo, con un cuero rosa claro, y Sylvia se había emocionado al verla. Pero McCullough se puso hecho un basilisco. Le dijo a Karastovsky que no le había contratado para... —Se interrumpió, me miró como disculpándose—. Ya me perdonarás la expresión: «joder» una colección de valor incalculable utilizando cuero chillón de diseñador para todo.

—Ay, Dios.

—Sí, se puso furioso.

—Pero Abraham hizo la Biblia para su esposa, ¿no? No formaba parte de la exposición.

—Eso se suponía —confesó—. Había pertenecido a mi abuela.

—Entiendo.

—Sí —dijo—. Así que por eso todos nos alegramos mucho cuando Ian nos dijo que tú asumirías el trabajo. Tú tienes un sentido ético y moral con los libros.

—Gracias. —Acepté el cumplido con una sonrisa, pero ahora me tocaba a mí sentirme incómoda. Este problema me llevó a la discusión básica entre Abraham y yo. Él nunca había trabajado con métodos de conservación, ni los entendía ni le importaban. El campo de la conservación era relativamente nuevo y él no lo aceptaba, no se fiaba.

Cuando le dije a Abraham que iba a hacer un posgrado en el mismo campo en el que él había trabajado toda su vida, me había mirado con desdén. Yo no necesitaba ningún título para devolver la vida a un libro. Pero había seguido adelante y me había sacado una doble titulación en Biblioteconomía y Bellas Artes, con especial atención a la conservación y la restauración, junto con un cargamento de otros títulos menores. Abraham, por su parte, había aprendido a la antigua, en las rodillas de su padre en el taller de encuadernación familiar en Toronto.

—Gracias por confiarme su libro —dije—. Pero, honestamente, pese a lo que oyera durante aquella discusión, Abraham era un consumado profesional.

—Pues tú me gustas más —dijo, y me guiñó un ojo. Yo sabía que no pretendía coquetear, pero fue un momento «buf», de esos que bordean el límite de lo aceptable, sobre todo teniendo en cuenta que era el padre de Meredith.

—Gracias —dije con voz débil.

—Bueno, a ver, me parece que me he excedido en el tiempo de mi bienvenida —dijo de buen humor.

—En absoluto.

Me tendió una tarjeta de visita.

—Quiero que me llames si tienes algún problema.

—Gracias, lo haré.

Él asintió.

—Me parece que tu manera de enfocar todo ese asunto de la «maldición» es la correcta, así que me quito de en medio y te dejo que vuelvas al trabajo.

—Para mí ha sido un placer hablar con usted —dije, sorprendida al darme cuenta de que era verdad.

—En ese caso, ¿me harías otro favor?

Me callé un momento, preguntándome qué bomba iba a dejar caer esta vez, pero luego asentí.

—Por descontado.

—No le pongas nada rosa a ese maldito libro —dijo con un guiño—. Puede que les guste a las damas, pero los amantes de los libros se tragarían las dentaduras postizas.

Me reí aliviada.

—Nada de portadas rosas, se lo prometo.

—Y una cosa más.

—Claro.

—Ándate con cuidado, querida.

La siguiente vez que levanté la mirada eran las cinco. Había trabajado cuatro horas seguidas. Dejé el pincel seco sobre la mesa, lo hice rodar y estiré los dedos para aliviar los calambres, luego levanté los brazos e hice que los hombros giraran para relajar la tensión. Afuera ya había anochecido y supe que seguramente era una de las últimas que quedaba en el edificio. Recogí mis herramientas y encontré un guardia de seguridad que se llevó el *Fausto* para protegerlo.

Salí y sentí un frío que no tenía nada que ver con el clima. Miré a mi alrededor con desgana, me ceñí la chaqueta y corrí a mi coche.

En lugar de perder el tiempo entre el tráfico, hice que el taxista me dejara en el cruce de Larkin y Beach y caminé una manzana hasta el Buena Vista. Ir en taxi a Fisherman's Wharf un viernes por la noche me resolvía dos problemas. No tendría que pelearme por una plaza de aparcamiento y me evitaría la estupidez de beber y luego conducir.

Pero hablando de estupidez, me pregunté si no me habría vuelto loca esperando encontrar a la desconocida Anandalla, basándome en una insustancial nota garabateada en una servilleta de papel.

«Insustancial, tal vez, lo que no quita que sea también inquietante», me dije mientras serpenteaba abriéndome paso por la acera atestada; luego tuve que taparme las orejas cuando un tranvía bajó traqueteando por Hyde. Cobró velocidad y tocó la campana tan alto que habría despertado a los muertos y alertado a la gente que se arremolinaba en la zona de cambio de sentido a manzana y media de distancia.

Al llegar a la puerta del Buena Vista, observé consternada a la multitud sin mesa que había dentro. Robin me mataría por traerla a esta locura. Si alguna vez conseguía llegar al bar, me aseguraría de tener una copa esperándola para cuando apareciera.

Entré como pude y me abrí paso a codazos apartando a la gente hasta que alcancé la barra. Cuando me llegaron los aromas de chile y pescado frito, me asaltaron viejos recuerdos.

Tenía diez años la primera vez que vine a este establecimiento. Mis padres habían traído a toda su descendencia para que conociéramos a algunos de sus amigos Deadheads durante el desayuno. Era la mañana del viernes siguiente al Día de Acción de Gracias y nos lo pasamos en grande, así que decidimos convertirlo en una tradición anual. Mamá y papá se quedaban en la barra, bebiendo café irlandés y disfrutando de la fantástica vista mientras los seis niños elegíamos una mesa que nos gustara y merodeábamos agobiados a su alrededor hasta que los clientes que la ocupaban pagaban la cuenta y se iban.

Tras un opíparo desayuno, nos amontonábamos en los coches e íbamos a los campos de polo del Golden Gate Park, donde papá, sus amigos y todos los niños jugábamos a fútbol americano durante unas horas. Pocos años después, mamá, sus amigas, mis hermanas y yo fuimos lo bastante inteligentes para dejar de lado la locura del fútbol y nos íbamos a Union Square y a la locura de las compras.

Al cabo de cinco minutos, tuve suerte y me apoderé de un taburete. Había un camarero trabajando en cada extremo de la larga barra. Ambos tenían alineadas ante sí veinte copas para café irlandés. El espectáculo estaba a punto de empezar.

Observé cómo el camarero alto y desgarbado de mi extremo de la barra agarraba una olla con agua caliente y se desplazaba a lo largo de la hilera de copas, vertiendo parte del líquido en todas ellas para calentarlas. A continuación, tiró rápidamente el agua de una de las copas y echó dentro un azucarillo, y pasó a la copa siguiente. Sus manos se movían tan rápido que yo apenas podía seguirlas. Tras llenar las copas con café recién hecho, las removió con una cuchara para disolver el azúcar. Luego añadió un generoso chorro de whiskey irlandés, seguido de una cucharada grande de nata recién montada.

Clásico.

Sonaron algunos aplausos dispersos. Calculé que los dos camareros tardaron menos de noventa segundos en preparar los cuarenta cafés irlandeses. Dada la forma en que ambos hombres se miraban entre sí, tuve la sensación de que podrían estar compitiendo.

Levanté la mano y crucé la mirada con mi hombre. Sonrió y puso un café irlandés encima de una servilleta delante de mí.

—Gracias —dije.

—*De nada* —dijo en español con un nasal acento tejano. Me fijé en que la insignia con su nombre rezaba «Neil». Debía de ser nuevo porque no lo reconocí. Aunque hacía un año que no iba por ahí, todavía me sonaban las caras de la mayoría de los empleados. En el local había pocas sustituciones. Con toda seriedad, llamaban todavía a un ayudante de camarero «el chico», y eso que tenía setenta años.

Bebí con placer unos sorbos de mi copa, buscando el café más allá de la nata para degustar los sabores individuales sin mezclarlo todo y perder tanto el frío de la nata como el calor del café.

Me di la vuelta en el taburete y miré la densa multitud que tenía a mis espaldas y la vista de postal más allá. Ahí no había nada raro, nada con lo que pelearse aparte de los ruidos de las carcajadas y el aroma de la crema de almejas del viernes por la noche.

No quería pensar en Abraham ni en asesinatos ni en sangre ni en libros. Estaba harta de no llegar a ninguna parte, dando vueltas y más vueltas para acabar donde había empezado. Así que me giré en el taburete y me pedí otra copa. A partir de ese momento, me olvidaría de resolver asesinatos y dedicaría mis energías a localizar los diarios de Abraham. Eso era lo único que quería. No necesitaba desentrañar más misterios que el del libro. La policía podría encargarse de lo demás.

—¿Acaso es pedir tanto? —me pregunté, y di un largo sorbo a mi nueva copa.

—¿Qué ha dicho? —me preguntó Neil, mi alto camarero. Me gustaban los camareros atentos.

Sonreí y, ya puestos, aproveché para preguntar:

—¿Conoces a alguien que se llama Anandalla que viene por aquí con regularidad? —pregunté como quien no quiere la cosa.

—Anandalla. —Juntó las cejas, así que imaginé que estaba pensando—. ¿Es amiga suya?

—Más o menos. Me dijo que nos viéramos aquí esta noche.

—Ah. —Cogió un trapo húmedo y lo arrastró por la barra donde había tenido lugar la creación de múltiples cafés irlandeses. Imaginé que se quedaría bastante pegajoso si no se limpiaba inmediatamente—. No la he visto desde, eh..., debió de ser el miércoles.

¿Podía tener tanta suerte? ¿De verdad estábamos hablando de la misma Anandalla? Aunque, bien pensado, ¿cuántas mujeres con ese nombre había en San Francisco?

—¿Se ha ido de la ciudad? —pregunté.

—No, no lo creo. —Sacó veinte copas de la bandeja que el ayudante de camarero había dejado en la barra y empezó a alinearlas para preparar otra ronda—. Comentó algo de que se iba al norte unos días.

—¿Te refieres a Canadá o algo así?

—No, tiene parientes en el Wine Country. Dijo que se quedaría por allí unos días.

—Vaya. Debe ser genial tener un sitio donde alojarte por allí.

—Y tanto.

Sonreí débilmente. Tendría que dejar una buena propina a Neil por haber sido tan comunicativo, aunque yo seguía sin saber gran cosa. Todavía no sabía de qué conocía ella a Abraham. ¿Era vendedora de libros? ¿Otra encuadernadora? ¿Era la que había destrozado su estudio?

«Ah, quién sabe, a lo mejor es una prostituta». Negué con la cabeza asqueada. Neil me había dado algunas respuestas, pero ahora yo tenía más preguntas. Detestaba que me pasase eso.

—Eh, tú —gritó Robin tocándome el hombro.

Sorprendida, di un salto de diez centímetros fuera del taburete y casi derramo mi copa.

—Vaya, si eras tú la asustadiza —dijo.

—La gente tiene la manía de acercárseme con sigilo —me quejé.

—Pues eso debe de ser un verdadero problema dado que estás rodeada de unos cuantos cientos de personas.

—Tanto da. ¿Quieres un café irlandés?

—Claro.

Llamé a Neil con la mirada y alcé dos dedos. Entonces me levanté y le di un abrazo a Robin.

—Solo hay un taburete —dije—. ¿Lo quieres?

—Quédatelo. Me he pasado sentada el día entero.

Neil ya estaba esperando con nuestras copas cuando le di la vuelta al taburete. El chico nuevo no estaba mal.

—Recuérdame otra vez por qué hemos venido aquí —gritó Robin.

—Me encanta este sitio.

—A mí también, pero tienes que ser una masoquista para venir un viernes por la noche. He tenido que aparcar a tres manzanas.

—Lo siento. —La puse al tanto de todo lo que había pasado desde la última vez que habíamos hablado. No omití nada. Bueno, nada salvo el irritante nudo que se me hacía en el estómago cada vez que Derek Stone me miraba con aquellos ojos que veían demasiado. Eso no lo mencioné.

Cuando acabé, Robin negó con la cabeza y pidió otra ronda de copas dado que las dos nos habíamos bebido las que teníamos.

—Vale, pero que esta sea mi última —dije brindando con ella.

—Esas son las últimas palabras más famosas —murmuró. Entrechocamos nuestras copas y bebimos.

—Y bien, ¿qué piensas? —pregunté.

—¿Qué quieres que te diga? Me parece que te has vuelto loca. —Dio otro sorbo y me miró de arriba abajo—. Y, aunque tienes un gusto atroz para la ropa y peor todavía para los zapatos, te echaré mucho de menos si consigues que te maten.

CAPÍTULO NUEVE

—Eso es muy bonito —dije estirándome para darle un abrazo y casi cayéndome del taburete—. Yo también te echaría de menos.

—Sí, pero yo lo digo en serio.

—Lo sé. —Me di unas palmadas en el corazón—. Gracias.

—No, si me refería a tu mal gusto para la ropa, es atroz —dijo con una sonrisa maliciosa.

Observé mi traje gris.

—Fuiste tú quien eligió esta ropa. Y, vamos, mis zapatos son una pasada. —Y también me estaban matando. Trabajar con tacones de diez centímetros debería estar penado por la ley.

—Vale, hoy estás presentable —cedió Robin—. Pero todavía tengo pesadillas con tus Birkenstocks.

—Estamos en San Francisco —grité por encima del alboroto—; todo el mundo lleva Birkenstocks.

—Si todo el mundo se tirara del puente, ¿tú también te tirarías?

Levanté la mirada al techo y me di la vuelta en el taburete para ver a los camareros. Había perdido la cuenta de las copas que había bebido, pero eso no implicaba que hubiera llegado el momento de parar, ¿a que no?

El espejo de detrás de la barra nos reflejaba tanto a Robin como a mí, además de a la creciente multitud y las luces de la bahía más allá.

—Así que no me has llamado estúpida, y te lo agradezco —dije—. Pero sí has calificado de estúpida mi ropa.

—No, no lo he hecho. La he llamado atroz. —Dio un sorbo a su copa—. Atroz. Me gusta cómo suena la palabra.

La miré horrorizada.

—Ay, Dios, estás borracha. —Me reí entre dientes—. Y eso que nunca te emborrachas.

—No estoy borracha. No me emborracho. Soy una maniática del control. —Se acabó la copa de un trago—. Deberíamos irnos.

—Todavía no. —El whiskey irlandés empezaba a hacer efecto y no podía ni imaginarme por qué me habían sentado tan mal las palabras de Robin.

Ah, sí, mi ropa atroz. Pero ella detestaría verme muerta, y eso era amable por su parte, aunque implicara que yo era lo bastante estúpida como para hacerme matar.

La señalé con un dedo.

—No tengo la menor intención de dejar que me maten simplemente porque busco unas pocas respuestas.

—Vale, de acuerdo.

—Pero si piensas que existe una posibilidad de que me haga matar, entonces es que me tienes por estúpida.

—¿Cómo lo sabes? —me preguntó.

—¿Es una pregunta capciosa?

Se rio, pero yo sabía que intentaba confundirme. Y, gracias al alcohol, le estaba saliendo bien. Robin creía que tenía ventaja simplemente porque estaba relativamente sobria en comparación conmigo. Tal vez yo fuera dos copas por delante, pero también era una Wainwright. Pensábamos mejor cuando nuestros cerebros estaban marinados en alcohol.

Y el café alimentaba la intensidad del genio. Me acercaba rápidamente al nivel intelectual de Albert Einstein.

—¿Cuál era la pregunta? —inquirí.

Robin se rio y di un sorbo a su copa.

—¿Señorita?

—Te está hablando a ti, Brooklyn —gritó Robin.

Me di la vuelta. Era el camarero, el chico. ¿Cómo se llamaba? Ah, sí, llevaba su nombre prendido en la camisa: Neil.

—¿Sí, Neil?

—Anandalla está al final de la barra si quiere hablar con ella.

Me tensé. Aquí estaba mi oportunidad. Me eché hacia atrás en el taburete, pero no podía verla desde donde me sentaba. Entonces me acordé del espejo de la barra. Ahora veía todo el local, incluida la mujer sentada en la punta de la barra. Parecía baja, tenía un pelo oscuro rizado, era mona, probablemente mediara la veintena. Se retorció en su taburete, buscando entre la gente, con los ojos muy abiertos, la mandíbula apretada.

Vi cómo su mirada se desplazaba al espejo y sus ojos inesperadamente se cruzaron con los míos. Reculó, pero se recobró al instante, arrojó algunas monedas sobre la barra y desapareció entre la multitud del bar.

—¡Eh! —¿Qué había pasado?, ¿acaso me conocía?

Me bajé del taburete de un salto.

—¡Vamos!

—¿Se te ha ido la olla? —exclamó Robin—. No he acabado. No hemos pagado la cuenta.

—Sostenme el bolso —grité—. Ahora vuelvo.

Mi bolso, que pesaba, le dio en el estómago, pero pudo agarrarlo antes de que resbalase hasta el suelo.

—Se te ha ido la olla. —Le oí decir mientras me perdía entre la muchedumbre.

En cuanto salí, miré en ambas direcciones y vi a Anandalla corriendo por Hyde Street hacia North Point. Corrí tras ella, la vi llegar a la cima de la colina. Allí miró a derecha e izquierda, eligió la derecha y desapareció.

La colina era increíblemente empinada. A media subida, tuve que pararme y agarrarme el estómago que empezaba a sufrir retortijones por la combinación de alcohol, tacones de diez centímetros y una falda que se ceñía más que esa mañana cuando me la había puesto.

Apoyé una mano en el edificio, jadeando y resoplando como un anciano.

No era mi mejor momento.

Pero ¿por qué había huido corriendo? ¿De qué me conocía?

Me volví y vi a Robin esperando pacientemente al pie de la colina. Respirando con dificultades, bajé la colina y ella me devolvió el bolso.

—He pagado la cuenta —dijo.

—Gracias.

—Me debes una.

—Lo sé.

Cruzamos Hyde cuando cambió el semáforo. Durante unos minutos caminamos sin hablar, disfrutando del aire fresco de la noche. Habíamos andado tres manzanas y pasábamos por delante de Ripley's Believe It or Not cuando Robin habló por fin.

—¿Se puede saber en qué estabas pensando?

—Esa era la chica que buscaba —expliqué mientras miraba un hurón con dos cabezas en el escaparate de Ripley—. Anandalla.

—¿Anandalla? ¿La mujer cuya nota encontraste en el estudio de Abraham?

—Eso es. Y, en cuanto me ha visto, ha salido corriendo.

—¿Cómo sabes que era ella?

—Eso me ha dicho el camarero. —Estudié distraídamente un póster de Ripley: un hombre embarazado que había sido mujer—. ¿Y cuántas mujeres tienen un nombre como ese?

Robin torció los labios.

—Yo no lo había oído jamás.

—Me ha mirado directamente, Robin. Me ha reconocido. No sé de qué, pero me conoce. Y nada más verme, ha salido corriendo. He intentado pillarla, pero no estoy muy en forma...

—Sí que estás en forma —dijo Robin—. Lo que pasa es que vas borracha.

—Ya no, lamentablemente. —Le lancé una mirada de complicidad—. Tal vez tendríamos que tomar una más.

—Esa es una de las siete señales de aviso —dijo.

—Vale —convine. Pero un hormigueo en la columna me hizo mirar a mi alrededor. ¿Por qué tenía la sensación de que alguien me observaba? Ya había tenido esa sensación antes, en la Covington. Me froté los brazos con fuerza para quitarme de encima esa gélida aprensión. Nunca había sentido nada igual. Aunque, bien pensado, nunca habían asesinado a sangre fría a uno de mis amigos. Y jamás había estado rodeado de tantos tipos sospechosos.

Volví a mirar mi alrededor. ¿Estaba Anandalla oculta entre las sombras cercanas, vigilándome?

—Te estás poniendo rarita —dijo Robin con un suspiro, y entrelazó un brazo con uno de los míos—. Vamos. No podemos llegar tan cerca de Ghirardelli Square y no detenernos a tomar un helado con chocolate caliente.

Me desperté en mi propia cama llevando mi propia ropa interior, lo cual siempre es conveniente. No podía acordarme de cómo había llegado ahí.

Estaba temblando. ¿Se me había olvidado encender la calefacción? Mientras me planteaba si saltaba de la cama y lo comprobaba, se me ocurrió la posibilidad evidente de que el temblor fuera una consecuencia de haber tomado cuatro —¿o fueron cinco?— cafés irlandeses la noche anterior.

Si ese era el caso, no hacía falta que encendiera la calefacción. Solo necesitaba unas aspirinas y dormir un poco más. Ojalá fuera eso.

Salté de la cama y las piernas casi cedieron bajo mi peso.

—Ay, Dios, eso ha dolido.

¿Por qué me pesaban las piernas como si fueran de plomo? Me tambaleé hasta el lavabo, donde me tragué dos aspirinas, y luego volví arrastrándome a la cama y me tapé con la colcha. Tenía el vago recuerdo de correr Hyde arriba con tacones. Gran error. Cerré un ojo para centrar el otro en el despertador. Estaba casi segura de que marcaba las seis. Esperaba que fueran de la mañana, no de la tarde.

La siguiente vez que abrí los ojos eran las nueve. Aparté la colcha y salí de la cama. Pero se me escapó un gemido y volví a dejarme caer, agarrándome con una mano la cabeza, que me latía desbocada, mientras con la otra intentaba masajear mis doloridas pantorrillas.

—Oh, mi dulce Jerry Maguire, ¿qué he hecho?

El nítido y repentino recuerdo de haber mamado todo aquel alcohol y la cafeína no ayudó mucho a mi estómago revuelto. Llegué como pude al lavabo, abrí el agua caliente y me metí en la ducha para limpiar mi malestar.

Cuarenta minutos y otras dos aspirinas más tarde, después de ingerir una taza de Earl Grey flojo y una tostada seca, me las apañé para subirme en el coche y salí del aparcamiento.

Llegué al Valle de la Luna al cabo de una hora y seis minutos exactamente. Al desviarme para tomar la carretera a Dharma, recé una oración de agradecimiento silenciosa a los dioses del tráfico, y luego otra a los dioses del vino que impedían que los turistas empezaran sus excursiones por los viñedos hasta, al menos, el mediodía.

No me hablaba con los dioses del café irlandés.

Aparqué a una manzana del inmenso ayuntamiento que se levantaba en la cima de la colina. Mientras atravesaba el aparcamiento de asfalto, oí a un tenor del coro de Dharma cantando las primeras trémulas notas de *My Life.*

Entré a hurtadillas por una de las puertas traseras. El auditorio, con forma de anfiteatro, tenía un aforo de seiscientas plazas y ya solo quedaba sitio de pie. Me situé al fondo y miré las espaldas de la pintoresca multitud. Solo tardé un momento en localizar a mi madre y a mi padre sentados a tres filas del escenario central. Mi hermano Jackson se sentaba al lado de mamá, y mi hermana China, junto a papá. Sus cónyuges estaban con ellos, pero no vi a ninguno de sus hijos. Y seguramente había sido una decisión sensata dejarlos en casa.

En el escenario, el gurú Bob estaba sobre el estrado, moviendo tranquilamente la cabeza al ritmo de la música del coro que tenía detrás. Vestía un *dashiki* morado y un *rufi* a juego, el sombrero estilo fez que se ponía en las ocasiones especiales. Al tratarse de un hombre alto y rubio, la ropa podía parecer un tanto extraña, pero el gurú Bob era ecléctico en sus elecciones de vestuario. No me habría sorprendido verlo con cualquier cosa, de un esmoquin formal a un albornoz de cachemira. Me parece que le gustaba tener en ascuas a su rebaño sobre su atuendo.

Mientras miraba las espaldas de la gente, una pregunta perturbadora invadió la tranquilidad que había empezado a sentir con la armonía de la música y los rostros y espacios familiares.

¿Estaba el asesino de Abraham ahí, en esa sala?

La idea me produjo escalofríos. La mayoría de los reunidos eran gente de la comuna que conocía a Abraham desde hacía veinte o treinta años. ¿Qué habría ganado ninguno de ellos con su muerte? Los demás asistentes eran seguramente amigos o conocidos del trabajo de Abraham. Y, en su caso también, ¿qué móvil podrían tener?

Miré a la izquierda, e inesperadamente me crucé con la mirada fija del inspector Jaglow. Estaba apoyado en la pared, a unos diez metros, pero incluso a esa distancia pude percibir su severa desaprobación. Intenté sonreírle, pero su expresión no cambió, así que aparté la mirada, ciñéndome el abrigo con más fuerza.

¿A qué venía aquello? ¿Me había metido en algún lío? ¿Me iba a poner una multa por llegar tarde? Tal vez Derek le había contado que me estaba entrometiendo en su investigación, lo que no era verdad para nada. No obstante, me sentí culpable y tenía el estómago un poco revuelto todavía.

Intenté respirar hondo, inhalando al ritmo de la música. Eso me habría ido bien si no hubiera estado recobrándome de una leve resaca, que era el caso, así que solo conseguí marearme. Retrocedí y apoyé la espalda en la puerta para aguardar a que la sala dejara de dar vueltas.

—No irá a desmayarse otra vez, ¿verdad que no?

Me sobresalté, entonces vi que era Derek.

—Deje de perseguirme sigilosamente —susurré con ira. Se limitó a sonreír con malicia, así que pasé de él mientras el gurú

Bob empezaba a hablar con frases comedidas, iniciando una breve pero emotiva lección cosmológica sobre cómo se alinean los cuerpos planetarios para producir la armonía consciente en todas las cosas, uno de los temas favoritos de siempre en casa.

—Hoy —dijo— todos sufrimos por la pérdida de nuestro querido amigo. Os recuerdo que la verdadera purificación llega con el gran sufrimiento, solo con que nos acordemos de sufrir voluntaria y conscientemente. Solo en ese caso, nuestro sufrimiento puede crear una conexión cósmica que nos permitirá cruzar a un territorio más elevado, a una conciencia más elevada, salvando el intervalo para empezar una nueva octava.

Miré a Derek de soslayo para ver si tenía arcadas o se había quedado dormido, pero escuchaba con atención, con los fuertes brazos cruzados por delante del pecho y los pies plantados con firmeza en el suelo. Iba, como siempre, de negro, pero parecía más alto. O tal vez mi dolor de cabeza me hacía imaginar que yo estaba encogiendo.

—El hermano Abraham se encuentra ahora en el plano astral —nos aseguró el gurú Bob, desplegando los brazos hacia el techo—. Ha dejado atrás su cualidad de mortal para viajar a la velocidad de la luz, libre de todos los miedos, libre de lamentos y remordimientos. Ahora solo hay alegría. Él es el sol.

La gente de la comuna asintió y susurró palabras de ánimo y elogio, pero supongo que la mayoría de los visitantes se preguntaría de qué tonterías estaba hablando.

—El hermano Abraham ha abrazado el fuego y la luz de la verdadera humildad que podría haberle rehuido en este plano terrenal. Rogamos a nuestro hermano, en su glorioso viaje a través del plano astral, que abrace la maravilla, el esplendor, la realidad de la conciencia más elevada. Y al hacerlo así, nos alzará a todos a un plano superior.

Se oyeron gritos de: «Así es» y «Enséñanos, Avatar», por la sala.

Derek se inclinó hacia delante y me susurró:

—¿Quién es ese tío?

Se me erizó el vello. No tenía ningún problema en despotricar contra el gurú Bob, pero nadie del mundo exterior tenía ese privilegio.

—El Avatar Robson Benedict es un ser muy evolucionado.

—Es evidente —dijo Derek asintiendo—. Y muy poderoso.

Lo miré sorprendida. ¿Estaba de guasa? Tras escuchar una emotiva oración del gurú Bob, la mayoría de la gente se reía con nerviosismo o huía corriendo a los bosques.

Entonces el servicio acabó y Derek y yo fuimos bruscamente separados por el denso flujo de gente que salía de la sala. Tras un breve momento de pánico, me dejé arrastrar por la corriente. Conociendo a mi familia, estaba casi segura de que acabaríamos en un bufet enorme con comida y refrigerios líquidos.

Como era de esperar, la gente se dirigió en masa al restaurante donde se habían dispuesto mesas con toda clase imaginable de picoteo, de minihamburguesas a canapés de salchicha pasando por bocados *gourmet* como tostadas cuadradas cubiertas de caviar y salmón. Todo tenía su salsa, su aderezo o su pasta para untar correspondientes, naturalmente. Al gurú Bob le gustaba una pasta para untar de calidad.

Una mesa ancha, situada al fondo de la sala, contenía toda clase imaginable de postres. Chocolate, petisús, tartas, pasteles, pudines, flanes y mousses, pastelitos de limón y galletas por doquier.

En la otra punta del comedor había varias mesas largas donde cinco o seis hombres servían copas de vino. Había un enorme barril de cerveza en un extremo, así como otros más pequeños cargados de refrescos y botellines de agua.

Supuse que lo mejor sería comer algo antes de ir a por el vino, dada mi excesiva indulgencia la noche anterior. Pero en cuanto mordí mi pequeño sándwich de ensalada de pollo, sentí que se me revolvía el estómago.

—Vaya, mira qué gata se ha arrastrado hasta aquí.

Todo está podrido, Batman. ¿Qué pintaba Minka LaBoeuf en Dharma?

Me di la vuelta y la vi. Estaba a poco más de medio metro de mí, agarrando una copa de vino con una mano y el brazo de Enrico Baldacchio con la otra. Lucía otro de sus conjuntos de dominatrix: una falda de cuero negra con un chaleco a juego sobre una blusa blanca de encaje con mangas abombadas; como accesorios, unos guantes estampados de leopardo y un sombrero *pillbox* a juego con un velo negro de redecilla que le ocultaba la mayor parte de la cara.

Ya se había derramado vino sobre la blusa blanca. Qué desperdicio de un buen vino.

—Minka —dije procurando no atragantarme al pronunciar el nombre.

—Brooklyn —dijo ella, estirando el velo de redecilla negra para poder verme—. Te acuerdas de Enrico, ¿verdad?

Por supuesto que me acordaba de Enrico. Era un desagradable hombre pequeño con propensión a sudar. Y había estado presente en la Biblioteca Covington la noche del asesinato de Abraham.

Abraham me había contado que habían intentado trabajar juntos de nuevo, pero que la cosa había acabado mal. Antes, apenas se habían dirigido la palabra durante años, desde que terminaron en bandos opuestos de un litigio legal que implicaba un folio falsificado de Marlowe vendido al Palacio de la Legión de Honor hacía años.

—Hola, Enrico —le saludé—. Hacía mucho tiempo que no nos veíamos. —«No lo bastante», pensé, pero no lo dije en voz alta porque en el fondo soy buena persona.

—*Che piacere è vederti, mia cara.* —Me cogió la mano y la besó.

Minka metió baza.

—Ha dicho algo así como «¿Cómo estás, querida? Me alegro de verte», bla, bla, bla.

—Sí, lo he entendido —dije; luego me encogí ante el rastro de babas que Enrico me había dejado en la mano. A escondidas me la limpié con la servilleta del aperitivo.

—*Che posto bello!* —exclamó, abarcando cuanto le rodeaba con el brazo—. *Una montagna bella! Una montagna bella! Un giorno bello... ma che tragedia!*

—Uh, tienes razón. Es una verdadera tragedia. —Me pareció que era eso lo que había dicho. Pero ¿a qué venía tanto italiano? Con un apellido como Baldacchio él tenía que ser italiano. Pero recordaba que era de Nueva Jersey.

—Menudo servicio —dijo Minka, pero le vi la lengua pegada a la mejilla, así que supe que mentía. Contempló a la gente un momento y dijo—: ¿Dónde diablos estamos?

La detesté con todo mi ser, pero ese era mi pueblo, mi hogar; y mi madre se sentiría horrorizada si trataba mal a una visitante, así que me lo tragué y dije con voz tensa:

—Sonoma County. Me alegro de que hayas podido venir.

—No me lo habría perdido por nada del mundo.

Me volví hacia Enrico.

—¿En qué estás trabajando ahora, Enrico?

—Ah, *signorina.* —Se encogió teatralmente de hombros y jugueteó con los gemelos de su traje marrón oscuro.

Minka agarró a Enrico de un brazo.

—Estamos trabajando para un importante coleccionista cuyo nombre no puede revelarse.

Mi medidor de cuentos chinos debía de vérseme en la cara porque a continuación ella añadió:

—Es verdad. Nos obligó a firmar un acuerdo de confidencialidad.

¿A quién intentaba impresionar? ¿Y por qué hablaba en nombre de Enrico? Yo recordaba que él hablaba inglés.

—Enrico —insistí—. Me alegré mucho de verte la otra noche en la Covington. Me hizo concebir esperanzas de que Abraham y tú hubierais recuperado vuestra amistad. ¿Me equivocaba? ¿Habíais enterrado el hacha de guerra, por así decirlo?

—¿Hacha? —Puso los ojos como platos—. ¡Nada de hacha! Yo no lo hice.

—Enrico —dijo Minka rechinando los dientes mientras le apretaba el brazo con más fuerza—. Es una broma. Significa que te has hecho amigo de Abraham. —Entonces me fulminó con la mirada—. Deja de provocarlo.

—No lo estoy haciendo —me quejé y le dije a Enrico—: Lo siento. De verdad, me alegra saber que Abraham y tú fuisteis capaces de recuperar vuestra amistad.

Minka asintió.

—Y su muerte es más trágica si cabe porque Baldacchio y Karastovsky —adoptó una pose teatral—, los dos mejores encuadernadores del mundo, se habían vuelto a reunir para un proyecto muy importante.

Enrico se sacó un pañuelo de seda del bolsillo y se toqueteó los ojos secos.

—*Sì. È una tragedia.*

Minka mostró su acuerdo subiendo y bajando la cabeza.

—El mundo del libro ha sufrido un golpe por partida doble.

—Absolutamente —dijo Enrico, olvidándose del italiano por un momento. Asintió con movimientos rápidos, como un muñeco cabezón—. *Sì, sì, sì, signorina.*

De manera que no solo simulaba el acento sino que mentía sobre su renovada amistad con Abraham, quien me había dicho que Enrico era un ladrón y un farsante.

—Eso debió de ser un gran consuelo —dije—, me refiero a saber que os hicisteis amigos de nuevo antes de que él muriera. De otro modo, habrías tenido que vivir el resto de tus días sintiéndote culpable por no haber reparado vuestra amistad.

—¿Culpable? —exclamó—. *Non sia stupida!* ¡Yo no he hecho nada! ¡Karastovsky! ¡Él quiso arruinarme! *Siete pazzeschi!*

Siguió despotricando enfurecido. Debí de tocarle alguna fibra sensible. Pero ¿acababa de llamarme «estúpida»? Detestaba ese insulto.

—Vaya, genial —dijo Minka—. Ahora tendré que escuchar este rollo durante todo el trayecto de vuelta. Muchas gracias.

—Lo siento —dije sin convencimiento.

—Necesito más licor. —Se alejó precipitadamente dejándome con un italiano enfadado. Yo también necesitaba más licor.

—Enrico, mis disculpas. —Le cogí la mano pringosa—. Lo siento mucho. No pretendía acusarte de nada.

Hasta yo empezaba a hablar con acento italiano.

—No pasa nada. Usted no sabe de qué está hablando, señorita.

—Estoy convencida de que tienes razón. —Respiré hondo y le pasé el brazo alrededor del suyo—. Enrico, los dos hemos perdido un buen amigo y hoy no es día para hablar de trabajo.

Por un momento, pareció calmarse.

—Tiene razón.

Le apreté el brazo.

—¿Te apetece más vino?

—No, no. —Parecía gustarle mi forma de consolarle porque me acarició la mano—. ¿Ha asumido el trabajo de Karastovsky en la Covington?

—Sí.

Miró a izquierda y derecha y luego dijo en voz baja:

—Podría contarle un par de cosas sobre Karastovsky y esos Winslow.

Yo también miré alrededor.

—¿De verdad?

—*Sì.* Creen que Baldacchio es tonto pero ya les enseñaré yo. Me prometen un negocio, y yo me aseguro de que no me la van a jugar. Baldacchio se ríe el último.

—¿Y cómo lo hiciste?

—Un pequeño seguro. —Frotó su hombro contra el mío—. Quizá se lo enseñe algún día.

—Sería estupendo —dije en voz baja—. Podríamos vernos la semana que viene y ponernos al día. ¿Estás ocupado el lunes?

Se quedó desconcertado por un instante, luego esbozó lentamente una sonrisa.

—*Quello è molto buono.* Usted es muy lista.

Su italiano iba y venía como la marea. Le di unas palmadas en el brazo.

—Me alegro de que me tengas por tal. ¿Voy a tu estudio? Pongamos, ¿a las dos del mediodía del lunes?

—*Perfetto.* Le enseñaré mi último tesoro. —Se me acercó más todavía y pude ver las marcas del peine en su cabello excesivamente engominado—. Y tal vez le enseñe también un pequeño extra que le parecerá sumamente *interessante.*

—¿Interesante?

—Y sugestivo. No se lo diga a nadie. Haremos un negocio juntos, ¿eh?

—No veo la hora.

—Usted es una buena chica —dijo inesperadamente paternal, luego frunció el ceño y meneó el dedo frente a mí—. Pero hágase un favor y manténgase alejada del *Fausto.*

—¿Del *Fausto*?

—La maldición. Yo podría haber perdido un ojo. *Quel libro maledetto.*

—¿Su ojo? ¿Cómo?

El recuerdo pareció dolerle porque su ojo empezó a parpadear con un tic. Se frotó la frente y alzó las manos dramáticamente.

—¡Eh! Hablemos el lunes. Viene a verme y hablamos. —Me pasó su tarjeta profesional y se alejó a grandes pasos. Vi que Minka lo acorralaba junto a la mesa de postres y lo obligaba a salir por la puerta.

Menudo rollo. ¿Qué había hecho y cómo había ido a parar ahí? Bueno, lo averiguaría el lunes.

—Hola, Brooklyn.

Me volví rápidamente.

—Señora Winslow.

Estaba espléndida en un traje Chanel negro y llevaba un bolso de mano. Me palmeó el brazo en un gesto de consuelo.

—Creí que debíamos darte nuestras condolencias.

—Gracias —dije, y suspiré aliviada. Su amabilidad sincera suponía un cambio gratificante tras las mentiras e intrigas de Enrico y Minka—. ¿Cómo está?

—Oh, querida, estoy bien. —Esbozó una sonrisa triste—. Pero sé lo que se siente cuando se pierde a un buen amigo, así que quería desearte lo mejor.

—Es muy amable por su parte.

—Si quieres oír algún consejo de una vieja como yo, te recomendaría que te cuidaras más en un momento como este.

Sonreí.

—Usted no es ninguna vieja, pero le agradezco el consejo.

—Voy a tener que comprar una caja de ese pinot —dijo Conrad Winslow al unirse a nosotras—. Es un vino muy bueno.

Durante un rato hablamos de naderías y luego se fueron. Me sorprendió de nuevo lo muy agradables que eran los Winslow y qué inexplicable resultaba que hubieran engendrado a una criatura tan egocéntrica como Meredith.

Me había entrado mucho apetito, así que cogí dos minisándwiches más, de ensalada de huevo esta vez, y me encaminé a la vinatería rogando que los dioses de la resaca fueran amables.

Robin apareció a mi lado.

—Tienes buen aspecto para ser alguien a la que tuve que meter de cabeza en un taxi anoche.

—Soy joven —dije—. Me recupero rápido.

—Está claro. —Robin se volvió hacia el camarero, un chico de la zona que trabajaba a tiempo parcial en los viñedos de Dharma—. Hola, Billy. Tomaré lo mismo que ella.

Esperamos hasta que tuvo su copa en la mano y luego empezamos a pasear por el perímetro de la sala.

—¿Quién era ese viejo con el que hablabas?

—Enrico Baldacchio —dije—. Acabamos de tener una conversación muy interesante. —Di un sorbo de vino, le di vueltas en la boca y lo tragué. Levanté la copa para mirarla a trasluz—. Es excepcional, ¿verdad? Un color magnífico.

—Ni se te ocurra cambiar de tema. ¿Qué te dijo?

Le conté una versión resumida mientras caminábamos.

—¿De verdad crees que tiene algo que enseñarte, aparte de sus arrugas?

—Esto... —Lo cierto es que yo había pensado lo mismo—. Supongo que lo descubriré el lunes. Tengo una cita con él.

—¿Una cita? —gruñó Robin—. ¿De qué hablamos anoche?

—¿De moda?

—No, listilla. —Dejó de caminar y me susurró acalorada—: Hablamos de que no debías investigar la muerte de Abraham por tu cuenta porque podías cabrear a un asesino, ¿te acuerdas?

—Vagamente.

—Hablamos de por qué no era una buena idea. Y ese tipo, Enrico, podría ser un asesino. —Dio un sorbo de vino—. Y luego yo dije que tu ropa era atroz y tú te picaste. ¿Te suena?

Di otro sorbo de vino.

—Recuerdo lo de atroz.

Ella levantó la mirada al techo.

—Muy bien, porque eso era lo más importante de nuestra conversación

—Muchas gracias. —Tiré de ella para que siguiéramos andando—. Mira, no estoy investigando nada. Solo he quedado con un colega que algún día podría ofrecerme algún trabajo.

—No me vengas con cuentos.

—Lo digo en serio. Eso es lo único que voy a hacer. ¿Puedes relajarte un poco, por favor?

—Me relajaré cuando el asesino de Abraham esté entre rejas.

—Yo también. —Di otro sorbo e hice un gesto hacia la puerta—. Acaba de entrar Austin.

Se dio la vuelta rápidamente para que nadie la pillara mirando con deseo a mi alto y apuesto hermano mayor, de quien había estado enamorada desde primaria.

—¿Y qué?

Me reí.

—En tanto no afrontes esos profundos y oscuros sentimientos que llevas dentro, no puedes criticarme en nada que yo haga.

Me apuntó con el dedo y lo meneó.

—Tengo todo el derecho del mundo a intentar quitarte de la cabeza que hagas que te maten.

Deposité la copa de vino en una mesa cercana y tiré de Robin para abrazarla.

—Te lo agradezco.

Cuando me aparté, vi que se le habían llenado los ojos de lágrimas.

Suspiré.

—Te prometo por lo que más quiero que me andaré con cuidado.

—Más te vale.

—Y si pudieras hacerme un favor...

Ella se sorbió los mocos.

—¿Cuál?

—Ve a hablar con Austin. Te está mirando fijamente.

—Cállate.

—Es verdad —dije.

—Ay.

—Esa es la actitud conveniente. —Sonreí al alejarme con la esperanza de que al menos alguien se lo pasara bien.

Pasé la hora siguiente ayudando a mi madre a supervisar al personal de cocina para mantener las mesas abastecidas de comida que alimentara a los cientos de personas que se habían pasado por allí a expresar sus condolencias y dar ánimos. No me importaba dedicar tiempo a la cocina dado que pensaba que eso me mantendría alejada de líos durante un buen rato. Y la amplia cocina de la comuna era un lugar cálido y familiar para mí.

A lo largo de toda mi infancia, mi madre y mi padre estuvieron encargados de la comida y el vino para la comuna. Papá todavía dirigía la vinatería, pero mamá se había retirado a medias de la cocina, salvo en ocasiones especiales como esta. Con seis hijos, era una organizadora nata y, más importante si cabe, una manipuladora de primera.

La experiencia de mis padres en la gestión de la comida se remontaba a la época en que viajaban a los conciertos de Grateful Dead en una gran camioneta de la UPS que papá había equipado y dividido en tres partes: dormitorio, lavabo y una pequeña cocina.

En aquella época, mi padre todavía estaba peleado con mi abuelo, así que mamá y él necesitaban un medio para mantenerse en la carretera. Decidieron recurrir a sus talentos para los negocios y fundaron uno llamado Vino y Green-oh. A los niños nos pareció el nombre más tonto, pero a los seguidores de los Grateful Dead y otros colegas campistas les encantó. Pintaron el nombre en un costado de la camioneta con los colores del arco iris. Papá ofrecía catas de vino a un dólar la copa y mamá preparaba ensaladas verdes frescas que vendía a dos dólares, incluyendo un bollo y mantequilla.

Se pusieron en contacto con varios negocios dedicados a la comida y constituyeron una «fila de restaurantes» en los *campings* y los aparcamientos de los conciertos de los Dead. Sus amigos Barbara y Dieter tenían un pequeño comedor delante de su autocaravana llamado Spunds'n'Suds. Su funcionamiento era un poco más complicado y requería una freidora y hielo para el barril.

—Necesitamos más taquitos en la mesa mejicana —dijo mi madre desde la puerta.

—Tengo un montón preparados —respondió Carmen, una de las cocineras.

—Ya me encargo yo —dije, y levanté la enorme bandeja de horno llena de tortillas de maíz rellenas de ternera desmenuzada, queso y salsa.

—No te olvides de la salsa de aguacate —gritó Carmen.

—La tengo —dije mientras balanceaba el cuenco de cremosa salsa verde sobre la pila de taquitos y me encaminaba al comedor, y casi tropecé con dos hombres.

—Aquí estás —dijo Derek—. ¿Cuándo vas a...?

—Brooklyn —lo interrumpió Ian—. Me alegro de haber tropezado contigo. Tengo que...

—Chicos, dejad que coloque esto en su sitio —dije, soportando el peso de varios cientos de taquitos de ternera—. Ahora vuelvo.

Pero no estaban dispuestos a dejarme escapar. Los dos me siguieron hasta la mesa mejicana, donde, agradecida, cambié mi bandeja de horno llena por la vacía que había sobre la mesa.

—Muy bien, hasta aquí ha llegado mi huida de la realidad —dije sonriendo entre un hombre y el otro, ambos increíblemente apuestos—. A ver, ¿qué queréis, chicos?

—Tengo que hablar con usted, señora Wainwright.

—Eh, vale, que tengo para todos —dije riéndome. Al volverme, me topé con los sombríos ojos marrones del inspector Jaglow.

CAPÍTULO DIEZ

Oh, maldita sea, ¿qué quería de mí la policía? Busqué a Derek, pero este esquivó mi mirada de consternación y se dio la vuelta para hablar con la mujer que tenía más al alcance, que resultó ser Mary Ellen Prescott, la manicura del salón de belleza cooperativo de Dharma que había montado mi madre con algunas mujeres de la comuna. Derek no tardaría en descubrir que Mary Ellen era miembro de nuestra comuna pero, a la vez, una descarada proselitista en serie de la Iglesia de la Verdadera Sangre de Ogun. Se lo merecía por pasar de mí cuando lo necesitaba.

Medio histérica, me volví hacia Ian y me quedé de piedra al ver que los pocos segundos que había tardado en contemplar la traición de Derek Ian los había aprovechado para esfumarse.

Baste decir que esta era otra lección aprendida por las malas. Los hombres solo destacaban en una cosa: matar arañas. Aparte de eso, yo estaba sola. Sin embargo, era triste. ¿Qué quedaba de la caballerosidad de antaño?

El inspector Jaglow tosió con discreción.

Podría decir que tenía que ir al lavabo, y luego escabullirme por la cocina, desviarme por la puerta del vestíbulo e irme de allí en cuestión de segundos. Había carreteras alternativas, otras en zigzag y hondonadas en Sonoma en las que podía desaparecer, donde un pez gordo de la policía de ciudad como Jaglow nunca me encontraría.

—¿Señora Wainwright? —repitió—. No le robaré demasiado tiempo.

Suspiré, le dediqué una leve sonrisa y le hice un gesto para que fuera por delante. Sin decir palabra, cruzó la sala y salió por las grandes puertas dobles. Yo intentaba no hiperventilar mientras él caminaba por la acera hacia la parte de atrás a través del ancho aparcamiento de asfalto. Había mucha gente en el vestíbulo, pero nadie ahí fuera, ningún testigo que presenciara cómo me obligaba a subir a un coche o me conducía al bosque para interrogarme con brutalidad.

No me había dado cuenta hasta ese momento, pero no me fiaba de la policía. Ahí estaba yo, completamente inocente de cualquier delito, pero sintiéndome una criminal mientras pisaba el asfalto con El Hombre.

—Aquí —dijo Jaglow señalando el rincón más alejado del aparcamiento.

Entonces vi a la inspectora Lee de pie junto a una mesa de pícnic bajo un inmenso roble en el límite del aparcamiento. Llevaba un pesado abrigo negro de lana y zapatos planos. Pese al grosor añadido del abrigo, seguía pareciendo tremendamente delgada. Sabía que no era la experta en moda que era Robin, pero me moría de ganas por cambiarle la imagen a la inspectora.

Nos vio acercarnos y reparé en que estaba fumando un cigarrillo. Eso era una sorpresa. Por descontado, yo no iba a ponerme a tratar las medidas antitabaco recientemente adoptadas por la comuna. Además suponía que eran una fantasmada porque el gurú Bob llevaba años escabulléndose para encenderse un pitillo detrás del almacén de la bodega.

—Hola, señora Wainwright —me saludó la inspectora Lee con su voz extrañamente autoritaria. Ahora sabía de dónde procedía ese tono profundo y sexy. Cigarrillos. De algún modo, en su caso fumar tenía algo de engaño—. Lamento haberla sacado del servicio, pero teníamos algunas preguntas que no podían esperar.

—No pasa nada —dije—. ¿Han picado algo dentro? —Esa soy yo: una buena anfitriona, pero, más importante, a ella podía servirle para engordar. Tendría que pedirle a Carmen que le preparara un sustancioso paquete para llevar.

—He probado una galleta —admitió.

Me animé.

—¿Ha probado las *snickerdoodles,* las de azúcar y canela? Mi madre prepara las mejores...

—Señora Wainwright —me interrumpió dando unos golpes en una hoja de su cuaderno de notas y luego levantando la mirada—. Mantuve otra conversación con, esto, Minka La Burr... La Boo... —Lo dio por imposible y comprobó su cuaderno—. La Beef.

—Eso es, La *Beef*[4] —dije y me entraron ganas de echarme a reír, pero, tristemente, ni siquiera la mala pronunciación del estúpido nombre me animó. Minka me había advertido de que hablaría con la policía. No veía el momento de escuchar las mentiras que les había contado.

—Me ha dicho que Karastovsky y usted mantuvieron una fuerte discusión la noche de su asesinato.

—¿Qué?

4 *Beef* «significa «ternera» en inglés, de ahí la risa. *[N. del T.]*

Debí de gritar porque ambos me miraron fijamente.

—Lo siento —me apresuré a decir—. Pero está mintiendo. Miente de la primera a la última palabra. Verá. Minka LaBoeuf y yo nunca nos hemos llevado bien. Desde hace mucho tiempo. No es agradable. Ella es una mentirosa compulsiva y me odia. No quisiera entrar en ello, pero...

—Entre —dijo la inspectora Lee, retorciendo los labios en una mueca sarcástica.

Dejé escapar un suspiro, luego les di la versión abreviada. Facultad. Clase de Artes. Novio. Obsesión. Cuchillo afilado. Ataque rabioso. Sangre por todas partes. Enfermeros.

Mientras hablaba, Jaglow escribía frenéticamente.

—Muy bien, ustedes no son precisamente buenas amigas —dijo Lee—. ¿Por qué iba a mentir ella acerca de esa discusión?

—No hubo ninguna discusión —insistí.

—Como sea —dijo Lee—. ¿Por qué iba a mentir?

Apreté los puños. ¿Qué parte de «Intentó apuñalarme la mano» no habían entendido? Conté hasta diez y luego dije:

—Es lo que hace siempre. Como poco, a Minka le encantaría que me despidieran de la Covington.

—¿Por qué? —me preguntó la inspectora.

—Porque me ha odiado desde siempre. Porque Abraham la despidió y ella sabe que nosotros éramos muy amigos. Soy el objetivo lógico.

—Bien, eso como poco, ¿y como mucho? —dijo Jaglow, siguiendo mi frase anterior.

¿Quería que lo dijera yo? ¿Que a Minka le encantaría que me detuvieran por asesinato? Pues no iba a decirlo.

La inspectora Lee alzó la mirada al cielo.

—Nate, creo que la señora Wainwright está convencida de que la tal La Beef intenta implicarla en el asesinato de Karastovsky.

Me lanzó una mirada penetrante, sugiriéndome que aclarara si coincidía con ella o no.

Yo asentí rápidamente.

—Sí, es eso.

Lee asintió como respuesta y luego dijo:

—Bien, ha quedado claro. ¿Nos está diciendo que no hubo ninguna discusión esa noche entre Karastovsky y usted?

—Eso es. Justamente eso. Ninguna discusión. Estuvimos charlando y riendo; él estaba de buen humor y se alegró de verme. Pueden preguntarle a cualquiera que no sea Minka.

—Y ha dicho que Karastovsky despidió a Minka —intervino Jaglow.

Al oír a Jaglow decirlo en voz alta me acordé de que Minka tenía su propio móvil para el asesinato. ¿No la había acusado yo de eso cuando hablamos por primera vez en el sótano del vestíbulo la noche del asesinato? Me froté la cabeza. Los días y las conversaciones se iban desdibujando. La cuestión era que yo en realidad dudaba de que Minka fuera capaz de cometer un asesinato, ni siquiera de estar capacitada para ello, pero me sentía casi mareada por el alivio de ver que el foco ya no me apuntaba a mí. Ahora había llegado la hora de devolvérsela con ganas a Minka.

—Sí —respondí con firmeza—. La Covington despidió a Minka para que no trabajara con Abraham en la colección de Winslow. Él la despidió del proyecto al cabo de una semana. Sinceramente, si hubiera dependido de él, para empezar no la habría contratado.

—¿Y cómo lo sabe usted? —preguntó Lee arrastrando las palabras.

—Lo sé porque Abraham sabía que era un mal bicho, y también lo que había intentado hacerme con aquel cuchillo. Sabía que ella causaba problemas allá donde fuera. Ningún trabajo en el que haya participado ha ido bien. Es cizañera y perturbadora, y, además de su inaceptable actitud, ni siquiera es muy buena en el oficio.

—Pero cuéntenos cómo se siente usted —murmuró Lee y casi esbozó una sonrisa.

Jaglow asintió divertido.

—Le prestaremos atención. —Me devolvió la mirada—. Así que La Beef y usted tienen una historia compartida, pero ¿qué gana ella mintiendo sobre usted?

—Para Minka, se trataría del puro placer de avergonzarme.

—Pues es una cuestión muy seria —dijo.

Lee se puso más filosófica.

—Las chicas solo quieren pasárselo bien.

Entré en el ayuntamiento sola después de ver marcharse a los inspectores. Les había ofrecido a ambos unos bocados para llevar, pero los rechazaron. Una pena. A Lee no le vendrían mal las calorías.

Me alegró ver que Derek seguía arrinconado por Mary Ellen Prescott. Parecía completamente agobiado. Yo conocía a Mary Ellen, así que sentí la angustia de Derek, pero le dediqué una amplia sonrisa y él me enseñó los dientes. Más tarde me aseguraría de recordarle que el karma era una arpía.

Me dirigía a la cocina cuando alguien me llamó por mi nombre.

—Brooklyn, querida.

Me di la vuelta y vi al gurú Bob acercándose.

—¿Tienes prisa, preciosa? —preguntó.

—Sí. Eh... No. —Siempre me dejaba sin palabras. ¿Qué ibas a decirle a alguien que supuestamente es un ser consciente muy evolucionado? Yo ni siquiera entendía qué quería decir eso, pero sí sabía que era un hombre increíblemente inteligente y perceptivo. Podía convencer a quien quisiera para hacer lo que fuera. Yo me había criado procurando estar bajo el radar del gurú y lo había conseguido durante años. Entonces, cuando cumplí los catorce, Abraham le enseñó una hermosa Biblia familiar que yo había restaurado. Eso atrajo su interés.

Gracias a la sugerencia del gurú estudié los diferentes cursos de biblioteconomía y bellas artes, pese a que Abraham no les había dado importancia. Siempre había insistido a mis padres en que ninguna de sus opiniones importaba, pero el estímulo del gurú Bob había ayudado a que estos financiaran mis estudios en la facultad y los posgrados, así que le estaba muy agradecida.

—Te he visto hablando con la policía, querida —dijo.

Estaba bien que alguien hubiera estado al tanto de mi situación en el aparcamiento. El hecho de que fuera el gurú Bob me secó la garganta. Cogí un botellín de agua de una mesa cercana, lo abrí y di un largo trago.

—Pareces angustiada, querida —dijo con amabilidad.

—No, estoy bien —respondí—, solo que tengo mucha sed.

El gurú Bob nunca contraía las palabras y yo tendía a imitarlo siempre que hablaba con él. Era muy raro.

—El agua da vida —dijo tranquilamente mientras yo bebía.

Era un hombre alto, ancho de hombros, pero cuando hablaba contigo, se encorvaba para parecer menos amenazador y más humilde. También hablaba en voz baja, confiado en que sus palabras serían mejor recibidas que si hablaba en voz alta. Y funcionaba. Yo, al menos, sí le prestaba atención.

—¿Te ha turbado la policía? —preguntó.

—No, no —dije—. Solo querían preguntarme sobre Abraham y algunas declaraciones que había hecho una de mis, esto, colegas. —Llamar colega a Minka me dejó un regusto amargo en la boca, pero no tenía por qué explicárselo todo al gurú Bob.

—No hace falta que te expliques —dijo, poniendo en práctica esa escalofriante lectura del pensamiento a la que recurría a veces.

De todas maneras sentí una necesidad apremiante de explicarme.

—Es solo que esa mujer mintió a la policía y tuve que contarles la verdadera historia. A decir verdad, esa mujer no es una colega, Robson, en realidad es una... —Suspiré. No podía decirle nada demasiado crítico al gurú Bob.

Me tocó el hombro y sentí un hormigueo de energía.

—Estás sometida a una gran tensión, preciosa.

El gurú Bob llamaba «preciosa» a la mayoría de las personas porque le gustaba que los demás fueran conscientes de su valor. Claramente era alguien que siempre veía el vaso medio lleno.

—Estaré bien —insistí.

—Claro que lo estarás. —Distraídamente, me masajeó con fuerza el omoplato y sentí algo parecido a una oleada de ráfagas eléctricas chispeando por mis hombros y bajándome por la columna. ¿Cómo lo hacía?

—Esta semana toma más potasio —me aconsejó—, mejorará tu sueño y ayudará a que te despiertes como nueva.

—Sí, muy bien.

—Y come copos de avena —añadió—, estimularán tu impulso sexual.

Me atraganté con el agua que estaba bebiendo y él me dio unas palmadas en la espalda.

—Te pillé —dijo con ojos centelleantes.

—Esa ha sido buena —susurré entre toses.

—Cualquier cosa que nos ayude a conectar con el momento presente es buena, sin duda —murmuró.

Se irguió completamente, lo que señalaba que nuestra conversación había terminado, y chasqueó los dedos, un gesto que nunca le había visto hacer.

Sonrió y abrió las manos.

—Mira, preciosa, si yo hubiera estado de verdad conectado, me habría acordado de qué quería decirte antes.

Los ojos se me abrieron como platos ante esa revelación, pero no se me ocurría ninguna réplica ingeniosa, y él tampoco la esperaba.

—Gavin leerá las últimas voluntades y el testamento de Abraham a las cuatro esta tarde en el salón de té. Se requiere tu presencia, por descontado.

Antes de que pudiera quejarme, juntó las palmas de las manos como si fuera a ponerse a rezar, y luego inclinó fugazmente la cabeza.

—*Namasté* —dijo, y se fue.

Necesitaba un momento y di otro trago de agua. El gurú Bob siempre me dejaba completamente reforzada pero también como si flotara en una nube.

—Cariño. —Mamá me paró en cuanto crucé la puerta de la cocina y tiró de mí hasta un rincón vacío.

—Ay, mamá. Ten cuidado con el suéter. ¿Qué pasa?

—¿Es de cachemira? —preguntó frotándolo entre sus dedos—. Bonito.

Aparté mi manga de sus manos nerviosas.

—¿Qué pasa, mamá?

—¿A qué ha venido la policía?

—Solo querían hacerme unas preguntas.

—¿Y para eso han hecho todo el trayecto hasta Sonoma?, ¿un sábado? Es muy raro. —Dio unos pasos, luego se volvió hacia mí—. ¿A ti no te parece raro?

—A mí me parece bien que estén investigando el caso.

—¿Por qué se había puesto tan nerviosa?, ¿había hablado la policía con ella?

—¿Qué les has dicho? ¿Tienes problemas con ellos?

—Mamá, no es nada. Solo un malentendido. No te preocupes.

—Soy tu madre. Me pagan por preocuparme. —Cruzó los brazos con fuerza por delante del pecho y negó con la cabeza.

Sonreí y le froté los brazos.

—Mamá, todo va bien. Solo tenían que aclarar unos detalles y ya se han marchado. Todo va genial.

—¿Genial? —Exhaló con fuerza—. Vale. Muy bien.

—Por Dios, mamá, ¿creías que iban a detenerme o algo por el estilo?

—¡No digas tonterías! —Agarró una cuchara de madera del estante y extendió la mano—. Toca madera.

—Mamá, eso es una locura.

—Hazlo.

Di unos golpecitos con los nudillos y ella arrojó la cuchara al estante. Entonces me acercó la mano y me frotó la frente con el pulgar para estimular mi tercer ojo. Se suponía que eso abriría mis canales atascados y me permitiría sintonizar con la correcta vibración universal para contemplar el mundo desde un lugar más elevado.

O algo así. Le cogí la mano y se la estrujé.

—Te quiero, mamá.

Creí que se iba a echar a llorar. Me rodeó con los brazos y me apretó con fuerza.

—Yo también te quiero, cariño. Me moriría si te pasara algo.

La abracé, pero no dejaba de preguntarme por qué la había puesto tan nerviosa la visita de la policía. ¿Era porque ocultaba sus propias razones para entrar a hurtadillas en la Covington aquella noche? Su comportamiento estaba haciendo que todos mis canales de pequeños nervios de la sospecha vibrasen más que nunca.

Pasadas las dos pude escabullirme por la puerta de la cocina y correr al estudio de Abraham sin que me siguieran. Imaginaba que dispondría del tiempo suficiente para registrarlo y estar de vuelta a las cuatro para la lectura del testamento.

El estudio no había cambiado desde la última vez que lo había visto. Los cajones seguían abiertos con papeles metidos a la fuerza o arrugados y esparcidos por el suelo. La pila de portadas de abedul era un revoltijo y había conchas y piedras diseminadas por la mesa y el suelo. Empecé a recogerlas, pero enseguida me di cuenta de que no tendría tiempo de ordenarlo todo. Intentaría acercarme hasta allí cuando pudiera a lo largo de la semana para terminar el trabajo, pero en ese momento tenía que buscar los diarios desaparecidos.

Me pasé casi una hora registrando meticulosamente cada cajón, aparador y estantería, y al final encontré los dos diarios que abarcaban su labor con los libros de los Winslow. Por qué los había dejado a la vista, sobre su mesa, nunca lo averiguaría. Era el último sitio donde se me había ocurrido buscar. En ese momento no tenía tiempo para leerlos, así que los guardé en mi bolso.

No encontré nada que pudiera ser el objeto desaparecido del *Fausto*. «GW1941». Hice una rápida comprobación, pero no había nada raro metido dentro de los diarios: ningún trozo de papel, ni direcciones ni nada. Tenía la esperanza de que Abraham hubiera dejado anotado qué había encontrado y dónde lo había puesto. Tendría más información esa noche, después de leer los diarios. Ahora tenía que salir de ahí y volver al rancho antes de que alguien viniera a fisgonear.

—¿Quién narices eres tú?

Me sobresalté y golpeé con el codo la dura prensa de metal. Me di la vuelta, furiosa y dolorida.

—Si alguien más se me acerca sigilosamente, juro que...

—Te he visto robar algo.

Saqué los diarios.

—Son míos. Trabajo con Abraham. Y bien, ¿quién narices eres tú?

Pero ya lo sabía. La reconocí por el pelo rizado oscuro que le cubría la cabeza. Era Anandalla, la mujer que había dejado la nota en la servilleta, la mujer que había salido apresuradamente del Buena Vista la noche anterior y me había obligado a correr colina arriba con un calzado inapropiado. No estoy segura de que pueda perdonárselo. Era todavía más pequeña de lo que me había parecido. Y también inolvidable.

¿Era también una asesina implacable?

—¿Qué estás haciendo aquí?

—Nada que te importe. —Su tono de voz era el de una mocosa repelente. Pero entonces sacó una navaja de precisión y la agitó hacia mí—. Responde a mi pregunta primero.

Repelente y peligrosa.

Me enderecé, contenta por poder utilizar la ventaja de la altura para intimidar y provocar, aunque no pareciera servir de mucho.

—Soy Brooklyn Wainwright, buena amiga y colega de Abraham Karastovsky. Trabajo aquí con él. Es como mi casa. ¿Y cuál es tu historia?

Ella inspeccionó la sala durante un minuto entero, claramente incómoda. Su mirada buscó finalmente la mía y dijo con tono desafiante:

—Soy la hija de Abraham.

CAPÍTULO ONCE

Me quedé boquiabierta.

—No, no lo eres.

Bajó la navaja y se puso las manos en las caderas.

—Y tanto que sí.

Muy bien, esto era inesperado. La examiné durante un minuto, luego me pregunté cómo era posible que no me hubiera fijado antes. El pelo era una pista incuestionable: la misma melena oscura y rizada de Abraham. Parecía rondar los veinticinco años, debía de medir poco menos de uno sesenta, baja para alguien que decía ser hija de Abraham. Su madre tendría que ser muy baja.

—Lo siento —dije sin poder contenerme—. No sabía que Abraham tuviera una hija.

A ella se le escapó una áspera carcajada.

—Ya, bueno, él tampoco lo sabía hasta hace una semana.

—Me dejas de piedra. ¿De dónde vienes? ¿Cuándo él... esto...?

Se encogió de hombros.

—Vivo en Seattle con mi madre. No me reveló quién era mi padre hasta hace un mes. —Agarró un carrete de hilo y lo hizo rodar entre sus manos—. Ella, bueno... Mi madre se está muriendo, de cáncer. Supongo que había llegado la hora de sincerarse. —Dejó el carrete en la mesa y se frotó los ojos—. Estoy muy cansada. He estado en casa de una amiga cerca de Ghirardelli Square. Es una especie de ave nocturna.

—¿Tuviste...? —¿Cómo podía plantearle la pregunta?—. ¿Tuviste la ocasión de conocer a Abraham?

—Sí. —Sonrió. La sonrisa transformó su cara y me percaté de que era todavía más joven de lo que había creído al principio—. Era como un gran oso, ¿verdad? —prosiguió, riéndose entre dientes—. Tuvimos una cena espléndida en la ciudad; entonces vine aquí la otra noche para encontrarme con él, ver su casa, pero no estaba. Le dejé una nota pero no me llamó.

Pareció perturbada.

—Me lo contó todo de ti, incluso me enseñó tu foto.

—¿Mi foto?

—Sí, la que lleva en la cartera. —Lo dijo como una acusación. Eh, que no era culpa mía, que no se picara. Pero ¿por qué hablaba de él en presente? Tuve un mal presentimiento.

—En cualquier caso —prosiguió—, le pedí que quedáramos anoche en el BuenaVista, pero no se presentó. Entonces, de repente, eras tú la que estabas allí. Te reconocí y yo... yo no supe qué hacer, así que me escabullí. —Agitó las manos con impotencia—. Fue seguramente la reacción de una cobardica, pero me resultó raro verte allí. Me sentí un poco amenazada, supongo. Lucha o huye, ya sabes. Así que eché a correr.

—Sí, conozco la sensación.

—Pensé en engancharle hoy aquí, pero no ha habido suerte. Y aquí estás tú. Debe de ser mi día de suerte.

Habría respondido al comentario sarcástico, pero no pude. Ella no sabía lo que había pasado. ¿Y entonces yo qué debía hacer? Ojalá hubiera estado allí mi madre. Ella habría manejado la situación mucho mejor que yo.

—Lo siento, Anandalla —dije, agarrándome las manos con fuerza—. Abraham murió hace unos días.

—¿Qué? —Negó con la cabeza—. No, lo vi hace nada. ¿Qué día es hoy?

—Es la verdad —dije en voz baja—. Lo siento.

Los ojos se le abrieron de par en par, expresando toda su conmoción.

—No, no... Se supone que íbamos... Oh, no.

—Lo siento.

—No es posible —susurró—. Estás mintiendo. Simplemente estás...

Parpadeó varias veces y tragó saliva. Entonces, cuando empezaron a salir las lágrimas, se le arrugó la cara. Ocultó el rostro entre las manos y lloró en silencio mientras sus hombros subían y bajaban.

Cogí un taburete y la obligué a sentarse. Apoyó la cabeza sobre la superficie de la mesa de trabajo y siguió llorando con gemidos desgarradores. Le froté la espalda, pero me sentía una completa inútil. Rebusqué en mi bolso, encontré un paquete de pañuelos de papel y le puse uno en la mano.

Yo no podía creerlo. Tras una vida entera sin saber nada, esta chica tenía por fin la oportunidad de conocer a su padre. Y ahora se había ido para siempre. Por si fuera poco, su madre también estaba muriéndose. ¿Cómo iba a poder sobrevivir a tanto dolor?

Yo también tenía el corazón desgarrado por Abraham. Menuda sorpresa debió de ser para él descubrir, después de tantos años, que tenía una hija. Al mismo tiempo, sentí un arrebato de rabia contra la madre de Anandalla. ¿Cómo había podido esa mujer mantenerlos en la ignorancia durante tantos años?

Y de repente me di cuenta de que Abraham debía de estar refiriéndose a eso la noche de la inauguración de la exposición en la Covington. «La vida es buena, Brooklyn —había dicho, abrazándome—. No creía que pudiera ir a mejor, pero sí, ha mejorado».

En aquel momento, yo había creído que se refería al éxito impresionante de la exposición. Pero entonces me di cuenta de que estaba hablando de su hija. Todo era tan injusto...

Los gemidos de Anandalla levantaban ecos en la sala y reverberaban en mis entrañas. Como siempre, nadie lloraba solo cuando yo estaba cerca. Me enjugué las mejillas húmedas mientras le ponía la mano en el brazo.

—Lo siento mucho, Anandalla —dije—. Era un buen hombre y habría hecho lo imposible por encontrarte si hubiera sabido de tu existencia. Yo... yo no sé qué más decir. Es una tragedia.

Anandalla se incorporó, respiró hondo y luego exhaló. Se bajó del taburete de un salto y tiró distraídamente de los puños de su chaqueta.

—Sí. Es un asco.

—Eso lo resume todo bastante bien —dije.

Al cabo de un momento, soltó abruptamente:

—Puedes llamarme Annie.

—¿Annie?

—Mi madre intentó hacerse hindú durante un tiempo, y de ahí me viene el nombre.

—En aquella época se llevaban mucho ese tipo de historias.

Se rio entre dientes.

—Sí, lo sé. Al cabo de unos años, ella volvió a trabajar de asistente jurídica y, desde entonces, siempre he sido Annie.

—A mí me gusta Annie.

—Gracias. Bueno, supongo que voy a ser huérfana —dijo con una risita, pero el comentario le provocó un nuevo flujo de lágrimas y otra ronda de fuertes gemidos.

La acerqué a mí y la abracé. Al cabo de unos minutos dejó de gemir pero empezó a jadear con tensas sacudidas mientras intentaba recuperar el aliento.

—Tranquila —dije—. Tómatelo con calma. —Le di unas palmaditas. Su respiración se hizo más lenta, profunda y fluida.

Finalmente, se apartó.

—Estaré bien.

—No sé cómo —dije—. Yo estaría hecha polvo.

—La negación ayuda. Espero que irrumpa en cualquier momento.

—Bueno, puedo prometerte una cosa.

Se toqueteó la sien húmeda con el pañuelo de papel.

—¿Sí?, ¿qué?

—Nunca serás huérfana. No mientras tengas la Fraternidad cerca.

—¿La qué?

Suspiré.

—Supongo que tu madre nunca te habló de ella.

Dio un paso atrás, a la defensiva. Yo supuse, razonablemente, que su madre había apartado a Abraham de ella debido a la relación de este con la comuna y el gurú Bob. A alguien externo al grupo el gurú Bob le habría parecido el líder de una secta. Pero no lo era, del mismo modo que sus seguidores no estaban cautivos e hipnotizados para que bebieran Kool-Aid.

—¿Qué es exactamente lo que no me contó mi madre? —preguntó Annie secándose los ojos con los nudillos. Un poco de su maquillaje de ojos gótico le manchó la mejilla y le di otro pañuelo de papel.

—Podría intentar explicártelo, pero tardaría horas. —Agarré mi bolso—. ¿No sería mejor que te lo enseñara?

Los trescientos amigos y familias diversas que todavía seguían la celebración en el ayuntamiento se quedaron pasmados ante la noticia de que Abraham tenía una hija. Pero que no se diga que los miembros de la Fraternidad para la Iluminación Espiritual y una Elevada Conciencia Artística no estuvieron a la altura de las circunstancias y no supieron dar la bienvenida a una recién llegada al rebaño.

Literalmente.

Se acercaron y rodearon a Annie formando un bocadillo de humanidad cálido, afectuoso y dulce mientras la atiborraban de buen vino y platos de bocados deliciosos, y luego empezaron a acribillarla con preguntas indiscretas e historias sentimentales.

Tras veinte minutos, Annie pudo captar mi mirada. Casi me reí ante su abierta expresión de terror absoluto. Corría un grave peligro de morir abrasada por una sobrecarga de caras risueñas. Me compadecí de ella y me abrí paso entre la gente para rescatarla, pero llegué tarde. Mi madre había intervenido con su inteligencia habitual. Aseguró a todo el mundo que tendría la ocasión de una conservación a solas y a corazón abierto con Annie; entonces la acogió bajo sus alas y la llevó hacia nuestra casa.

Era casi seguro que yo estaba a punto de heredar una tercera hermana. Y necesitaba tanto otra hermana como un sexto dedo del pie. O un duodécimo dedo. Ya saben, un dedo adicional en cada pie. Olvídenlo.

Tres horas más tarde, mientras las luces de la ciudad proyectaban un resplandor brumoso sobre la bahía de San Francisco, me encaminé al oeste por la Autopista 37, hacia mi casa. Aferraba el volante e intentaba concentrarme en la carretera. No era fácil, lo que no se debía a la oscuridad ni la bruma. No, estaba obnubilada porque era seis millones de dólares más rica que por la mañana.

Seis millones de dólares.

Con la excepción de una generosa herencia a su asistenta doméstica, diversas minucias a amigos y unos libros raros para el gurú Bob, Abraham me había dejado su legado al completo.

A mí. Todo a mí: su casa, su negocio, su biblioteca de libros y documentos, su cartera de inversiones inmobiliarias y en bolsa que, según me aseguró su abogado, eran considerables.

«La hija de su corazón», me había llamado en su testamento. Tras escucharlo, había gastado lo que me quedaba del paquete de pañuelos de papel.

Cuando acabó la lectura del testamento, mi padre tuvo que sostenerme mientras caminábamos hasta la salida. Estaba aturdida. Tenía que escapar de allí. No podía ir a la casa de mi familia. No quería hablar con nadie, y aún menos con Annie.

En cuanto le prometí a mi padre que llamaría cuando llegara a casa, me subí a mi coche y hui de Dharma. Me sentía culpable por irme, pero sabía que solo empeoraría las cosas si tenía que mirar a los ojos tristes de Annie, sabedora de que se estaría preguntando qué había pasado si tan solo...

Si tan solo su madre no hubiera mentido. Si tan solo Abraham estuviese vivo.

Era obvio que Abraham no tenía ni idea de que Annie existía hasta unos pocos días antes de morir. Su nombre no aparecía mencionado ni una vez en el testamento.

Sacudí la cabeza al desviarme para entrar en la 101, todavía conmocionada por la revelación del patrimonio neto de Abraham. Sabía que los valores inmobiliarios en Sonora eran elevados y todos los que habían invertido en la comuna y en Dharma habían ganado dinero en el curso de los años gracias a una inteligente planificación fiscal del gurú Bob, mi padre y unos cuantos más.

Como era natural, el gurú Bob había ofrecido una razón cósmicamente correcta para realizar inversiones sensatas, dado que, cuanto más dinero tuviera uno, menos negatividad sufría. Tal vez esa teoría no era trasladable al mundo real, pero en Dharma la gente se sentía tremendamente feliz y agradecida la mayor parte del tiempo. Al menos, ese era el objetivo. Pero, solo por si se olvidaban, el gurú Bob siempre andaba por allí para recordarles que se alegraran, maldita sea.

Así que Abraham tenía mucha pasta. ¿Quién iba a decirlo? Y yo me enfrentaba a un dilema. ¿Qué se suponía que debía hacer con las cosas de Abraham ahora que había aparecido Annie en escena?

Podía cederle su casa. Yo no necesitaba ninguna casa en Dharma. No había ninguna hipoteca por la que preocuparse y a Annie podría gustarle vivir ahí una vez hubiera muerto su madre. Podría disfrutar de la pequeña comunidad que la envolvería como a una más de los suyos. Pero probablemente era una decisión que no se iba a plantear durante un tiempo.

Yo también tenía mucho en lo que pensar en ese momento. Al llegar al puente y tomar la vía rápida hasta el área de peaje, decidí convocar una reunión familiar la semana siguiente. Mis hermanos y padres seguramente estarían de acuerdo en que Annie se quedara con la casa de Abraham. También encontraría un modo de darle algún dinero o una participación en las inversiones. No pensaba que le importaran los libros de Abraham o su profesión tanto como a mí.

Mi hermano Jackson, siempre el pragmático de la familia, se empeñaría en que Annie se hiciera un test de paternidad. Y también los abogados. Pero si alguien tenía dudas de que Annie y

Abraham estaban emparentados, solo tenía que fijarse en todo aquel pelo.

La pobre chica necesitaría un buen mordisco del dinero de Abraham para pagar los productos para el cabello que necesitaría durante el resto de vida. Y creo que a Abraham le alegraría saber que ella deambulaba por aquella gran casa suya.

Me enjugué rápidamente las lágrimas. No podía permitirme llorar, no cuando esta parte de la 101 se retorcía y estrechaba mientras conducía por Presidio hacia el barrio de Marina. Y menos aún mientras uno de esos SUV que consumen lo que no está escrito se me acercaba demasiado rápido para mi gusto. Se quedó detrás de mí con las luces largas encendidas para cegarme.

Tuve un momento para preguntarme si se trataba del cretino de cada día o de alguien tan furioso que de hecho suponía una amenaza en la carretera antes de que pisara el acelerador y me adelantara rugiendo, levantando tierra y gravilla que iban a estrellarse ruidosamente contra mi parabrisas.

Exhalé. Después de todo, era el cretino de cada día. Pero me sentía muy cansada de estar muerta de miedo a cada momento. Y, ahora que había aparecido en escena Annie, mi decisión de encontrar al asesino de Abraham había dado un salto gigantesco. No me rendiría hasta que ese malnacido acabara ante la justicia.

Llevaba diez minutos en casa cuando alguien llamó a la puerta, y entonces oí a mi vecina Vinnie gritando:

—¡Hola! ¿Brooklyn?, ¿estás en casa?

Oh, no. Me había olvidado de dar de comer a los gatos esa mañana. ¿Se habrían muerto?

Corrí a la entrada y descubrí que no había cerrado la puerta. Vinnie ya asomaba la cabeza dentro y miraba a su alrededor.

—Pasa —dije. ¿Había estado tan distraída como para dejar la puerta abierta? ¿Cómo podía ser tan boba?

Vinnie entró sosteniendo una maceta con una planta verde de aspecto alicaído.

—Queríamos agradecerte el haber cuidado bien de Pookie y Splinters. —Inclinó levemente la cabeza y entonces me dio la maceta—. Estamos muy agradecidas.

—Oh, qué bonita. —Me pasó la planta y me incliné también antes de darme cuenta—. Pero yo no...

¿De verdad iba a confesar que había descuidado a sus amados felinos? Mmm... no.

—No hacía falta que os tomarais la molestia —dije en voz baja—. Los gatos han sido un encanto. No me han dado ningún problema.

—Ha significado mucho para nosotras que cuidaras de ellos —dijo—. Son nuestros hijos. Suzie se ha pasado el fin de semana preocupada.

Se abrió la puerta y entró Suzie.

—Eh, hola, Brooks.

—Hola, Suzie.

Me mostró los nudillos y yo se los choqué con los míos. Suzie era todo un hombre. Vestía vaqueros ceñidos y una camiseta negra con las mangas arrancadas para dejar al descubierto un tatuaje en el brazo de una serpiente enrollada alrededor de una curvilínea pierna de mujer. Tenía el pelo decolorado, corto y de punta, y de cada oreja le colgaba una docena de diminutos aros de acero. Vinnie la miraba con adoración.

Suzie señaló la planta con el pulgar.

—Esa cosa necesita una reanimación. Ha estado cinco horas metida en el coche. Basta con que la riegues. Revivirá.

Vinnie sonrió.

—Sí, se pondrá preciosa, te lo prometemos. Es un lirio stargazer. Ya tiene algunos capullos a punto de florecer. Te encantará, creo.

—Lo cuidaré bien —me comprometí.

—Vamos, *baby* —dijo Suzie agarrando el brazo de Vinnie—. Gracias otra vez, colega.

—Para eso estamos —dije. Cerré cuidadosamente la puerta detrás de ellas, luego miré fijamente el lirio y suspiré. Moriría en menos de cuarenta y ocho horas. Puede que no fuera muy buena con las mascotas, pero era todavía peor con las plantas. Tanto daba lo que hiciera o cuántos cuidados les dedicara, se morían. En realidad, solo los libros estaban seguros conmigo. A los libros los podía cuidar; a los seres vivos, no tanto.

Salí de casa a las siete y media el lunes por la mañana, decidida a empezar temprano en la Covington.

Me costaba mantener los ojos abiertos y concentrarme en la carretera porque estaba agotada. Me había pasado el domingo por la tarde leyendo por encima los diarios de Abraham, pero no había encontrado nada en ninguna página que me iluminara ni me diera una pista. Bueno, salvo el detalle de que no le caían bien los Winslow. Había anotaciones en casi todas las páginas señalando su ignorancia del oficio y del trabajo que requería.

Yo había puesto mala cara al leer algunos fragmentos. Abraham se había obsesionado con los Winslow, posiblemente en perjuicio de su trabajo. No había escrito casi nada sobre el *Fausto.* Ni una referencia al panel secreto que había encontrado detrás de las guardas que cubrían el cartón delantero. Ningún trozo de papel envejecido sujeto con un clip a ninguna de las hojas con una pegatina adjunta que dijera: «Este es el documento secreto que buscabas». Nada.

No hace falta decir que no había dormido bien. El conmovedor encuentro con Annie, las noticias de la herencia y el extraño momento en la carretera el sábado por la noche cuando creí que el conductor de un SUV iba a matarme, todo en conjunto me pesaba mucho. Entonces, en algún momento de la noche, me di cuenta de que había perdido la pista de Derek Stone en Dharma. Tal vez se había hecho miembro de la Iglesia de la Verdadera Sangre de Ogun de Mary Ellen. Lo echaría de menos, pero estaba claro que había encontrado su verdadera vocación.

A media mañana, estaba alterada. No podía concentrarme en el *Fausto.* Cuando no estaba pensando en Derek, pensaba en Abraham. Y en Annie. Y en seis millones de dólares. Y en algún vínculo perdido que pudiera delatar al asesino de Abraham. Las palabras del Abraham agonizante seguían obsesionándome y me preguntaba si el diablo al que se refería formaba parte del texto del libro.

Me desquiciaba que todas estas distracciones interrumpieran mi trabajo, dado que solo disponía de esa semana para acabar la restauración. Para concentrarme, saqué de mi bolso una tableta de chocolate 3 Musketeers, la desenvolví y le di un buen bocado. Me ayudó, como siempre, y me dispuse a trabajar.

Ya había desprendido la cubierta de cuero negro de los cartones y separado el cuerpo del libro. Había disuelto el pegamento y sacado con cuidado los hilos, y separado los pliegos para limpiar y reparar aquellos que lo necesitaran.

Dediqué cierto tiempo a examinar las páginas con peor aspecto, luego intenté leer el texto buscando alguna pista en el genial Goethe. Por desgracia, no sabía el suficiente alemán para entender todas las palabras, y tampoco ayudaba que el texto como tal estuviera escrito en una fuente de estilo Old English.

El libro se presentaba en el formato de una obra dramática, con los nombres de los personajes escritos antes de sus discursos. Mientras estudiaba una página, una breve conversación me llamó la atención:

> MEPHISTOPHELES: Ich bin's.
> FAUST: Herein!

Las palabras me alarmaron. Incluso mis rudimentarios conocimientos de alemán bastaban para saber que, con una palabra, el arrogante Fausto se había condenado a sí mismo a la eternidad en el infierno.

«Soy yo», dice el diablo.

«¡Adelante!», dice Fausto.

—Sí, adelante —murmuré—. Quédate mi alma a cambio de la inmortalidad y destruye todo cuanto he amado.

Ese era el plan del diablo desde el principio, ¿no?

«Recuerda al diablo».

¿Las últimas palabras de Abraham tenían algo que ver con la obra maestra de Goethe? Yo me olvidaba siempre de comprar un ejemplar en tapa blanda, pero, en mi defensa, había tenido bastantes distracciones. Tomé nota de hacerlo después de mi encuentro con Enrico esa tarde.

Por el momento, me concentré en el *foxing* que había visto en varias páginas. El *foxing* es el nombre que se le da a las pequeñas manchas rojizas de moho o suciedad que aparecen con el tiempo en las páginas de los libros antiguos. Había diferentes técnicas para eliminar las manchas. La mayoría de ellas implicaban soluciones de lejía o peróxido u otras sustancias químicas que, en última instancia, podían dañar las fibras del papel. Yo no podía correr ese riesgo con el *Fausto,* así que decidí experimentar con algo que había visto en una de mis búsquedas por internet.

Saqué una rebanada de pan blanco de la hogaza más barata que había encontrado en el mercado, le arranqué la corteza y aplasté la rebanada para hacer una bola.

La teoría era que la harina blanqueada ayudaría a limpiar las manchas sin dañar el papel. El autor del artículo advertía que los resultados no serían perfectos, pero que sí habría cierta mejora.

Tras frotar suavemente en círculo, me asombró ver cómo la bola blanca de pan se oscurecía y desmenuzaba. Estaba quitando la suciedad del papel. Las manchas no desaparecieron del todo, pero eran mucho más claras que antes.

—Ha sido asombroso —pensé maravillada mientras tiraba el pan usado a la papelera y sacaba otra rebanada. Todo ese pan me recordó que solo había tomado dos cafés con leche y un poco de chocolate desde que había salido de casa esa mañana. Me moría de hambre. Supuse que podría mascar el pan blanco, pero me pareció un poco triste. Tal vez compraría un sándwich en la tetería de la Covington.

Aparté el taburete de la mesa, me levanté y me desperecé. Sin previo aviso, los músculos del cuello se me tensaron hasta que me dio un calambre.

—Haraganeando en el trabajo, para variar —dijo Minka al entrar. Llevaba unas mallas de piel de leopardo, un ceñido suéter de cuello alto y unos chillones zapatos de tacón. Y no me invento ese atuendo.

—¿No te advertí que te mantuvieras alejada de mi taller? —pregunté, descartando cualquier simulacro de educación mientras me frotaba para quitarme el calambre del cuello producido por la cercanía de Minka.

—¿Qué bicho te ha picado? —replicó ella, con esa voz nasal suya que me crispaba los nervios.

—Estoy ocupada, Minka. —Hice un numerito cogiendo el paño blanco y tapando el libro, como si temiera que sus piojos lo fueran a infectar. Infantil, sí, lo reconozco, pero a mí me hacía sentir mejor.

Ella resopló.

—Si yo acabara de heredar un montón de pasta, estaría de mucho mejor humor que tú.

Me quedé boquiabierta. ¿Cómo se había enterado del testamento de Abraham? Yo no se lo había mencionado a nadie. Era como si la mujer tuviera una psicosis extransensorial.

Se miró las uñas de las manos, de más de un centímetro de largo, luego se mordisqueó un padrastro.

—Ayer tuve una pequeña charla con la policía.

—Qué coincidencia, yo también.

Frunció el ceño uniendo las cejas.

—No me digas.

—Pues sí. Con la diferencia de que, en mi caso, les conté la verdad.

—Yo no miento —replicó ella, ofendida.

—Sí, y tanto que mientes —dije—. Mentiste sobre mí y Abraham, ¿te acuerdas? ¿Sobre que discutimos la noche que murió? Eso es una mentira.

Ladeó la cabeza.

—¿De verdad? Culpa mía.

Seguramente era cruel despreciar a alguien tan estúpido, pero lo hice. Culpa mía.

Me miró a través de unas pestañas recargadas de rímel azul.

—Estoy segura de que a la policía le interesará saber todo el dinero que has recibido.

Respiré hondo y conté hasta diez. No convenía que tuviera lugar otro asesinato en la Covington menos de una semana después del primero.

—No me cabe duda —dije—. Por eso voy a llamarles esta tarde para contárselo.

Parpadeó.

—¿De verdad?

—Sí, de verdad.

—Tú verás. —Pero lo dijo torciendo el labio. Le había robado el protagonismo.

—Pero debería disculparme —dije—. No me di cuenta de que no le habías mencionado a la policía que Abraham te había despedido de tu empleo.

Se le dilataron los ojos.

—Eso no tuvo nada que ver con...

—¿Con asesinarlo?

—Cállate.

—A ellos les pareció un gran móvil para un asesinato.

—Tú sí eres una mentirosa.

—Vaya, ves la paja en el ojo ajeno.

—¿Qué?

—Nada, déjalo. —Agité la mano señalando la mesa—. Vete, Minka. Estoy ocupada aquí.

Cruzó los brazos con fuerza bajo los pechos y me fulminó con la mirada.

—Te crees muy lista.

Lo pensé un momento.

—Sí, supongo que sí.

—Veremos quién es más lista cuando estés en la cola del paro.

—¿Es eso una amenaza?

—Tal vez.

—Pues muy bien. —Me acerqué a ella—. Pero si le dices una palabra más a la policía, haré que te arrepientas de haberte arrastrado desde debajo de aquella piedra para fastidiarme la vida.

—¿Es eso una amenaza? —se burló.

—Sí, lo es.

—Dios, menuda bruja eres.

—¿Y eso es malo?

Se dio la vuelta y salió precipitadamente, apartando a Ian de un empujón antes de que este pudiera hacerse a un lado.

—Adiós —exclamé.

Ian se quedó en la puerta viendo como Minka se alejaba corriendo por el pasillo.

—¿De qué iba todo esto?

—La habitual charla de chicas. Entra y cierra la puerta.

Así lo hizo, luego se acercó un taburete y se sentó.

—Quería hablar contigo en el acto de ayer, pero desapareciste.

—Fuiste tú el que hizo el número de la desaparición —dije—. Justo cuando se presentaron los policías. ¿De qué iba todo eso?

—Eh, no quería interferir en su trabajo. Pero te busqué un poco más tarde y no pude encontrarte.

—Lo siento. ¿Quieres un poco de agua?

—No, gracias.

Saqué una botella del armario, la destaponé y bebí.

—Las charlas de chicas me dan sed. ¿Qué ocurre?

Se tocó y retocó el nudo de la corbata.

—¿Ian?

—Te vi hablando con Enrico Baldacchio en el funeral.

—Oh, sí. —Di otro sorbo de agua—. Me sorprendió verle allí dado que Abraham y él no eran ni amigos. Pero en realidad creo que Enrico puede ser...

—Es peligroso, Brooklyn —soltó Ian—. Mantente alejada de él.

CAPÍTULO DOCE

Dejé la botella en la mesa y cogí la tableta de chocolate.

—¿Qué quieres decir con peligroso? Conozco a Enrico Baldacchio desde siempre.

—No lo conoces tan a fondo como crees. Es un mentiroso y un ladrón.

Guau. Palabras duras para alguien que definía la corrección política en este gremio.

—¿Por qué, Ian? ¿Qué ha hecho?

—Supongo que no sabías que los Winslow contrataron primero a Enrico, antes de aparecer por la Covington.

Volví a soltar la botella de agua.

—Tienes razón, no lo sabía. ¿Y qué pasó?

Levantó las manos como si se estuviese descargando de toda responsabilidad.

—Ten presente que todo esto es información de segunda mano.

—Muy bien, pero cuéntamelo.

—Las cosas fueron estupendamente durante un tiempo. Ellos solo querían arreglar algunos libros.

—¿Cómo lo encontraron?

Se rio, pero sin ganas.

—En la guía telefónica. Su nombre es el primero que aparece bajo el epígrafe de encuadernadores.

—Te estás quedando conmigo.

—No. Puedes mirarlo tú misma.

Lo haría.

—Guau, ¿quién sigue usando todavía la guía telefónica? Pensaba que todo el mundo recurría a Google.

Cruzó las manos sobre la mesa.

—No todo el mundo.

—Eso parece. —Entonces me fijé en que Ian rechinaba los dientes—. Seguramente no habrás venido aquí para hablar de las Páginas Amarillas.

—No —dijo.

—Muy bien. —Sonreí—. ¿Qué me decías sobre Enrico?

Pareció incómodo y estuve a punto de ofrecerle un poco de mi chocolate, pero pensé que me hacía falta a mí.

Ian suspiró.

—Unos amigos de los Winslow, entendidos en libros, se preocuparon al ver que Enrico no era bueno en su oficio. Habían visto parte de su trabajo vanguardista con cuero en algunos libros de anticuario y se habían quedado horrorizados. Insistieron a los Winslow para que trajeran sus libros a la Covington antes de que Baldacchio destruyera la totalidad de su colección. Esos amigos les convencieron (bueno, convencieron a Sylvia más bien) de que tenían una colección increíble y necesitaban un conservador y un experto en restauración para trabajar con ella.

—Amigos inteligentes.

—Doris Bondurant y su marido.

Sonreí.

—Ella me encanta.

—Sí, es genial.

Me rugió de nuevo el estómago.

—Me muero de hambre. ¿Te molesta seguir hablando mientras nos acercamos a la Rose Room?

—En absoluto.

Pasé por alto su mirada divertida, agarré mi bolso, salí y cerré la puerta con llave. Al llegar a la entrada principal de la biblioteca, giramos a la derecha y seguimos el amplio sendero alrededor del edificio. Serpenteamos a través del jardín de camelias hasta el pequeño edificio victoriano que alojaba la elegante Rose Room de la Covington, así llamada por el famoso jardín de rosas que tenía adosado.

Me di la vuelta y contemplé la vista desde ahí, la cima de Pacific Heights. El viento soplaba fresco y el cielo tenía un matiz de azul que ninguna pintura podría reproducir. Desde ahí podíamos volvernos en tres direcciones y ver la mayor parte de la ciudad y la bahía. Era espectacular. Por un instante me sentí en paz. Ese era el mejor sitio donde se podía estar en el mundo.

—Voy a pedir —dijo Ian, trayéndome de vuelta a la realidad con un chasquido mientras sostenía la puerta abierta.

Lo miré.

—Solo voy a por un sándwich.

—No, sentémonos y hablemos.

Miré mi reloj de nuevo. Casi mediodía. Disponía de mucho tiempo, pero sentarme sin hacer nada era lo que menos me apetecía. Pese a todo, él era el jefe y, al fin y al cabo, había comida de por medio.

Era temprano, así que nos sentamos a una mesa junto a la ventana que daba al mar de rosas de vistosos colores que se extendía a lo largo de varios acres. Una franja de coral, cintas de blanco, hileras sin fin de un rosa perfecto, unos espléndidos rojos intensos.

Vino una camarera con una tetera, anotó nuestros pedidos y se fue. Ian sirvió té para los dos.

—Así que los Winslow trajeron aquí su colección —dije mientras agarraba mi taza—. ¿Y por qué no trajiste a Enrico para acabar el trabajo de restauración?

—¿Estás de broma? —dijo Ian en un susurro iracundo—. Ese hombre es un aficionado. La última vez que trabajó aquí, se encargó de una edición en cuarto de Shakespeare de valor incalculable y la dejó hecha jirones.

—¿Cómo es posible? Se supone que es un genio.

—Oh, no me fastidies. ¿No te contaba nada Abraham?

—Bueno, sí. Pero suponía que se debía a que eran rivales.

—Pero, una vez Abraham vino a la Covington, se enteró de todo. ¿Y ni así te contó nada?

Me avergoncé.

—Bueno, ya sabes, no hablábamos desde hacía un tiempo. Yo me instalé en el loft, y el negocio era boyante. Entonces volé a París una semana antes de empezar las clases en L'institut, en Lyon. No lo había visto desde hacía seis meses.

Asintió mostrando su comprensión.

—Era un hombre difícil.

Envolví la taza con las manos, buscando el calor.

—Así que supongo que Enrico no se tomó bien que le quitaran la colección.

—Se puso furioso. Advirtió a los Winslow de que perderían dinero al hacerlo.

Me reí.

—Bueno, eso era obvio. Ellos iban a donar su colección entera, ¿no? No había mucho dinero en juego. A no ser que quisierais comprársela, y no queríais, ¿no?

—No estábamos en condiciones de adquirir la colección —dijo en voz baja—. Pero podríamos hacerlo si esta funciona.

Traducción: si atraía multitudes. Y podría, si la anunciaban de un modo sensacionalista. Si se centraban en la maldición del *Fausto,* la relación con Hitler y todas aquellas historias.

—Muy bien, así que Enrico tenía razón —dije—. No iban a sacar tajada vendiendo en eBay.

—Que era precisamente lo que había pensado Enrico.

—Me tomas el pelo. ¿En eBay?

Él se encogió de hombros.

—Un montón de marchantes trabajan a través de eBay.

—Lo sé, pero ¿una colección como la suya? Podrían haber encontrado un marchante reputado que se la llevara.

—Enrico les aseguró que podía encargarse de todo.

—Y ellos se lo tragaron. —Negué con la cabeza—. Seguramente utilizó su cursi acento italiano con ellos.

Ian removió la taza de té ensimismado.

—La gente no entiende el mundo del libro.

—Conrad Winslow reconoció que anda muy perdido en todo cuanto trata de libros.

Ian negó con la cabeza.

—A mí me pareció que era buena persona —dije.

—Vale.

Me reí.

—Ian, cuéntalo todo.

Hizo una mueca.

—Me agobia a todas horas con el dinero. Quiere vender la colección y no sé qué decirle. Claro que conozco a marchantes, pero quiero exhibir los libros aquí. Y es importante mantener la colección entera. La exposición todavía no se ha inaugurado, pero si tengo que aguantar sus amenazas mucho más tiempo... —No acabó la frase, solo negó con la cabeza.

—No parece que los Winslow necesiten el dinero.

—No, no lo necesitan —dijo Ian mirando en su taza de té—. Pero el hombre tiene la manía de ganar dinero a todas horas. No acaba de entender lo del sin ánimo de lucro.

—¿Y quién lo entiende?

Se rio entre dientes.

—Me temo que eso es verdad.

—A lo mejor tendrías que empezar a tratar con Sylvia —sugerí—. Parece la más entendida de los dos.

Asintió.

—No es mala idea. Pero es él quien viene siempre.

La camarera puso los platos que habíamos pedido delante de nosotros, comprobó la tetera y se fue. Yo había pedido el sándwich de pollo al curri y lo sirvieron cortado en cuatro triángulos dispuestos alrededor de una delicada ensalada de cogollos de lechuga. Agarré un triángulo y lo devoré.

Al cabo de unos bocados, ralenticé la ingesta.

—Así que, en el fondo, tu única queja sobre Enrico es la calidad de su trabajo.

—No. —Ian dio un sorbo de té antes de continuar—: Varios marchantes me han hablado de ciertas transacciones que han visto recientemente en internet de unos libros alemanes exquisitamente encuadernados.

Di un mordisco a otro triángulo y mastiqué mientras Ian hablaba.

—Uno de los libros es una extremadamente rara primera edición autografiada de Rilke. Sus *Elegías de Duino,* creo. El marchante pagó una suma escandalosa y cuando recibió el libro encontró un exlibris con la insignia de Winslow en la portada interior.

Un exlibris es una etiqueta ornamental pegada en el dorso de la cubierta con el nombre o el blasón familiar del dueño.

—Eso fue una tontería —dije—. ¿Por qué no quitó el exlibris? Es como si pidiera que lo pillaran.

—Quitarlo habría conllevado devaluar el libro.

—Tal vez —concedí, pero sabía que yo habría podido quitar con finura la etiqueta sin dañar las guardas—. Tal vez simplemente no le importe.

—Desde luego, no le preocupa que lo pillen. Supongo que tiene una empresa falsa con un apartado de correos. Y todo lo demás. Hasta ahora, se han localizado seis libros raros que procedían de la colección.

Intenté hacer las cuentas.

—Así que estamos hablando de ¿cuánto: diez, veinte mil dólares?

—Más bien doscientos mil —dijo, mirándome con pena. No era muy buena en matemáticas. Ni en la economía de mercado.

—¿Lo saben los Winslow?

—Tuve que decírselo.

—Uf. ¿Y qué hicieron?

—Meredith quería contratar a un sicario para que lo asesinara, pero Sylvia la tranquilizó sugiriendo que la policía realizara una operación encubierta. Creo que eso es lo que piensan hacer ya las autoridades.

Comí un poco de ensalada.

—Estoy segura de Enrico imagina que nadie echará en falta media docena de libros entre los centenares que forman la colección.

—Yo también lo creo así —convino Ian—. Pero el mundo de los libros raros es pequeño. Lo atraparán, solo es cuestión de tiempo.

—Minka me dijo que Enrico trabaja ahora con un nuevo coleccionista. No quiso decirme cómo se llamaba, pero me contó que le había hecho firmar un contrato de confidencialidad. Me pregunto si...

—Espera. ¿Minka está trabajando con Enrico?

—Eso parece, pero...

—Eso no tiene ningún sentido. ¿Para qué iba a necesitar una ayudante?

—Nunca te había visto tan enardecido. Enrico debe haberte dado bien por...

—No te haces ni idea. —Se acabó su último triángulo y se limpió las manos en su servilleta de lino.

—Pero, escucha —dije—, tal vez ese tipo del contrato de confidencialidad forma parte de la operación encubierta del gobierno de la que hablabas.

—Ojalá —dijo—. Pero esa es otra razón por la que no quiero que te mezcles para nada con él.

—Gracias por el aviso —dije—. Te prometo que mantendré las distancias.

Empezando esta misma tarde, poco después de las dos.

Era la una y media cuando salí para la casa de Enrico en el exclusivo barrio de Sea Cliff. Este enclave con vistas a China Beach era conocido sobre todo por las celebridades que residían en él, pero desde la zona se disfrutaba también de una panorámica del Golden Gate Bridge desde el lado del océano con la bahía al fondo que era la más impresionante que había visto.

Supongo que era una admiradora incondicional. Amaba mi ciudad.

La comida con Ian había sido ilustrativa, pero no podía dejar de preguntarme si habría algo más personal en su aversión a Enrico.

Enrico había dicho que tenía algo que enseñarme y ahora me preguntaba si me mostraría otros libros que se había llevado de la colección Winslow. ¿Sería tan desvergonzado? Yo esperaba que sí.

Encontré su casa y aparqué a unas puertas de distancia. Era uno de los edificios más pequeños de la manzana, pero aun así seguía destilando encanto, con setos recortados y flores recién plantadas que flanqueaban la acera. Subí los escalones de ladrillo hasta la puerta principal y llamé al timbre. Al cabo de un momento volví a llamar, luego miré a mi alrededor, a los vecinos. Todo estaba desierto en pleno día. No se veían jardineros, ni niños, ni ningún signo de vida.

Al cabo de otro minuto, llamé a la puerta con los nudillos.

—¿Enrico? —grité—, ¿estás ahí?

Tal vez estaba en la parte de atrás. Di la vuelta por el lateral de la casa, pero la puerta alta estaba cerrada y no podía ver si había una cabaña o un estudio allá atrás.

Regresé a la puerta principal y volví a llamar con los nudillos. Me fastidiaba pensar que había conducido hasta allí para nada. Sin pensarlo mucho, tanteé el pomo. Cedió con facilidad y abrí la puerta unos centímetros.

—¿Enrico? —grité de nuevo—. ¿Hay alguien en casa?

Me asomé al interior. No oí nada. Empujé la puerta hasta entreabrirla casi medio metro y entré.

—¿Enrico? Soy Brooklyn. ¿Hola?

¿Estaba entrando en su casa sin una invitación? Aunque, bien mirado, sí me había invitado. A lo mejor había dejado la puerta abierta para que yo entrara. Miré alrededor del pequeño y cuidado recibidor. Una entrada con arco conducía a la sala de estar y, después de cerrar la puerta principal, me aventuré más adentro. Si él volvía, me encontraría sentada en el sofá, esperándole.

Sí, eso estaba bien.

Había una gran mesa en el rincón de la sala sobre la que se amontonaban facturas y papeles. Eché un vistazo por encima a algunos, preguntándome si descubriría alguna notificación de ventas o correos sobre sus trapicheos en eBay. No hacía ningún daño mirando. Bueno, a no ser que me pillara. Pero, si podía encontrar alguna prueba de sus robos, podría ayudar a los Winslow a hacer justicia.

Oí un ruido procedente de la calle y miré por encima del hombro, con inquietud. Podría manejar a Enrico al volver a casa si me encontraba sentada en su sofá, pero no rebuscando entre sus papeles privados.

Un pequeño archivador vertical tenía un montón de facturas y cheques, y los hojeé. Todos estaban redactados a nombre de Enrico Baldacchio, sin ningún nombre falso. Reconocí a algunos de los que habían emitido los cheques: algunos libreros y un marchante de antigüedades.

Un nombre atrajo repentinamente mi atención.

Ian McCullogh.

Miré horrorizada el cheque de Ian, pagable a Enrico por la suma de cinco mil dólares. En la línea del concepto se leía: «Servicios».

Lo primero que me vino a la cabeza fue que se trataba de un chantaje. ¿Era esa la verdadera razón por la que Ian estaba tan irritado con Enrico? Pero eso era absurdo. Parecía más probable que Ian hubiera pagado a Enrico por algo tangible, por ejemplo, un libro.

¿Tal vez un libro robado?

En mi cabeza empezó a dar vueltas la idea del chantaje.

Deslicé el cheque en el bolsillo de mi chaqueta. Y ahora ¿qué? Intentaba imaginar mi siguiente paso cuando oí el roce de un tacón contra la acera de cemento de delante de la casa.

Maldita sea, me quedé petrificada un largo segundo, luego revisé la sala, buscando algún sitio donde esconderme. No había ninguno. Ningún armario, ni espacio detrás del sofá.

Hasta ahí había dado de sí mi plan de relajarme en su sofá. No quería que me descubriera recorriendo su casa, sobre todo que me descubriera él. No desde que había encontrado ese cheque de Ian.

Corrí por el hueco del comedor hasta una cocina de estilo rústico para gastrónomos. Junto a una entrada trasera había un cuarto que hacía las veces de lavadero y otra puerta que daba a una gran despensa. En medio de la cocina había una mesa de cortar de madera maciza con un estante para las ollas y sartenes de acero inoxidable que colgaba del techo de cuatro metros de altura. Una cocina espectacular. Una pena que no pudiera quedarme.

Atravesé a toda prisa el cuarto del lavadero en dirección a la puerta trasera, pero esta no cedía. Estaba cerrada a cal y canto con una cerradura de seguridad, sin llave ni pestillo. Maldito Enrico por tomar precauciones de seguridad normales. Desesperada, me metí en la gran despensa y cerré la puerta, justo cuando alguien entraba en la casa.

Estaba temblando. Crucé los brazos con fuerza sobre el pecho para controlar el temblor. Si era Enrico volviendo a casa, me esperaba tener que dar muchas explicaciones. Era un buen momento para pensar en algún motivo plausible para estar escondida en su despensa. ¿Me seguían?, ¿sospechaba algo raro?, ¿tenía hambre?

Unos pasos pesados deambularon de aquí para allá entre la sala de estar y la zona del comedor. Oí que se revolvían papeles, cajones que se abrían y se cerraban de golpe. Alguien buscaba algo. ¿Lo mismo que yo? Fuera esto lo que fuese.

Algo de cristal se hizo añicos en la sala de estar y me sobresalté, luego intenté recobrar la respiración.

No creía que Enrico anduviera dando pisotones por ahí, rompiendo cosas y rebuscando con descuido entre sus propias pertenencias. Así que ¿quién estaba ahí fuera? Esperaba que se dieran prisa. En la despensa estaba totalmente a oscuras y mi imaginación se había disparado. Olía la mantequilla de cacahuete y hubiera jurado que había ratones. Me estremecí, inquieta ante la posibilidad de compartir espacio con roedores.

Los pasos entraron en la cocina y empecé a sentir pánico. Estaban muy cerca. Iban a descubrirme. Y podía oír respirar a los ratones. Un chillido iba formándose en mi garganta.

Un leve soplido de aliento en la piel bajo mi oreja fue el único aviso que tuve antes de que alguien me tapara la boca con la mano y me agarrara por detrás.

CAPÍTULO TRECE

Mi atacante me tenía fuertemente sujeta. Me había rodeado el torso con su otro brazo para impedir que le golpeara, pero, si iba a morir en una despensa, me resistía a ser dócil. No me atrevía a hacer ruido, pero intenté soltarme y morderle la mano. Solo conseguí desgarrar un poco de piel, lo que estuvo a punto de darme arcadas. Me retorcí para liberarme, pero no había espacio para maniobrar en los confines de la despensa.

—Chisss —dijo en un susurro, como si intentara calmar a un bebé con un cólico. Pude oler su aroma acre y me pregunté cómo no me había dado cuenta de que estaba escondido ahí dentro cuando yo entré en este espacio. No eran ratones la presencia que notaba, sino una gran rata.

—Maldita sea, Derek —dije entre dientes, aunque con su mano tapándome la boca sonó como «Masea dek».

—Calla —susurró con brusquedad.

De verdad iba a matarlo. Sin embargo, por el momento, asentí despacio para que supiera que estaba de acuerdo con el plan de guardar silencio.

Aflojó la presión de su mano sobre mi boca, pero mantuvo el otro brazo ceñido con fuerza a mi alrededor. A medida que los pasos se acercaban a la despensa, dejé de respirar del todo. Estaba aplastada contra el duro pecho y el estómago de Derek, por no mencionar sus muslos. Ay, Dios. Ahora que sabía que era él, una parte de mí, bueno, vale, mi cuerpo entero quería restregarse más cerca aún y ronronear como una gatita satisfecha. Seguramente no era el mejor momento para pensar cosas como esas, sobre todo a la luz de la decisión que acababa de tomar de asesinarlo.

Aspiré mientras Derek tendía la mano entre mí y la puerta para asir el pomo, segundos antes de que el intruso intentara abrir la puerta de la despensa. Sentí cómo vibraban sus músculos con tensión mientras sostenía el pomo con tanta fuerza que el intruso tuvo que pensar que la puerta estaba atascada o cerrada con llave.

Como fuera, el hombre que estaba al otro lado de la puerta soltó un taco y cejó en su empeño.

Mientras sus pasos se alejaban de la despensa, dejé escapar el aliento despacio. El intruso cruzó la cocina y se perdió por el pasillo, con pasos cada vez más débiles a medida que se dirigía a la parte de atrás de la casa.

Cuando pensé que iba a desmayarme de puro alivio, una puerta se cerró de golpe al final del largo pasillo. Me tensé de nuevo cuando unos pasos sonaron con fuerza sobre el suelo de madera del pasillo y salieron a toda prisa por la puerta principal.

Durante un instante, todo fue silencio; luego se puso en marcha el motor de un coche y unas llantas rechinaron cuando el intruso se marchó.

Al cabo de diez segundos, Derek empujó la puerta y salimos de la despensa.

Tras aspirar primero el aire de la libertad, me volví y le di un golpe en el brazo.

—¿Se puede saber qué estabas haciendo ahí dentro?

Se quitó el polvo de la chaqueta.

—Esperándote.

—Muy gracioso. ¿Me seguiste? Bueno, no quiero decir que me siguieras exactamente dado que estabas aquí antes que yo. Pero a ver: ¿lo hiciste?, ¿me seguiste?

—No tengo la menor idea de qué estás hablando.

Di un pisotón y al instante me sentí como una idiota. Estaba rabiosa.

—¿Cómo sabías que iba a venir aquí?

Me agarró del brazo y se encaminó hacia la puerta principal.

—Podemos hablar más tarde. En este momento estamos cometiendo un allanamiento de morada.

Me solté el brazo.

—Tengo una cita con Enrico.

—Pues llama para cambiarla. —Señaló la puerta—. Vámonos.

—Lo esquivé y enfilé en la dirección contraria, por el pasillo.

—Solo tardaré un momento.

—¿Qué se supone que estás haciendo?

—Busco una cosa. Será rápido.

—Dios, eres insoportable.

Lo fulminé con la mirada.

—Mira quién habla.

Lo oí suspirar pegado a mi espalda mientras examinaba la primera habitación: dos camas, mesita de noche, tocador, ninguna ornamentación. Parecía ser un cuarto de invitados. No había libros, ni cajas, nada que indicase que allí se desarrollaba un negocio de venta de libros. Y tampoco nada que identificara al desaparecido «GW1941».

—¿Has visto salir a Enrico? —pregunté.

—No.

—Debe de haber olvidado que yo venía.

—Pero se dejó la puerta sin cerrar.

—Tal vez solo ha salido un minuto.

—Lo que significa que volverá en cualquier momento y nos encontrará en su casa, violando la propiedad privada.

—A mí me había invitado. ¿Cuál es tu excusa?

—Ya te lo he dicho, te estaba esperando.

—No le había dicho a nadie que iba a venir aquí —insistí.

—No eres precisamente una persona muy sutil —dijo.

—¿Qué quieres decir? —La habitación del otro lado del pasillo estaba vacía salvo por una tabla de planchar y un televisor. No me imaginaba aquí a Enrico planchándose las camisas mientras veía *Oprah*. A lo mejor tenía una asistenta.

—Sin querer, escuché tu conversación con él en el funeral. Dijiste que vendrías a las dos.

Me apoyé la mano en la cadera.

—Se suponía que estabas hablando con Mary Ellen Prescott.

Lo pensó un momento.

—Ah, sí. Una mujer encantadora. Completamente loca.

Me reí entre dientes.

—Esperaba que te convertiría.

—Adora la sangre de alguien. Imaginé cabras en un altar.

Sonreí.

—Casi aciertas. Pollos.

—Dios santo.

—No te preocupes, nada se desperdicia. Se comen los pollos después de sacrificarlos.

Levantó la mano para que me callara.

—Es más de lo que quiero saber sobre la querida Mary Ellen.

La puerta siguiente, a la izquierda, estaba cerrada. La abrí y encontré la biblioteca de Enrico.

Había estanterías con libros encuadernados en cuero del suelo al techo en las cuatro paredes, con huecos recortados alrededor de las dos ventanas y del armario. En medio de la sala, dos sillas de cuero marrón, con una mesa de caoba entre ellas. Sobre la mesa se apilaban libros de la encuadernación más exquisita. Las sillas parecían usadas, cómodas y acogedoras. La alfombra del suelo era de un elaborado estilo persa con ondulaciones y florituras en múltiples matices de azul, negro y beis.

Me concentré en la pila de libros que había en la mesa.

—Ah. —Entré en la habitación y agarré el libro bellamente encuadernado que estaba en lo alto de la pila. Eran las *Vidas paralelas* de Plutarco, encuadernado en cuero de color borgoña, profusamente dorado, de casi cinco siglos de antigüedad, en perfecto estado. De un valor casi incalculable.

—¿Qué está haciendo con esto? —Me di la vuelta para enseñarle el libro a Derek, y fue entonces cuando vi a Enrico yaciendo en un rincón, aovillado sobre aquella alfombra fabulosa. Alrededor de su cabeza, un charco de sangre formaba un halo oscuro.

—Oh, no. Oh, Dios mío. —Me falló la visión; entonces la cabeza de Enrico se acercó, se alejó, volvió a alejarse.

Intenté gritar pero me salió un gemido.

Derek me agarró, me zarandeó y me atrajo hacia él.

—Nada de desmayarse.

—Está muerto —balbucí contra su camisa.

—Sí —dijo secamente—. Vamos, recupera la compostura. Tenemos que salir de aquí.

—Pero... —lo miré—. Deberíamos llamar a la policía.

—Ya lo haremos.

¿Cuánto tiempo se habría pasado ahí, agonizando? ¿Todo el rato que yo había estado fisgoneando en su mesa y sus papeles? ¿Todo el tiempo que había pasado escondida en la despensa con Derek mientras otro intruso registraba su casa? ¿Enrico todavía estaba vivo cuando entré por la puerta principal? Si lo hubiera encontrado antes, ¿podría haberlo mantenido con vida?, ¿haber llamado a una ambulancia? ¿Me sentiría culpable de lo sucedido durante el resto de mi vida? En ese momento, creía que sí.

—Debería...

—No.

—Pero podría haber...

—No. —Volvió a tirar de mí para abrazarme.

—Estaba ahí desde el principio —susurré.

—Sí.

—Tú lo sabías.

—No.

Me tranquilizó oírselo decir, tanto si era verdad como si no. Pasó sus manos arriba y abajo por mi columna.

—Anda, vámonos —dijo en voz baja.

—¿No deberíamos...?

—No, llamaremos desde otro sitio.

—Podríamos haberle ayudado.

—Estoy convencido de que ya estaba muerto.

—Eso no lo sabes.

—Sí, lo sé. —Me puso la mano en la nuca y me acercó a él. No tendría que haberme sentido tan bien, pero no podía evitarlo. Me sentía completamente envuelta, segura. Amada. Una ilusión, sin la menor duda, pero agradable en ese instante.

Finalmente, me eche hacia atrás para mirarlo.

—¿De verdad no sabías que estaba ahí?

—De verdad.

—Entonces ¿cómo sabes que ya estaba muerto cuando nosotros...?

Me miró directamente a los ojos.

—El hecho de que tenga un orificio de bala en la cabeza me lleva a pensar que murió bastante rápido. Y dado que no oímos nada...

Lo dejó ahí.

Agachó la cabeza, derrotado o pensativo, no sabría decirlo. Pero cuando volvió a mirarme, lo hizo con resolución.

—Ven aquí.

Llámenme débil, pero volví de buena gana a sus brazos.

—Estoy cansada de encontrar cadáveres —susurré al cabo de un momento.

—Sí, acaba por resultar agotador.

Yo debía de estar conmocionada porque me reí como una tonta ante el comentario. Respiré hondo, me juré mantener la calma. Enrico estaba muerto, asesinado, y yo me encontraba a un metro de su cuerpo.

—Más vale que nos vayamos de aquí.

—Qué buena idea.

Me di cuenta de que seguía aferrando el Plutarco y lo guardé en mi bolso.

—Me llevo esto.

—Muy bien. Robando otro libro. —Me agarró de la mano y yo dejé que tirara de mí por el pasillo hacia la puerta principal—. Llamaremos a la policía desde el restaurante más cercano.

—El Left Hand.

—¿Qué has dicho?

—El Left Hand. Es un restaurante vegetariano que está a un par de manzanas, en California Street.

Me miró fijamente.

—¿Por qué no me sorprende que conozcas todos los establecimientos de restauración de esta ciudad?

Me encogí de hombros.

—Me gusta comer.

—Ya me he fijado.

Tendí la mano hacia el pomo de la puerta de entrada, pero Derek me apartó.

—Espera. —Se dirigió al salón y miró por una rendija entre las cortinas. Por encima de su hombro, atisbé un viejo y estiloso deportivo negro que se disponía a aparcar.

Se produjo una pequeña explosión cuando el coche petardeó y se estremeció hasta detenerse. Una mujer se apeó desde el asiento del conductor y se encaminó a la puerta principal.

—Es Minka —dije sintiendo un escalofrío que poco tenía que ver con el cadáver del final del pasillo.

—Esta casa está más atestada que Heathrow —murmuró Derek—. Y no toquemos nada más. —Se sacó un pañuelo del bolsillo y lo usó para limpiar el pomo de la puerta delantera y colocar el pestillo en su sitio, luego me agarró de la mano y me condujo a la cocina—. Saldremos por atrás y rodearemos la casa.

—La puerta trasera tiene una cerradura con bloqueo de seguridad. Ya lo he comprobado.

—Maldita sea.

Nos miramos. Yo estaba a punto de ser presa del pánico.

—Podríamos romper la ventana —dije.

—Si no queda más remedio. Pero primero busquemos una llave.

Tragué saliva de nuevo.

—A lo mejor guardaba las llaves en el bolsillo.

Entornó los ojos mientras lo pensaba.

—O a lo mejor se vacía los bolsillos cuando llega a casa. —Corrió a la sala de estar y yo le seguí. Revisó la sala, y finalmente miró en un pequeño cuenco en el estante corto que había cerca del recibidor. Como era de esperar, había un cuenco que contenía un juego de llaves y un montón de monedas, un móvil y un paquete de pañuelos de papel, como si Enrico se hubiera parado ahí delante para vaciarse los bolsillos.

—Genial —dije.

—Los hombres somos una pandilla muy previsible.

Volvió a agarrarme de la mano y atravesamos corriendo la cocina hasta la puerta trasera, justo cuando empezaron a llamar a la puerta principal. Oí a Minka gritando el nombre de Enrico desde el escalón de la entrada. Sonaba como una verdulera, aunque yo nunca había oído gritar a ninguna verdulera de verdad. No importaba. No me cabía duda de que los enervantes berridos de Minka podrían pasar por los de esa vendedora.

Derek probó con la primera llave y al cabo de unos segundos estábamos fuera de la casa.

—Enrico, tengo mi llave —chilló Minka—. Voy a entrar.

—Menuda bocazas —dijo Derek—. El barrio entero se va a enterar.

Avanzamos de puntillas por un costado de la casa mientras Minka entraba por la puerta principal. Todavía la oí llamar a gritos a Enrico unas cuantas veces más.

—No corras —me advirtió Derek cuando llegamos a la acera delantera—. No mires directamente a los ojos a nadie. Camina como si vivieras por aquí. Luego ve en coche hasta el restaurante y aparca al menos a una manzana de distancia. Yo te seguiré.

No discutí. Quería estar a kilómetros de distancia cuando Minka descubriera el cadáver de Enrico. Caminé a paso rápido hasta mi coche, lo arranqué y salí. A unas pocas manzanas, giré a la derecha para entrar en California Street, encontré un hueco y aparqué.

Me costaba respirar.

¿En qué pensaba para entrar así en casa de Enrico? Había violado una propiedad privada. No importaba que tuviera una cita con Enrico. No era mi casa. Y cuando entré, estaba ya muerto en la habitación del fondo.

Me restregué los brazos para combatir los escalofríos. Alguien se había enfadado lo bastante para asesinarlo a sangre fría. Con un arma. Igual que a Abraham. ¿Por qué? ¿Qué había hecho Enrico? Y, más importante aún, ¿a quién había enfurecido tanto que había cogido un arma y le había disparado en la cabeza?

Tenía que ser la misma persona que había asesinado a Abraham. No podía tratarse de una coincidencia.

El asesino no había revuelto la casa de Enrico, así que quizá no buscaba nada, salvo a él. Eso podía significar que los Winslow estaban implicados. Una vez más, me vino a la cabeza la imagen de la pequeña Meredith vestida con aquel bonito mono naranja.

Pero quizá la llegada de Derek había espantado al asesino, que planeaba regresar para registrar la casa, lo que significaba que la persona que rebuscaba por la casa mientras Derek y yo permanecíamos ocultos en la despensa podría ser el asesino.

¿Cuál era la verdadera relación entre Abraham, Enrico y el asesino? Los libros, sin duda. Pero ¿qué libros? ¿Uno de la colección de los Winslow? ¿Alguno de la Covington? ¿O algo que tenía que ver con un antiguo agravio entre los dos hombres?

No me cabía duda de que había alguna relación entre ambas muertes. Si descubría esa relación, descubriría al asesino.

«¿Que yo descubriría al asesino?» Me estremecí. No, gracias. Iba a irme a mi loft y a esconderme debajo de la cama.

El Bentley negro de Derek se detuvo a media manzana frente a mí. Mientras le veía acercarse a mi coche, con su andar resuelto, su mirada estudiándome como un gato callejero que examinara a su presa, se me ocurrieron tres cosas.

Número uno: Derek Stone era muy atractivo.

Número dos: Minka no había asesinado a Enrico.

Número tres: yo sabía quién era el intruso.

CAPÍTULO CATORCE

Había reconocido la voz del intruso cuando le oí soltar el taco delante de la puerta de la despensa.

Miré fijamente a Derek cuando se acercaba. No podía contarle lo que sabía. Todavía no. Necesitaba pensar. Necesitaba averiguar si tenía que enfrentarme al intruso en privado, hacerle saber que yo sabía que había estado en casa de Enrico. Me planteé si debía contarle que también sabía lo que había estado buscando.

Eso me recordó que el cheque por valor de cinco mil dólares ardía en el bolsillo de mi chaqueta abriéndole un agujero.

Negué con la cabeza mientras me apeaba del coche. ¿Quién más en este mundo, aparte de Ian McCullough, habría dicho «mecachis» al no poder abrir una puerta que se le resistía? Le había escuchado decir esa palabra mil veces a lo largo de los años. Me había explicado que, de niños, sus muy formales padres les habían prohibido, a él y a sus hermanos, decir tacos en casa, así que «mecachis» era lo máximo que los chicos podían decir.

No podía creerme que todavía utilizara esa palabra tan tonta. Por descontado, seguramente no habría esperado que una vieja amiga estuviera oculta justo detrás de la delgadísima puerta de aquella despensa cuando la pronunció.

No albergaba la menor duda de que Ian había estado buscando el cheque de cinco mil dólares que yo había encontrado y ahora estaba absolutamente segura de que Enrico lo había estado chantajeando. Pero ¿por qué? ¿Qué había hecho Ian que lo volviese tan vulnerable para alguien como Enrico Baldacchio?

No podía imaginarme a Ian como un asesino. Por lo que había oído desde dentro de la despensa, Ian había tropezado, literalmente, con el cadáver de Enrico, y luego había salido a la carrera de la casa, como si hubiera visto un fantasma.

La mala noticia era que Minka tampoco había podido matar a Enrico. A no ser que fuera una actriz de primera, yo dudaba seriamente de su capacidad para disparar al hombre a sangre fría, irse en coche y regresar un rato más tarde gritando su nombre como la citada verdulera. Hasta yo tenía que admitir que no era tan idiota.

Así que ¿quién había matado a Enrico Baldacchio?

De repente me entró la paranoia de lo que podía pasar si me veían caminando por esta parte de la ciudad, así que busqué una vieja gorra de los Giants en la guantera, me recogí el pelo en un moño alto y me lo cubrí con la gorra. Me bajé del coche y me reuní con Derek en la bulliciosa acera. Los acaudalados residentes de Sea Cliff hacían la compra en esta parte de California Street en el distrito de Richmond. Había *boutiques,* una tienda de quesos, una carnicería, dos panaderías y varios restaurantes chics.

Derek miró mi gorra y asintió para mostrar su aprobación, pero me sorprendió cuando me puso el brazo alrededor de los hombros y me acercó a él.

—Llamaremos a la policía desde aquella gasolinera —dijo señalando discretamente mientras caminábamos hacia la gasolinera ARCO que estaba al otro lado de la calle.

—Seguramente tendrán un teléfono público dentro del restaurante —dije.

—No es una buena idea —dijo acariciándome el cuello con la nariz.

—Ah, claro. —Apenas era capaz de pensar—. Ya sé, porque podrían localizar la llamada.

—No tienen que localizar nada. La ubicación aparece en la pantalla en cuanto el controlador contesta la llamada.

—Ah. Es bueno saberlo. —¿Por qué no lo sabía? Tal vez porque acababa de empezar en esta nueva vida de crimen y todavía no estaba al tanto de todo.

Derek dijo en voz baja:

—Primero pediremos algo y luego llamamos.

Me parecía mal posponer la llamada. O puede que mal no fuera la palabra precisa, mejor sería decir calculado. Enrico estaba muerto y probablemente le daría igual, pero de algún modo hacía que me pareciera insensible dejar que su cuerpo yaciera allí, en la alfombra, solo, ignorado, mientras yo pedía la comida.

Aunque, bien pensado, no quería que se me relacionara con esa muerte más de lo que ya lo estaba. Derek me estaba ayudando a erigir un cortafuegos, por así decirlo. Debería estarle agradecida.

Se me abrieron los ojos como platos cuando su mandíbula me rozó la barbilla. Inhalé profundamente y percibí el olor de su piel. No me quejaba, pero ¿qué estaba pasando aquí? ¿Se habían adueñado de él todo el peligro y la excitación?

Supongo que también se habían adueñado de mí porque levanté la mirada hacia él y se me secó la boca. Mis ganas de comer habían pasado a la historia, y, créanme, eso no me pasa nunca.

—¿Qué crees que estás haciendo? —inquirí—. No voy a desmayarme ahora, ya lo sabes.

—No pensaba que fueras a hacerlo —susurró en mi oreja.

El contacto de su aliento me hizo temblar.

—En ese caso ¿de qué va todo esto?

Inclinó la cabeza para mirarme.

—Fingimos que estamos completamente enamorados, claro. Si la policía piensa interrogar a cualquiera que ande por aquí, recordará vagamente haber visto a una pareja de enamorados caminando por la calle. No serán capaces de describir a una espléndida rubia ni al tío apuesto que iba con ella.

Tardé unos segundos en valorar lo de «espléndida rubia».

—Eres un completo farsante.

Él se rio y me abrazó con más fuerza.

—Me encanta cuando me insultas.

Sonreí y le rocé la mejilla.

—En ese caso, eres un idiota de pies a cabeza.

—Mmm. Música para mis oídos.

Le agarré de la solapa y susurré:

—Para ser un poli, conoces muy bien el comportamiento de los delincuentes.

—Es parte de la formación que recibimos.

—Creo que vives más al límite de lo que dejas entrever.

Esbozó una sonrisa inocente antes de abrir la puerta del restaurante y empujarme dentro.

—Necesito una copa —dije, separándome de él.

—Dudo mucho que vendan licor en un restaurante vegetariano —se quejó él.

—Eh, que los vegetarianos beben vino —insistí mientras me quitaba la chaqueta al pasar por el vestíbulo—. Es como la esencia de la vida o algo así.

—¿No lo era el pan?

—Tanto da.

Pese al día soleado que hacía fuera, el restaurante estaba oscuro como una cueva, con sus paredes y techo forrados de gruesos paneles de secoya. La oscuridad iba bien con mi estado de ánimo.

—Ah. Magnífico —dijo él, y me llevó hasta la barra bien abastecida que recorría toda la pared del fondo del local. Únicos clientes en la barra, nos sentamos en dos taburetes.

Estudié la lista de vinos y finalmente me decidí por una copa de Concannon Petite Syrah de 2004. Derek pidió un martini Belvedere muy seco con un chorrito de limón, agitado, no revuelto, a lo Bond. ¿Por qué no me sorprendió?

No hablamos hasta que nos sirvieron las bebidas. En cuanto se alejó el camarero, me volví hacia Derek.

—A lo mejor Minka ya ha llamado a la policía. ¿No crees que deberíamos intentar que no nos vean?

—¿Que no nos vean? —dijo con una sonrisa maliciosa—. ¿Ahora quién vive al límite?

—Era solo una idea.

Derek dio un sorbo a su martini y dijo:

—Por todo lo que me han contado de la tal Minka, no creo que debamos confiar en ella para hacer lo correcto.

—Eso es verdad.

Apartó el taburete del bar y se levantó.

—Iré a hacer la llamada.

Le agarré del brazo.

—No. Yo llamaré.

—No es difícil. —Se dio unas palmadas en la cabeza—. Me sé el número. Nueve uno uno, ¿ves?

—Muy gracioso —dije—. ¿No te parece que debería ser una llamada anónima?

—Lo será.

—No si la haces tú —dije—. Cuando el inspector Jaglow vuelva a oír la cinta grabada del operador y escuche un distinguido acento inglés, sabrá que eres tú.

Derek sonrió maliciosamente y se palmeó el pecho.

—Me conmueves, crees que soy distinguido.

—No he dicho que tú fueras... Oh, da igual.

—No tardaré. —Empezó a alejarse.

—Tú te quedas aquí. —Salté de mi taburete—. En cuanto abras la boca sabrán que eres tú.

—Soy perfectamente capaz de disfrazar mi voz —dijo con arrogancia.

—Muy bien, agente Cero Cero... —Negué con la cabeza para mostrar mi incredulidad—. Agitado, no revuelto. Déjame en paz.

Tiró de mí hacia atrás.

—Muy bien, escucha. No voy a llamar de manera anónima. Le voy a contar a Jaglow que oí a hurtadillas tu conversación con Baldacchio y fui a verle antes de que llegaras. Yo encontré el cadáver.

—Oh. —Aquello tenía sentido—. Pero ¿qué pasa conmigo?

—¿Como que qué pasa contigo?

—¿Vas a contarle que he estado ahí?

Me clavó la mirada.

—¿Harás todo lo que yo te diga a partir de ahora?

—Eso es chantaje.

Él sonrió.

—Una palabra muy fea, pero sí.

—Muy bien, vale. Pero vete ya. —Mientras observaba como se alejaba, me di cuenta de que no me importaba que la policía supiera que yo había estado allí. En ese momento lo que contaba era ocuparse de Enrico y encontrar al asesino de Abraham.

En cuanto volvió Derek dijo:

—Lo mejor sería que volvieras a trabajar esta tarde.

Di un buen trago de vino.

—¿Como si no hubiera pasado nada?

—Exactamente —dijo mientras pagaba la cuenta.

—No estoy segura de que sepa mentir sobre esto.

—Soy muy consciente de que eres la peor mentirosa del mundo. Y sé que no has tenido nada que ver. Pero si la policía encuentra tus huellas dactilares, podría poner las cosas difíciles. ¿Estás preparada para enfrentarte a eso?

Mientras retiraba el taburete, lo pensé.

—Sé que soy inocente, así que afrontaré lo que sea. Solo quiero que la policía encuentre a ese asesino antes de que vuelva a matar.

En menos de veinte minutos estaba de regreso en la Covington. No vi a Ian por ninguna parte y me alegré de no tener que tratar con él esa tarde. Le daría un día para que se calmara. Por no decir que yo también aprovecharía el día para calmarme. Por descontado, cabía la posibilidad de que Ian se pusiera más histérico aún cuando se percatara de que la policía iba a registrar la casa de Enrico buscando pistas —como un cheque de cinco mil dólares con el nombre de Ian, por ejemplo—, con pinzas y una lupa.

Le dejé un mensaje en el buzón de voz diciéndole que tenía buenas noticias para él. No mencioné el cheque, pero esperaba que mi tono eufórico impidiera que saltara desde una cornisa de un rascacielos.

Intenté seguir con mis actividades normales, pero no me resultó fácil. La gente moría a mi alrededor. Dos de los más destacados encuadernadores de la ciudad habían sido brutalmente asesinados. Yo había visto sus cadáveres con mis propios ojos. No había sido amiga de Enrico, ni siquiera me caía bien. Pero lo conocía. Lo había visto encogido en su alfombra antigua, con un tiro en la cabeza disparado por algún asesino desquiciado. No podía quitarme la imagen de la cabeza.

—¡Ya basta! —Me quejé en voz alta. Me aparté de la mesa. Necesitaba moverme, sacudirme, hacer algo para alejarme de las imágenes de sangre y cadáveres que no paraban de darme vueltas por la cabeza como en un zoótropo.

Estiré los brazos, moví las muñecas, di unos saltos de tijera e hice unas sentadillas, que me dolieron tanto que no pasé de la segunda.

Me recogí el pelo en una coleta y volví a sentarme. No tenía tiempo para más distracciones. Tenía que acabar el libro, y este último tratamiento para reparar los desgarrones que había encontrado sería difícil y requeriría mucho tiempo.

No era por la propia restauración, para la cual tenía que usar un pequeño trozo de papel tisú japonés y pegarlo sobre el desgarrón. El problema venía cuando aplicabas pegamento y humedecías el papel. Si te pasabas de tiempo, utilizabas demasiado pegamento o no secabas la página como era debido, esta podía ondularse o combarse.

Para secar completamente cada página, la colocaba entre dos trozos de cristal con una hoja de papel secante para quitarle cualquier exceso de humedad.

Podía emplear el tiempo de secado en limpiar y pulir los rubíes de la portada.

Ian quería el libro acabado a tiempo para la inauguración oficial de la exposición, el próximo sábado. Yo sabía que podía hacerlo si apuestos expertos de seguridad y varios cadáveres dejaban de interrumpirme.

Acababa de remover la primera dosis de engrudo de almidón y estaba a punto de aplicarla al papel de restauración cuando oí un taconeo frenético acercándose por el pasillo.

Mi puerta se abrió de golpe y apareció Minka, que me señaló con el dedo.

—¡Asesina! —chilló—. ¡Criminal! ¡Ella lo mató! Vi su coche frente a la entrada de la casa de Enrico. Deténganla.

Me alivié al ver a la inspectora Lee acercarse a Minka y agarrarla del brazo.

—Señora La Beef, tranquilícese.

—Analícele las manos en busca de residuos de pólvora —añadió Minka a gritos mientras se soltaba el brazo—. ¡Cumpla con su deber para que no mate a nadie más!

—A ver, escuche, señora...

—Y, por última vez, ¡me llamo LaBoeuf, no La Beef!

Por Dios.

Minka se abalanzó sobre mí, con la inspectora Lee pisándole los talones. Yo me tensé y me preparé para lo que fuera que estuviera a punto de vomitar, pero nada me habría preparado para la violenta bofetada que me cruzó la cara.

—¡Oh! —Reculé hasta caer en la mesa por la fuerza del golpe.

—¡Espere un condenado momento! —La inspectora Lee agarró a Minka por detrás.

Apoyé un codo con fuerza sobre la mesa apretando la mandíbula y respirando profundamente, mirándolas de soslayo mientras luchaban por imponerse.

¿Había creído yo que la presencia de una policía mantendría a Minka a raya? Gran error.

Miré más allá de Minka, a la inspectora Lee. Vi que también la había sorprendido, pero aun así se las apañó para controlar a Minka. Físicamente, al menos.

—¡Asesina! —volvió a chillar Minka.

—Cállese —gritó Lee. Entonces me miró fijamente.

—Yo no he matado a nadie —dije frotándome la mejilla y la mandíbula, donde la carnosa mano de Minka me había alcanzado la cara—. Pero aún estoy a tiempo de cambiar de opinión.

—Muy bien, cállese usted también —dijo Lee forcejeando con la maníaca, que todavía se retorcía.

Intenté mover la mandíbula adelante y atrás. No parecía rota, aunque tampoco es que supiera cómo se sentía una con la mandíbula rota. Lo que sí sabía es que dolía un montón.

Lee torció los labios, y no para sonreír. Estaba harta de la resistencia de Minka y con una sola mano la tiró al suelo, luego buscó a su espalda unas esposas y las cerró alrededor de las muñecas de Minka.

—Cállese y no se mueva.

Minka gruñó y siguió retorciéndose en el suelo como un caimán furioso.

—¿Va a detenerme... a mí? —gritó—. ¡La asesina es ella!

—Y usted está detenida por agresión —le dijo Lee, chasqueando la lengua—. Y delante de un agente de la policía. Es sencillamente una estupidez.

Supuse que no era el momento más apropiado para felicitar a la inspectora Lee, pero su estilo me había impresionado.

El lado golpeado de mi cara empezaba a escocerme y tenía ganas de volver a casa y dormir durante una semana seguida.

Lee me fulminó con la mirada.

—¿Quiere empezar a hablar?

—¿Sobre qué? —Intenté parecer inocente, pero seguramente solo conseguí aparentar dolor.

Ella negó con la cabeza y pulsó unas cuantas teclas.

—Necesito apoyo —espetó al teléfono—. Ahora.

Cerró la solapa del móvil. Daba la impresión de que la inspectora ya había escuchado bastantes tonterías por hoy.

Mientras tanto, sentí cómo se me iba hinchando la mejilla.

Después de que dos agentes uniformados se llevaran a Minka a la cárcel, la inspectora Lee me pidió que la siguiera de vuelta a comisaría para mantener una pequeña charla. Y cuando le pregunté si me estaba «ordenando» que la siguiera, tuve la certeza que quería decir que podía seguirla a comisaría por mi propia voluntad o podía hacer el trayecto en la parte de atrás de un coche patrulla.

La agresión de Minka debió de devolverme cierta sensatez porque estaba más que dispuesta a contar la verdad sobre mi paso por la casa de Enrico. Mintiendo al respecto solo había conseguido que me dieran una bofetada.

Sonó mi móvil y contesté, esperando que fueran Ian o Derek. Había dejado muchos mensajes en sus respectivos buzones de voz.

—Hola, cariño.

—Mamá.

—Estoy planeando una barbacoa para el próximo sábado porque Austin va a traer a Robin a comer. ¿No es un encanto? Savannah también estará por aquí, y le he dejado un mensaje a Ian. Me han contado que estás viendo a un apuesto inglés. Puedes traerlo si quieres.

¿A ese apuesto inglés que no contestaba mis llamadas? Ni hablar. ¿Y quién le había hablado de él a mi madre?

—No creo que Derek pueda ir, mamá —dije.

—Haremos filetes a la barbacoa —dijo para tentarme más si cabe.

—¿Savannah va a zamparse un bistec? Eso no me lo perdería por nada del mundo.

Mi hermana pequeña era frutariana. Ni siquiera me había molestado en intentar entender qué significaba eso. La chica insistía en que consumía todas las proteínas que necesitaba gracias a la leche de coco y los frutos secos. Si me preguntaran, les diría que comía demasiados frutos secos.

—Oh, ella comerá un mango o algo así —dijo mamá en voz baja; luego volvió a subir el tono—: Papá tiene un cabernet nuevo que quiere que pruebes. Sabes que se fía de tu gusto más que del de nadie.

Era un halago inmerecido, pero funcionó:

—Allí estaré, mamá. Pero tengo que hablarte de Derek.

—Chachi —dijo mamá—. A ver, ¿qué te traes entre manos? ¿Qué tal tus chakras?

Giré a la derecha para entrar en Fillmore y esperé un hueco en el tráfico para hacer el giro a la izquierda a Oak.

—Bueno, si quieres que te diga, mis chakras y yo vamos de camino a la comisaría.

—¿Qué? —exclamó alarmada—. Cariño, eso no tiene ninguna gracia.

—Lo siento, mamá. Solo voy a responder a unas preguntas.

—Ay, Dios.

—No te preocupes, mamá. Estoy bien. Bueno, al menos, eso creo. Pero, verás, primero asesinaron a Abraham y ahora han descubierto el cadáver de Enrico Baldacchio. Así que quieren hablar con gente. —Pisé a fondo los frenos en Geary cuando el semáforo se puso en rojo. El gesto tiró de mi dolorida mandíbula y se me escapó un gemido.

Mi madre también gimió.

—Ay, Dios, te están deteniendo.

—No, mamá.

—Ay, Dios —repitió—. Sabía que esto acabaría pasando.

—¿A qué te refieres?

Gimoteó, pero de repente empezó a salmodiar:

—*Nam myoho renge kyo nam myoho renge kyo nam myoho renge kyo nam myoho renge kyo...*

—Mamá, para, no van a detenerme. No he hecho nada. No tienen ninguna prueba.

—Todavía no —dijo, y cantó todavía más alto—: *Nam myoho renge kyo nam myoho renge kyo.*

—Mamá, solo quieren hablar conmigo porque conocía a los dos hombres.

Ahora cantaba tan alto que no creí que pudiera oírme.

—*Nam myoho renge kyo nam myoho renge kyo nam myoho renge kyo nam myoho renge kyo.*

Para ser una unitaria, la mujer podía cantar a voz en cuello un cántico budista.

Papá siempre hablaba de la época en que su amigo Norman y él se quedaron sin dinero. Como tenían hambre, entonaban salmodias a cambio de comida. Veinte minutos después, aparecía mamá con dos bolsas de comida. Ella creía en el poder del cántico.

—*Nam myoho renge kyo nam myoho renge kyo nam myoho renge kyo...*

—Te llamaré cuando llegue a casa, mamá —grité, sin saber si me oía o no—. Por favor, no te preocupes.

Desconecté, pero estaba bastante segura de que mi madre seguiría cantando hasta que se declarase la paz mundial o yo me fugase de la cárcel.

Me senté en una silla plegable en una pequeña sala de interrogatorios de la sección de homicidios de la policía, ubicada dentro del edificio del Palacio de Justicia. Los inspectores Lee y Jaglow habían empezado el interrogatorio pero los habían llamado y salieron, dejándome a solas durante la siguiente hora y cuarenta y cinco minutos. Sabía que intentaban ponerme nerviosa haciéndome esperar, y, la verdad, lo estaban consiguiendo. Estaba dispuesta a confesar todos mis pecados. Por fortuna, el asesinato no era uno de ellos. Por ahora. Estaba analizando mis posibilidades en cuanto a Minka se refería.

Tamborileé con los dedos sobre la mesa y miré fijamente a las extrañamente atractivas paredes marrón grisáceo por centésima vez. Como venía siendo habitual cuando tenía tiempo disponible, mi cabeza daba vueltas al asesinato de Abraham. Pero, en lugar de a las frecuentes visiones de cadáveres, sangre y libros, regresaba una y otra vez a mi último encuentro con Abraham la noche que murió. Se había mostrado tan cálido y jovial, tan optimista y reflexivo, tan emocionado ante el futuro.

«No volveremos a comportarnos como unos extraños», había prometido. Y: «Tengo la intención de vivir el presente y disfrutar de cada minuto».

Me enjugué las lágrimas de rabia y repetí mi juramento de encontrar a la persona que había puesto fin a las posibilidades de Abraham de disfrutar de su vida. Esa persona había acabado también con mi oportunidad para reconstruir mi amistad con mi profesor y había privado a Annie de conocer a su padre.

La puerta se abrió de golpe y entró Derek Stone.

—¿Lo has confesado todo?

—No me han dado la ocasión.

—Bien. —Miró a su alrededor—. Bonita sala.

—Es agradable, ¿verdad?

—¿Lista para irte de aquí?

—Todavía no he hablado con la policía.

—Eso no será necesario ahora mismo. Te llamarán más tarde para que acordéis una hora en que puedan pasarse por tu casa.

—¿Cómo lo sabes?

—Me lo ha dicho el inspector Jaglow.

—¿Y no podía decírmelo a mí?

—Está ocupado.

Entorné los ojos y lo miré fijamente.

—Ha tenido tiempo para hablar contigo.

—Por descontado.

Suspiré.

—Podría haber dicho algo.

—Ha estado ocupado en otro sitio. Alguien ha confesado haber cometido los asesinatos.

Lo miré boquiabierta.

—Te estás quedando conmigo. ¿Quién?

Levantó los hombros.

—¿Cómo quieres que lo sepa? He escuchado la docena de mensajes histéricos que me has mandado, así que he venido corriendo y me he encontrado con que otra persona ya había confesado. ¿Quieres salir de aquí o no?

—No te pongas borde conmigo —dije arrastrándome silenciosamente hacia la puerta—. He tenido un mal día.

—Sooo —dijo agarrándome de los hombros para detenerme. Me miró fijamente durante un rato, luego, con cuidado, me acarició la mejilla con los dedos—. ¿Con qué has chocado, querida?

—Muy gracioso. —Sentí que los ojos se me llenaban de lágrimas, así que pasé a la ofensiva—. ¿Dónde has estado tú? Y, a propósito, yo no dejo mensajes histéricos.

No se amilanó. En lugar de eso metió mi brazo bajo el suyo y me llevó por el pasillo hasta la entrada principal del Palacio de Justicia, justo cuando las puertas con doble cristal se abrían y mi madre era conducida dentro por dos agentes de policía. Llevaba las manos esposadas a la espalda.

—¡No! —grité, y atravesé a la carrera el amplio vestíbulo con suelo de linóleo. La abracé con fuerza y sentí que temblaba.

—Mamá, ¿qué estás haciendo aquí? —Intenté pasar por alto el destello de *déjà vu* de la pregunta, la misma que le había hecho la noche que asesinaron a Abraham.

—Oh, cariño, estás bien —dijo mi madre, pero luego se fijó en mi mandíbula magullada—. ¡Te han pegado! —Gritó y rompió a llorar.

Derek me acompañó las dos largas manzanas hasta el edificio del aparcamiento y esperó hasta que subí al coche, cerré las puertas y bajé la ventanilla.

No había dicho palabra, demasiado preocupada por que mi madre hubiera confesado dos asesinatos en un absurdo plan para protegerme. Mi necesidad de encontrar al asesino de Abraham, entonces, en ese momento, acababa de acelerarse a una velocidad hipersónica. No podía permitir que mi madre pasara la noche en la cárcel por algo que no había hecho.

—Sabes que mi madre no mató a nadie —dije.

—Bueno, sí. —Se cruzó de brazos—. No me parece precisamente una asesina a sangre fría.

—Gracias. —Suspiré—. Se le ha ido la cabeza. Hablé por teléfono con ella y le dije que iba a comisaría, y ha enloquecido. Estoy segura de que solo ha confesado para protegerme. El problema es que soy yo quien tiene que protegerla a ella.

—¿Y por qué ninguna de las dos tendría que proteger a la otra?

Ay, maldita sea. Le miré a los ojos.

—Sé que trabajas con la policía, pero yo... yo confío en ti.

Asintió.

—Te lo agradezco.

—Muy bien, lo que estoy a punto de contarte no puedes decírselo a nadie. Si descubro que lo has contado, no descansaré hasta haberte pillado y molido a palos. Te pegaré hasta que no seas más que una piltrafa ensangrentada; luego te reventaré los...

—Entendido —dijo apoyando las manos en el borde de la ventanilla—. Ve al grano.

—Muy bien —dije resoplando—. Pero te he avisado. Mi madre estaba en la Covington la noche de la muerte de Abraham. Tenía una reunión con él, pero Abraham no se presentó. La policía no lo sabe. Yo me topé con ella en las escaleras cuando bajaba camino del taller de Abraham en el sótano. Me sorprendió un montón. No quiso decirme por qué iba a verse con él. Me temo... Me parece que pudo tener una aventura.

Derek hizo una mueca.

—No lo creo.

—Es verdad, estuvo allí.

—Tal vez sí estuvo, pero no creo que tuviera ninguna aventura. No es ese tipo de mujer.

—¿Es que hay un tipo?

Él se encogió de hombros.

—Transmiten cierta sensación, si lo prefieres.

Lo miré de reojo.

—¿Estás diciendo que mi madre no podría atraer a un hombre?

Se apartó del coche.

—Prefiero no mantener esta conversación con una mujer al borde de la histeria.

—¿Quieres ver histeria de verdad? ¿Adónde vas? Vuelve aquí. ¿Qué has querido decir con lo de un tipo de mujer?

Se despidió agitando la mano mientras seguía retrocediendo.

—Conduce con cuidado, querida. Y ponte hielo en esa mejilla.

CAPÍTULO QUINCE

No importa lo independiente y sofisticada que sea una chica, a veces necesita hablar con su padre.

Pagué el estacionamiento y salí del garaje de Bryant y la Sexta, luego pulsé el número de marcado rápido de la casa de mis padres. Papá contestó al primer pitido, lo que me informaba de que había estado esperando una llamada dado que solía tener puesto el contestador automático.

Le conté todo lo que sabía. Como siempre, se resistió a dejarse llevar por el miedo o la negatividad.

—Mamá estará bien, Brooks —me tranquilizó—. La semana pasada hizo un curso de actualización en vedanta.

—Ah, el vedanta —dije, recordando vagamente la antigua filosofía india que enseñaba cómo vivir la vida según ideales más elevados para conseguir la dicha interior—. ¿Por qué iba a preocuparme?

—Exacto —dijo, complacido al ver que valoraba el significado del vedanta—. Con todo, más vale que mueva el trasero hasta allí.

Esa fue la primera nota de tensión que percibí en su voz.

—Nos vemos allí —dije mientras entraba en el garaje de mi edificio, ponía punto muerto y apagaba el motor. La ubicación de la sede de Homicidios me resultaba muy cómoda. Podía llegar hasta ella desde mi casa en menos de cinco minutos.

—No, no, ya has pasado bastantes malos ratos por hoy. Llamaré a Carl y su manada de abogados. Se ocuparán de todo.

—Papá, tú sabes que mamá es inocente, ¿verdad?

Se rio entre dientes.

—Por supuesto que es inocente. Tu madre no mataría una mosca. Eso distorsionaría su karma y pondría en peligro su samsara durante las vidas futuras.

—¿Cómo no se me había ocurrido? —Miré alrededor de aquel frío, oscuro y desierto aparcamiento subterráneo y tomé nota mental para insistir en iluminarlo mejor durante la próxima reunión de propietarios.

—Bueno, más vale que me ponga en marcha —dijo mi padre.

—Vale, pero, papá, me temo que mamá confesó porque intenta protegerme.

—¿De verdad? ¿Y qué has hecho tú?

—¡Nada, te lo juro! Pero, por favor, dile a mamá que no es necesario.

—¿Qué no es necesario? —Siguió una pausa; luego dijo—: Me va a hacer falta tomar nota de todo esto, ¿no?

Podía imaginármelo rascándose un lado de la cabeza mientras buscaba un cuaderno y un bolígrafo. Suspiré.

—Déjalo, papá, da igual. Por favor, llámame en cuanto sepas algo, ¿vale?

—Estate tranquila, te llamaré. Paz, corto.

—Eh, sí, adiós. —Mis padres no habían puesto al día la jerga que utilizaban.

Fui cojeando hasta el ascensor sin saber qué podría hacer mi padre para sacar de la cárcel a mi madre después de que ella se hubiera prestado a confesar el asesinato de Abraham. A no ser que a él le diera por confesar su autoría.

—Oh, no, él no lo haría. —Sentí como si un hilo de agua helada me resbalara por la columna, y me quité esa idea de la cabeza.

Mientras cerraba de golpe la puerta del ascensor y pulsaba el botón de la sexta planta, me pasaron por la cabeza distintas situaciones hipotéticas en las que mi madre era interrogada por dos resueltos inspectores de homicidios.

Podía imaginármela dándoles una razón poco justificada para matar a dos hombres a sangre fría. Luego les pondría su más risueña cara de conejito Sunny Bunny y los invitaría a la barbacoa del sábado.

Bien pensado, los inspectores seguramente necesitarían más que mi madre mi comprensión.

Mi padre tenía razón, mamá estaría bien, mientras yo estaba al borde de un ataque de nervios. La policía no iba a retenerla en una celda, ¿no?

En cuanto entrara en casa y me quitara los zapatos, llamaría a la inspectora Lee.

El ascensor traqueteó hasta detenerse. Empujé la puerta y recorrí el largo pasillo hasta mi piso, agradeciendo las claraboyas y los apliques en la pared que le daban un aire acogedor y luminoso en lugar de oscuro y sumido en la penumbra.

Estaba ansiosa por encerrarme en casa y hacer lo que siempre hacía cuando mi mundo se volvía loco: enterrarme en el trabajo.

Doblé la esquina y me tambaleé hasta pararme. Mi puerta estaba entreabierta.

Las pulsaciones de mil terminaciones nerviosas se dispararon clavándose en mi piel como agujas. Intenté repasar el día mentalmente. ¿Esta mañana estaba tan distraída cuando me fui que me dejé la...? No. Nunca habría dejado la puerta abierta.

Alguien había entrado en mi casa. Tal vez todavía estaba ahí.

Todo me decía que no entrara. Y, tras pensármelo unos segundos, obedecí. Corrí al piso de Suzie y Vinnie por el pasillo y doblé la esquina. Aporreé su puerta suplicando que estuvieran en casa.

—¿Pero qué escándalo es este? —dijo Suzie al abrir la puerta—. ¡Brooklyn! ¿Qué pasa? Guau, pareces hecha polvo. Pasa.

—No. Necesito saber si habéis visto a alguien entrando en mi piso. ¿Alguien...? Ay, Dios. Creo que alguien ha forzado la cerradura de mi casa.

—¡Qué me dices! —exclamó. Miró por encima del hombro y gritó—: Vinnie, quédate en casa. Cierra la puerta en cuanto salga.

Suzie me agarró del brazo y dijo:

—Vamos. —Y fue tirando de mí hasta que llegamos a mi puerta—. Ya veo, alguien ha perforado la cerradura.

—¿Cómo?

—Más vale que no lo sepas —dijo con tono lúgubre—. ¿Estás lista?

Maldita sea, esta chica era dura de verdad. Supongo que era un requisito previo si querías trabajar todo el día con sierras mecánicas.

—Lo estoy.

—Vale, vamos a entrar.

Asentí con firmeza.

—Adelante.

Utilizó el pie para abrir la puerta y entramos. O, al menos, lo intentamos.

Empecé a gemir.

—No, no, no.

—Maldita sea, tía, este sitio es un caos.

Eso era una forma suave de decirlo. Mi estudio estaba destrozado. Las herramientas y los pinceles estaban esparcidos de cualquier manera sobre las mesas de trabajo y por el suelo. Había papeles rotos y tirados por todas partes. Montones de guardas jaspeadas y bobinas de tela y cuero utilizadas para hacer cubiertas nuevas estaban diseminadas por toda la sala. Cientos de carretes de hilo que habían estado ordenados por colores y tamaños en unos estantes estrechos en las paredes encima del ancho aparador que se extendía por toda la sala estaban ahora esparcidos de cualquier manera por el suelo.

—¡Oh, no! —Mis diagramas esmeradamente trazados y los ejemplares de tratados médicos en los que había estado trabajando estaban hechos jirones y tirados por el suelo. Di un paso dentro de la sala para rescatar mi trabajo, pero Suzie tiró de mí hacia atrás por el cuello de mi chaqueta.

Caí contra ella, que me envolvió en un abrazo.

—Tranquila, chica. Deja que la policía se encargue de eso.

—Pero está todo destrozado. —Las lágrimas me escocían. Estaba tan furiosa. ¿Quién podía hacer algo así? Pero yo ya lo sabía, y, literalmente, sentí que se me helaba la sangre.

—Asegurémonos de que no se esconden en algún sitio —dijo Suzie en voz baja—. Luego llamaremos a la policía.

—No, llamémosla antes.

—Sí, vale.

Me estremecía sin parar y seguramente estaba a punto de sumirme en un estado de *shock,* de modo que le pasé mi móvil a Suzie.

—Tardarán un poco —dijo al acabar la llamada.

—Muy bien. Voy a entrar.

—Voy contigo.

Pero dejé que Suzie fuera por delante mientras entrábamos a hurtadillas, luego nos dirigimos al salón por el pasillo. Supe que estaba mal cuando Suzie intentó impedir que lo viera.

—Tengo que verlo. —Me solté de ella y entré en el salón. La primera impresión fue la de estar ante un completo desastre. La pesada mesa baja de cristal estaba volcada, pero, gracias a Dios, no la habían hecho añicos. Los cojines del sofá estaban por el suelo y las revistas, tiradas por todas partes.

Entonces vi el delicado jarrón de cerámica roto en el suelo. Robin lo había hecho para mí como regalo de inauguración del piso.

—Gentuza —mascullé. Miramos en los dos dormitorios, pero ahí no había daños visibles. Tras una inspección más cuidadosa, en realidad no había muchos daños en ningún sitio, salvo mi estudio. No parecía que hubieran movido las cosas ni tampoco faltaba nada.

Fuera lo que fuese lo que buscara el ladrón, parecía haber limitado su orgía destructiva a mi estudio. ¿Se había asustado demasiado pronto? A lo mejor me había visto entrar en el coche y había huido mientras yo hablaba con mi padre. Fruncí el ceño al pensar que podría haberlo pillado con las manos en la masa si hubiera subido unos minutos antes.

Aunque, claro, también podría estar muerta a estas alturas de haber vuelto antes a casa.

Mientras Suzie miraba alrededor, sentí que se me humedecían los ojos. Esto tenía que ser la última gota que colmaba el vaso de un día para olvidar.

Primero la discusión con Ian en la comida, luego el hallazgo del cadáver de Enrico tras pasar un buen rato en un armario oscuro con otro intruso que resultó ser Derek y más tarde verme acosada por otro intruso más que resultaba ser Ian.

No podía olvidar que Minka casi me pilla en casa de Enrico, ni su sorpresivo bofetón, seguido por la invitación a presentarme en la sede de Homicidios para que me interrogaran. Oh, y que me dejaran esperando a solas durante dos horas mientras detenían a mi madre por un asesinato que no había cometido.

Me pregunté si mi padre estaba confesando en ese momento el crimen que había hecho que detuvieran a mamá. Ay, Dios.

Y ahora esto.

Miré fijamente mi estudio arrasado. Sabía que podría limpiarlo todo y apartar algunas cosas, pero alguien había estado ahí, tocando mis cosas, causando verdaderos estragos. Alguien malvado, que había asesinado a dos personas. Solo podía suponer que ahora se había concentrado en mí.

—Me pregunto si habrán asaltado a alguien más en el edificio —dijo Suzie pensando en voz alta.

—Estoy bastante segura de que se trata de algo personal, pero deberíamos...

Unos pasos pesados resonaron por el pasillo. Suzie chilló y me agarró el brazo, pero maldijo en voz alta cuando vio entrar a Vinnie en la habitación.

—Ya vale. ¡Brooklyn! —exclamó Vinnie mientras me agarraba del otro brazo— ¿Estás bien?

—¡Creí haberte dicho que no salieras! —gritó Suzie mientras me tiraba posesivamente del brazo.

Vinnie le clavó la mirada.

—Tú no eres mi jefa.

—Pues alguien tiene que serlo —le replicó Suzie.

Vinnie me atrajo hacia ella.

—Estás alterando a Brooklyn con esta escena.

—No, no pasa nada —dije, soltándome de ambas. Nunca las había visto discutir hasta ese momento y no quería ser la causa de una riña en ese momento. Y, vaya, empezaban a dolerme los brazos—. Todavía estamos un poco nerviosas.

—¿Has cerrado nuestra puerta? —preguntó Suzie en un tono un poco más contenido.

—Pues claro, marmota atontada —dijo Vinnie aún irritada.

Intercambié una mirada con Suzie. Las dos no echamos a reír y yo abracé a ambas con todas mis fuerzas.

—Gracias por estar aquí —dije—. Me siento muy afortunada de teneros como vecinas.

—Somos nosotras las afortunadas —dijo Vinnie.

—La policía va a llegar en cualquier momento —dijo Suzie.

Pese al aviso, al oír otra serie de pasos repiqueteando por el suelo de madera, Vinnie soltó un chillido y se echó en brazos de Suzie.

Robin entró con cautela, sosteniendo una bolsa marrón con comida. Llevaba unas botas de tacón que la hacían parecer un palmo más alta, un suéter rojo de cachemira y pantalones negros.

—¿Qué está pasando aquí? —preguntó mientras miraba el caos a su alrededor. Entonces se fijó en lo peor de todo—. Oh, no. Mi jarrón.

—Lo sé. Lo siento mucho —dije con tristeza.

—No es culpa suya —dijo Vinnie con firmeza—. Han entrado a robar. Estamos vivas por los pelos.

Robin me miró, desconcertada. Yo negué con la cabeza.

—No ha sido para tanto.

—Pero podría haberlo sido —insistió Vinnie—. Todas corremos un peligro mortal.

—No —repliqué—. Vuestra casa es segura. Estoy convencida de que su objetivo era la mía.

—Uf, qué mal suena eso —dijo Suzie.

—Lo siento mucho, Brooklyn —dijo Vinnie.

—No pasa nada —las tranquilicé—. La policía lo aclarará todo.

—Esta noche te quedas en mi casa —dijo Robin. Entonces levantó la bolsa marrón—. He traído vino. Os serviré una copa mientras esperamos a la policía.

Me sorprendió ver aparecer a la inspectora Lee en la puerta con dos agentes uniformados. Entraron en el estudio esquivando cuidadosamente el caos. Un policía sacó una pequeña cámara digital y empezó a tomar fotografías. El otro llevaba un sujetapapeles y empezó a escribir un informe.

La inspectora Lee sacó su móvil e hizo una llamada, luego se unió a las chicas y a mí en la barra que separaba la cocina del salón.

Lee alzó una ceja cuando Robin le ofreció una copa de vino.

—Gracias, pero no. —Se volvió hacia mí—. Los chicos de las huellas dactilares están de camino. ¿Quiere explicarme qué ha pasado?

Ella escribía en su pequeño cuaderno de cuero mientras yo hablaba. Dado que había acabado de contarle toda la historia a Robin y a mis vecinas, estas se fueron turnando para intervenir añadiendo detalles que yo había olvidado.

Finalmente, Lee levantó la mano para interrumpir la cháchara.

—¿Le falta algo en casa?

—No tengo ni idea —dije—. Aquí no parece faltar nada, pero no he revisado el estudio todavía. No quería tocar nada antes que la policía, ya sabe, fuese lo que fuera lo que quisieran hacer.

—Yo lo sé —intervino Vinnie—. Buscarán con diligencia fibras y cabellos que puedan revelar el ADN del ladrón, luego comprobarán si hay huellas dactilares, que más adelante serán procesadas en el sistema automático de identificación dactilar buscando una coincidencia. Después, recorrerán puerta a puerta el edificio y el vecindario, haciendo preguntas para encontrar algún testigo presencial, aunque nadie se ofrezca voluntariamente a cantar.

La inspectora Lee la miró frunciendo el ceño.

Suzie vació su copa.

—Es una adicta a *Ley y orden.*

Vinnie sonrió risueña con las mejillas sonrosadas por el vino.

—El que más me gusta es Ice-T. Si algún hombre puede volver a ser sexy, sin duda es él.

Robin se echó a reír.

Lee se había quedado sin palabras.

Suzie sonrió.

—Esta chica es una pasada, ¿a que sí?

—Sí lo es, sí —convino Lee, quien entonces se volvió hacia mí—. De manera que los desperfectos más graves se limitan básicamente al estudio.

—Sí.

—¿Sus utensilios y herramientas son caros? ¿Un ladrón podría venderlos rápido?

—Lo dudo. —Miré a Robin, que mostró su acuerdo con un resoplido. Las herramientas para esculpir o encuadernar podían ser caras, aunque dudaba que pudieran venderse por mucho en la calle—. Pero me cuesta imaginar a un ladrón escogiendo por casualidad mi piso en una sexta planta solo para sacarse un poco de dinero fácil.

Lee alzó la ceja.

—A mí también me cuesta.

—Todos los vecinos del edificio pueden oír el ascensor cuando está en marcha —explicó Suzie—. Para acceder a las escaleras hay que tener llave. No han robado en ningún otro loft.

—¿Y qué cree que buscaban? —preguntó Lee.

Fruncí el ceño.

—No lo sé.

Dio unos golpecitos con el bolígrafo en su cuaderno y me examinó durante un momento.

—Si hay algo que haya estado evitando contarme, quizá quiera replanteárselo.

No pude mirarla directamente a los ojos.

—No se me ocurre nada.

Me dio la impresión de que iba a preguntarme algo más, pero lo que hizo fue cerrar de golpe su cuaderno y echar mano a su bolso.

—Muy bien, estaremos en contacto.

La seguí por el pasillo a la habitación delantera.

—Inspectora, ¿han soltado a mi madre?

Se puso rígida.

—Eso es asunto de la policía.

Cerré las manos y apoyé los puños en las caderas.

—Mi madre es asunto mío. Usted sabe que no mató a nadie.

—No puedo hablar de eso.

—Creía que éramos amigas.

Ella no pudo contener la risa. Mis palabras también me sonaron tontas. Me palmeó el hombro, con cierto afecto, diría yo.

—Tenga cuidado. Estaré en contacto.

—Muy bien.

Los dos policías seguían trabajando en el estudio cuando Lee abrió la puerta. Echó un último vistazo a su alrededor.

—Puede que quiera plantearse alojarse en otra parte durante unos días.

—Esta noche la pasaré en casa de Robin. —Anoté el número de teléfono de Robin y se lo di.

—Hace bien —dijo—. Porque si se ha tratado de algo personal, podrían volver.

—Es bueno saberlo. Gracias por el consejo.

Se rio entre dientes al salir. ¿Más humor de policías?

Regresé a la cocina justo a tiempo de descubrir a las chicas reunidas ante la ventana que daba al oeste para ver la puesta de sol.

Robin me llenó la copa hasta el borde.

—He llamado a un cerrajero. Estará aquí en menos de una hora.

Casi me desmoroné de gratitud. Me había olvidado por completo de ese pequeño detalle. Me senté en el sillón y contemplé como el cielo se llenaba de franjas rosas y rojo coral.

Vinnie rompió el silencio.

—A nosotras nos gusta que el sol nos dé por la mañana, pero el sol vespertino es más dramático.

—A mí me encanta —dije, y me dio rabia que alguien hubiera destrozado mi espléndido hogar.

Robin echó la botella al cubo de reciclaje.

—La inspectora Lee tiene un pelo magnífico, ¿verdad?

—Sí, es muy bonito —dijo Vinnie—. Pero está demasiado delgada.

Di un largo trago de vino.

—El otro día pensé que necesita un cambio de imagen.

—Sí —dijo Robin—, pero esta noche no era seguramente el momento oportuno para plantearle esa idea.

—A mí sí podrías sugerirme uno —dijo Vinnie vaciando su copa—. Me gustaría mucho cambiar de imagen.

Suzie miró fijamente a Vinnie, horrorizada, luego nos miró a Robin y a mí.

—Más vale que me la lleve casa.

Robin se empeñó en que pasara la noche en su casa y no se lo discutí. Detestaba dejar mi casa vacía, pero Suzie y Vinnie prometieron que mantendrían los ojos y los oídos atentos y avisarían a los demás vecinos para que hicieran otro tanto.

Esa noche, llamé a casa de mis padres, pero no me contestaron. Mi padre no tenía móvil, así que no tenía forma de ponerme en contacto con él si no estaba en casa. Llamé a mi hermana China y a mis hermanos, pero ellos todavía no sabían nada. Les hice prometerme que me llamarían en cuanto tuvieran noticias de papá.

Al día siguiente, me despertó el aroma del café y me levanté cansinamente de la cama. Tras mirarme la cara y ver que el moratón se había vuelto de un amarillo pálido, fui dando tumbos a la cocina, donde Robin estaba sentada leyendo el periódico.

Echó un vistazo a mi pijama a cuadros desgastado y dijo:

—Hoy podríamos ir de compras.

—No necesito nada.

Soltó un bufido.

—Y tanto que sí. Como mínimo unos pijamas decentes.

Me serví una taza de café, le eché un poco de leche descremada y le di un sorbo antes de contestar. Pero di otro sorbo y llegué a la conclusión de que no había una respuesta apropiada.

—Más vale que me ponga en marcha —dije por fin—, tengo que acabar el trabajo para la Covington.

—Te compraré algo mono cuando salga.

—Gracias, aunque no sea necesario.

Me duché y me puse unos tejanos, un suéter, una chaqueta y unos cómodos aunque elegantes zapatos planos. Se acabaron los tacones por esta semana. Mis pies machacados y mis gemelos doloridos no podrían soportarlos. Utilicé un poco del maquillaje de Robin para ocultar el moratón de la cara y me pareció que lo disimulaba bastante bien.

Robin vivía en las lindes de Noe Valley, uno de los barrios más bonitos y acaudalados de la ciudad, un espacio de preciosas casas de tres plantas, tiendas pintorescas y carritos de bebé. Cada vez que salimos a comer en su barrio, Robin me avisa de que vigile mis tobillos. Esas nuevas madres con sus carritos son despiadadas.

Tras agradecer a Robin el refugio y el desayuno recorrí la manzana hasta la calle Vigesimocuarta, donde la librería Phoenix tenía dos ejemplares de bolsillo del *Fausto* de Goethe. Uno de ellos contenía una oportuna traducción al inglés en las páginas opuestas al original alemán. Fue el ejemplar que me compré, resuelta a leer el libro desde el principio en busca de cualquier pista sobre las últimas palabras de Abraham. También encontré un diccionario inglés-alemán y lo compré por si acaso.

Volví andando a mi coche, disfrutando del tiempo fresco y soleado. Por primera vez desde hacía unos días, no tuve la inquietante sensación de que alguien me observaba. Pero sí tenía una urgente necesidad de volver a casa, ver si estaba bien, limpiar y reconocer las cosas. El ladrón había causado estragos, pero los expertos en huellas dactilares tampoco habían ayudado. Un fino polvo negro cubría todas las superficies.

Después de sopesar ventajas e inconvenientes, me pareció que lo mejor era pasar el día entero en la Covington y retomar el proyecto Winslow. Salí del aparcamiento y me encaminé hacia el norte por Castro, luego crucé Market Street. Las gruesas y exuberantes palmeras que flanqueaban la isla central en ese punto de Market siempre ofrecían una vista impresionante, pero hoy yo estaba demasiado tensa para fijarme. Comprobé el retrovisor a lo largo de Market, por Divisadero, camino de Pacific Heights. Al detenerme en Jackson Street, una sintecho con la piel atezada y el pelo revuelto pasó por delante de mí, gritando y maldiciendo sin dirigirse a nadie en concreto. La mujer perturbada y vociferante me recordó a Minka LaBoeuf cuando el día anterior me atacó gritando a los cuatro vientos que yo era una asesina. Vale, es posible que sí viera mi coche en la calle de Enrico, pero nadie me había oído confesar nada en voz alta.

Había descartado a Minka como asesina, pero tenía que replantearme por qué. Sin duda era capaz de recurrir a la violencia. Me toqué la mejilla, todavía dolorida, y me froté la cicatriz de la mano como si quisiera remachar esa idea.

Dudaba que fuera lo bastante lista para simular que se presentaba en casa de Enrico después de haberlo asesinado, pero cabía esa posibilidad.

Pero si Minka era la asesina, también sería la que había irrumpido en mi loft y mi estudio. Lamentablemente, Minka había estado en la cárcel la noche anterior, de manera que era una sospechosa improbable. ¿O no? Tomé nota mental para comprobar con la inspectora Lee el paradero de Minka la noche anterior.

Las manos me temblaban al volante. Todavía tenía muchas cuestiones pendientes que aclarar sobre mi némesis.

Cuando cambió el semáforo, me alegré de acelerar y subir ruidosamente por la empinada colina.

—¿Yuju?

Levanté la vista de mi trabajo de pegado y vi a Sylvia Winslow, indecisa en la puerta.

—Sé que te interrumpo —dijo.

—En absoluto —dije sonriendo—. Pase.

Entró y cerró la puerta, con su aspecto atractivo con un traje pantalón azul marino a rayas, y con el pelo rojizo recogido detrás de las orejas para dejar al descubierto sus pendientes de botón de diamantes. Robin habría identificado al diseñador del traje y el tamaño de esos diamantes en un suspiro. Lo único que sabía yo era que todo lo que llevaba puesto era caro y espléndido.

—Solo quería pasarme por aquí para ver cómo te iba —dijo—. Tu trabajo es muy interesante.

—Venga a ver.

—Ay, Dios. —Dejó su bolso de mano sobre la mesita y observó con atención la prensa vertical que sostenía los pliegos restaurados que estaba pegando. Su mirada recorrió lentamente la amplia superficie de trabajo y se detuvo en la portada de cuero negra del *Fausto* que estaba estirada y sujeta en su sitio gracias a unas pesas en cada esquina.

—Está desmontado, ¿no? Nunca habría pensado que... —Se retorció las manos—. Bueno, está claro que sabes lo que haces. No te molestaré.

—Por favor, no se preocupe. —Metí el pincel del pegamento en el tarro de agua y me limpié las manos—. Me ha pillado en el momento perfecto. El pegamento tiene que secarse antes de que pueda hacer algo más.

Dio una vuelta alrededor de la mesa para tener una mejor perspectiva de la cubierta de cuero con las pesas, luego me miró, asombrada.

La expliqué el método de estirar el cuero, le enseñé cómo se secaba el pegamento en los pliegos y cómo engancharía la recuperada portada de cuero a los cartones nuevos.

—Es fascinante —dijo, pero la preocupación le hacía apretar los labios.

—¿Qué ocurre, señora Winslow?

—Ay, querida —dijo—. Detesto sacar el tema. Pero me he enterado de que encontraron muerto a Enrico Baldacchio anoche.

—Sí. Es horrible.

Le temblaba la mano cuando tomó la mía.

—Odio hablar mal de los demás, Brooklyn, pero no era una buena persona. No me fiaba lo más mínimo de él. Pero, claro, no se merecía morir.

—No, por supuesto que no.

—No sé qué está pasando —dijo en voz baja—. Me pregunto si es culpa nuestra.

—¿A qué se refiere?

—Nuestro libro está maldito —dijo desolada—. Nunca me perdonaría si nosotros, de algún modo...

—No. —Aparté la silla alta en la que me sentaba de la mesa—. Lo siento, pero un libro no va por ahí matando gente. No puede culparse de nada de lo que ha sucedido.

Agitó la mano en el aire, aturdida.

—Oh, claro que no está maldito. Pero están pasando demasiadas cosas terribles. No quiero todo este escándalo cerniéndose sobre nuestra exposición.

—Bueno, sin duda disparará la venta de entradas —dije con filosofía.

Ella ocultó una sonrisa con la mano.

—Eso es un comentario muy feo por tu parte.

—Lo sé —dije, conteniendo mi propia sonrisa—. Lo siento.

—No, has conseguido que me sienta mejor. —Deambuló a lo largo de la mesa lateral y se detuvo delante de la pesada prensa horizontal metálica. Colocó ambas manos en la ancha rueda y apenas pudo desplazarla poco más de un centímetro—. Dios, es impresionante.

—Sí —dije sonriendo—. Nadie puede apartar las manos de la prensa.

—Ya veo por qué. —Se alisó la chaqueta y se acercó un poco más a la mesa de trabajo—. Bueno, no he venido aquí únicamente para hacerte perder el tiempo. De hecho, tengo una pregunta sobre libros.

—Espero que pueda ayudarla.

—Es un poco desagradable. —Se rio, incómoda.

—Seguramente podré soportarla.

—Es acerca de los pececillos de plata —dijo retorciéndose las manos.

Me reí.

—Odio a esos bichos.

—Dios, yo también. Una de las asistentas encontró varios en nuestras estanterías. Me repugna la idea de tener insectos en casa.

—No le echo la culpa —dije—. Y les encantan los libros. O, más bien, les encanta el papel, y el engrudo y el almidón de las encuadernaciones.

—Sabía que estarías informada. Eres muy inteligente. Dime qué puedo hacer. Estoy decidida a no bombardear nuestra casa con sustancias químicas, pero ¿de qué otra forma puedo librarme de ellos?

—Si yo fuera usted, haría que el ama de llaves vaciase las estanterías y limpiase la madera con aceite de canela.

—¿Aceite de canela?, ¿estás segura?

—A alguna gente le encanta y lo recomienda. Yo nunca he tenido que utilizarlo, pero sé que a los bichos no les gusta.

—Suena perfecto.

Presioné con el dedo el lomo pegado para comprobar lo seco que estaba. Todavía no mucho.

—He oído que hay gente que utiliza una gota de aceite de árbol de té en el papel del libro, pero huele a antiséptico, así que primero probaría con el aceite de canela.

Mencioné algunos sitios donde podía comprar ese aceite y ella aplaudió de alegría.

—Sabía que tendrías la solución. Ahora te dejaré tranquila. Tengo que ver a...

—¿Mamá?

Las dos nos volvimos a la par que se abría la puerta y Meredith asomaba la cabeza.

—Aquí estoy —dijo Sylvia alegremente.

Meredith me miró con desagrado y luego se volvió hacia Sylvia.

—¿Qué haces aquí, mamá?

Sylvia me guiñó un ojo.

—Solo comprobando cómo van las cosas.

—Vamos a llegar tarde —dijo Meredith de mala manera.

—Llegaremos a tiempo. —Sylvia suspiró, recogió su bolso de mano y me palmeó el brazo al pasar—. Gracias, querida. Te veremos en la inauguración este sábado.

Meredith me clavó una mirada ponzoñosa y salió apresuradamente detrás de su madre. Las agradables sensaciones de la visita de Sylvia se desvanecieron al instante. Empezaba a hartarme de Meredith Winslow y su actitud malhumorada hacia mí.

Estaba casi bromeando cuando la había imaginado en aquel mono naranja, pero a estas alturas tenía que preguntarme en serio si había llevado sus rabietas a otro nivel y había matado a Abraham. Recordé que Ian había dicho que ella quería contratar a un sicario para acabar con Enrico. ¿Era capaz de asesinar? ¿Había asaltado mi estudio?

Necesitaba pasear para que me bajara la rabia y despejarme. Dado que no podía hacer gran cosa con el libro hasta que se secara el pegamento, decidí hacer una pausa para comer. Dije adónde iba en recepción, y me encaminé a mi antro de noodles favorito, el Holy Ramen Empire.

Mientras descendía con cuidado por la empinada cuesta de Pacific hacia Fillmore, volví a tener la sensación de que alguien me vigilaba. Me daba la vuelta cada dos por tres, pero no vi a nadie que conociera.

A salvo dentro del restaurante, pedí un cuenco de noodles Singapur con gambas y una jarrita de té, luego puse mi bandeja en una pequeña mesa junto al ventanal y me sumergí en el cuenco de noodles con ganas. Abrí mi ejemplar de bolsillo de *Fausto* y me puse a leer mientras comía.

Era... interesante. Sabía que se trataba de un clásico, al que muchos consideraban la mejor obra de ficción alemana de la historia, pero no podía dejar de pensar que si el bueno de Goethe intentara venderla hoy en día seguramente descubriría que se le había acabado la suerte. Pese a todo, me sorprendió encontrar tanto humor en los diálogos. Por descontado, el diablo se llevaba las mejores frases.

Leí por encima la introducción del traductor y sus palabras empezaron a llamarme la atención: alquimia, magia, nigromancia, tentación..., el diablo.

Me froté los brazos para evitar nuevos temblores; levanté la vista cuando un hombre entró en el restaurante vestido con unos vaqueros desgastados y unas zapatillas de caña alta raídas. Pese a que su desteñida capucha azul marino le cubría casi toda la cabeza y me impedía verle la cara, me pareció que le conocía. Lo había visto antes en algún sitio. ¿Tal vez en el barrio? ¿O antes en Noe Valley? ¿Me había estado siguiendo? Me di cuenta de que contenía el aliento y me obligué a relajarme.

El tipo de la capucha repasó el menú que estaba escrito en la pared, encima de la barra, luego se volvió y miró a los clientes del local. Es posible que me viera, no sabría decir. La capucha le ocultaba la cara y los ojos en el interior de un agujero negro.

Intenté no darle importancia tomándolo por otro colgado de San Francisco, pero no era fácil. Después de todo lo que había pasado últimamente, ese tipo raro me sacaba de quicio. Bajé la mirada al cuenco de noodles y me di cuenta de que había perdido el apetito.

Ahora estaba enfadada de verdad.

No le quitaba ojo de encima al Encapuchado, consciente de que habían sucedido muchas cosas desagradables a lo largo de la semana. Me recordé que, una vez hubiera terminado con el proyecto Winslow, podría dar los últimos toques a dos libros que ansiaba presentar al concurso de la Feria del Libro de Edimburgo.

Dentro de apenas un mes estaría haciendo las maletas y saliendo hacia Escocia. Respiré hondo e intenté imaginarme en Edimburgo, recorriendo la Royal Mile, entrando en un pub un día frío para tomar una pinta y comer un sándwich. Me encantaba esa ciudad, me encantaba la gente, y la Feria del Libro de Edimburgo era una de las mejores del mundo. Vería a viejos amigos y me lo pasaría en grande.

Sonreí al pensarlo. Edimburgo siempre me había servido como distracción. Resuelta a no prestar atención al Encapuchado, me llevé otro bocado de noodles a la boca. Mi apetito —y, por ende, mi mundo— se estaba recuperando.

Una mujer chilló en la zona delantera del restaurante y vi horrorizada que el Encapuchado sacaba un arma y la agitaba a su alrededor.

La mujer de la caja volvió a gritar y todos en el local fueron presa del pánico, se echaron a correr, chillando, o se tiraron al suelo para no resultar heridos. Por mi parte, yo estaba demasiado aturdida para moverme, pero mi sangre y mis ánimos hervían.

—¡Callaos! —grito el Encapuchado, tapándose la oreja con un mano mientras con la otra blandía el arma.

Dos personas más se cayeron tambaleándose de sus sillas, se arrastraron para esconderse y se parapetaron tras las endebles mesas de aquel restaurante de comida rápida.

Me aparté de mi mesa de un empujón, pero el respaldo de la silla estaba demasiado cerca de la silla que tenía detrás. El empujón hizo que la mesa se moviera y el cuenco de noodles resbalara peligrosamente. Lo agarré justo cuando el Encapuchado se dio la vuelta y me encañonó con el arma. Solté el cuenco. Golpeó la mesa y se rompió, mandando los noodles, el caldo y fragmentos de porcelana por los aires en todas direcciones, pero básicamente sobre mí.

—Maldita sea —chillé, y el Encapuchado me miró directamente. Sus ojos seguían ocultos, pero vi sus dientes, que sonreían, mientras amartillaba su arma y la levantaba despacio.

—No —dije en voz baja.

Estaba a un nanosegundo de apretar el gatillo cuando un hombre vestido de negro de arriba abajo entró por la puerta y dijo:

—¿Qué pasa, tío?

La irrupción tomó desprevenido al Encapuchado. Era la distracción que yo necesitaba. Agarré el tarro de salsa de soja y lo lancé como un misil. Rebotó contra la oreja del Encapuchado.

—¿¡Quién ha sido!? —gritó y se volvió hacia mí, justo cuando el Hombre de Negro le quitaba el arma de la mano de una patada.

La pistola saltó por los aires. Alguna gente gritó horrorizada. El Encapuchado chilló incoherencias y el Hombre de Negro se le echó encima, le aferró el brazo, se lo retorció a la espalda y luego lo tiró al suelo.

El Encapuchado chillaba mientras se torcía, intentando soltarse.

—Lo siento, tío, ¿te hago daño? —preguntó el Hombre de Negro.

—¡Sí! ¡Aaay!

—Muy bien. —Clavó la rodilla en la espalda del Encapuchado y esbozó una desagradable sonrisa cuando el idiota aulló.

Yo contemplaba la surrealista escena completamente conmocionada. En el restaurante, todos se habían quedado inmóviles. El miedo y la confusión eran palpables.

¿Quién era ese Hombre de Negro? ¿Un cómplice? ¿Un rescatador? Era alto y llevaba un llamativo abrigo largo de cuero negro que sobrevolaba sus largas y esbeltas piernas y se ajustaba como un guante a sus anchos hombros. Su camisa y sus pantalones, así como sus botas, también eran negros.

Era muy apuesto. Su sombrero también era negro, grueso y largo, y lo llevaba dejando la frente al descubierto en una posición casi dramática que lo hacía caer sobre sus hombros. Sus ojos también eran oscuros, y cuando sonreía aparecían dos hoyuelos en una cara más propia de un ángel que de un ser humano.

Un ángel oscuro.

El caldo me empapaba la ropa, pero era incapaz de moverme de la silla y me quedé ahí sentada mirando fijamente al Hombre de Negro mientras este clavaba con más fuerza su rodilla en la espalda del Encapuchado, que seguía retorciéndose.

El Hombre de Negro examinó el local, luego se centró en mí. Contuve el aliento cuando parpadeó y sus hoyuelos aparecieron burlones.

—¿Estás bien, Brooklyn? —preguntó.

Asombrada, asentí.

—Sí, estoy bien.

Me guiñó un ojo y dijo:

—Llama a la policía.

CAPÍTULO DIECISÉIS

¿Sabía mi nombre?

¿Alto, Oscuro, Peligroso y Apuesto sabía cómo me llamaba? Las sirenas resonaron hasta detenerse en la calle. No me dio tiempo a pensar de qué me conocía porque seis agentes de policía entraron en el local.

Mientras uno de ellos intentaba calmar a la mujer de la barra, los clientes del restaurante salían de debajo de las mesas. Yo me quedé donde estaba. Mi silla estaba muy encajonada, pero, peor aún, me temblaban las piernas. Todavía estaba estupefacta por lo que acababa de ocurrir.

Me había escapado de una muerte segura por un segundo. Lo sabía. Todos los presentes lo sabían, y todos los presentes se habían reunido en pequeños grupos y hablaban de ello. Mi única pregunta era quién era el Hombre de Negro y cómo sabía mi nombre. Vale, eran dos preguntas, pero yo no estaba para nimiedades.

Cuando el Hombre de Negro dejó al Encapuchado en manos de dos agentes, todos aplaudieron. Él quitó importancia a los halagos con un gesto de la mano y se apartó, se acercó a la pared, en la que se apoyó informalmente cruzando una de las botas que calzaba sobre la otra.

Una mujer le miraba con adoración absoluta mientras lanzaba rápidas miradas en mi dirección que decían claramente que le hubiera gustado ser ella la que había estado a punto de morir.

Así que ¿quién era ese caballero con armadura de cuero negro?

Un policía esposó al Encapuchado, lo puso en pie y le echó atrás la capucha para que se le viera la cara. Era delgada, de tez pálida, y llevaba la cabeza afeitada. Tenía el tatuaje de una serpiente alrededor del cuello. Los colmillos de la serpiente eran visibles y su lengua viperina culebreaba a lo largo de la cabeza lampiña del hombre.

Buf. Me temblaban las manos. Apenas era un chaval, de no más de veinte años. No hace falta decir que no lo conocía, pero estaba convencida de que nunca lo olvidaría.

El Serpiente —antes conocido como el Encapuchado— se volvió hacia mí y me miró fijamente.

—Tú.

Uno de los policías tiró de él y lo forzó a darse la vuelta, pero Serpiente se resistió.

—¡Ella tiene que morir!

El otro policía que lo retenía puso los ojos en blanco.

—Todos vamos a morir, idiota. Vamos, en marcha.

—Me lo ordenaron —dijo el Serpiente en voz baja—. Está maldita. Tengo que matarla.

¿Maldita? ¿Tenía esto algo que ver con el *Fausto* o todo el mundo se estaba volviendo loco? El Serpiente parecía mentalmente trastornado, pero ¿conocía la maldición del *Fausto*? ¿O se trataba de otra coincidencia? Me daba la impresión de que no lo era y sentí un temor que me recorría el cuerpo entero. ¿Habían mandado a asesinarme a ese siniestro y desequilibrado chico de la calle?

—Sacadlo de aquí —dijo un policía a los otros dos. Estos lo hicieron salir por la puerta recurriendo a la fuerza y lo llevaron a un coche patrulla aparcado delante. Yo observé a través del ventanal mientras le agachaban la cabeza y lo empujaban dentro del vehículo. Él se revolvió de golpe para mirarme con aquellos ojos diminutos y malvados. Yo aparté la mirada.

Un tercer policía se dirigió a la mujer de la barra y luego se volvió hacia los demás.

—Amigos, agradezco su paciencia. Necesitaremos las declaraciones de los testigos, todos ustedes, antes de que se vayan. Una vez más, se agradece su paciencia. Prometo que lo haremos tan rápido como podamos para que todos se vayan cuanto antes.

El Hombre de Negro buscó mi mirada. Se apartó de la pared y serpenteó entre las mesas hasta llegar a la mía.

—Hola —dijo. Su voz era grave, profunda y ronca. De cerca, vi que sus ojos tenían un cautivador matiz verde oscuro.

—Hola. —Casi me quedé de piedra al ver que era capaz de hablar—. Gracias por lo que ha hecho.

—Eh, se ha salvado usted sola. Tiene un buen brazo.

—Era lanzadora en el equipo de *softball* del instituto. Soy incapaz de correr por mi vida, pero sí sé lanzar una bola. —¿Hablaba por hablar? Ya no estaba segura de nada—. Me temo que he perdido los papeles.

—No se culpe. Ese tipo está muy mal de la cabeza.

—Eso no es todo lo que me ha desquiciado. Usted parecía conocerme. ¿Cómo es posible?

—Tenemos amigos comunes.

—¿Y ellos le dijeron que se encontrara conmigo en un restaurante de noodles?

—No, el tipo de la Covington me dijo que estaba aquí.

—Así que me seguía. Sabía que alguien había estado siguiéndome, pero nunca le vi la cara.

—Sí, la seguía —dijo—. Usted tiene algo que yo quiero.

—Eso suena amenazante. —Con más fuerza de la que habría creído que tendría, pude apartar la silla de la mesa.

La mujer de la barra dijo algo chillando y nos distrajimos.

—Tengo que salir de aquí —dije. Pero cuando intenté levantarme, mis pantalones mojados se habían pegado a la silla de plástico. Al final tuve que empujar la silla hacia abajo con ambas manos, inclinarme y levantar el trasero. No fue elegante, pero funcionó, y mejor lo habría hecho si los pantalones no hubieran sonado como una ventosa al separarme de la silla y levantarme. Riachuelos de caldo se deslizaron piernas abajo hasta meterse en mis zapatos.

Me sentí completamente humillada.

—Está hecha una ruina —dijo mientras me quitaba con el dedo otro noodle del hombro.

Le fulminé con la mirada.

—Gracias por la astuta observación.

—Veré si tienen una toalla que pueda usar.

Mientras se alejaba, miré sus anchos hombros, su estrecha cintura, su trasero perfecto y sus largas piernas.

El Hombre de Negro estaba como un tren.

Lo seguí a la barra, le di mi tarjeta a un policía y le enseñé mi permiso de conducir. Luego le expliqué lo de los pantalones empapados y él dijo que me iría a buscar más tarde a la Covington.

El Hombre de Negro me pasó una toalla.

—Quédesela. —Luego abarcó el local con el brazo—. Después de usted.

Volví a mi mesa a buscar el bolso y con cuidado también recogí el ejemplar de bolsillo del *Fausto.* Estaba completamente empapado, hinchado hasta casi el doble de su tamaño y deformado.

—Arruinado —murmuré. Como mi tarde. Alguien había intentado matarme, estaba cubierta de noodles y seguía teniendo hambre. En conjunto, había sido una experiencia culinaria verdaderamente insatisfactoria.

Me aparté de la mesa salpicando, sabedora de que apestaba a perfume de salsa de soja. No volvería a comer otro cuenco de noodles en mi vida, y esa idea me resultaba absolutamente deprimente.

Al salir por la puerta, tiré el libro empapado en un cubo de basura y me volví al Hombre de Negro.

—Gracias de nuevo. Supongo que lo veré por ahí.

—Sí, sí me verá. Voy con usted.

—No hace falta.

—Como he dicho, usted tiene algo que quiero.

—Alcé la mirada hacia él y fruncí el ceño.

—Y, como he dicho yo, eso suena amenazante, y estoy hasta las narices de las amenazas.

Pero él me siguió fuera y me acompañó media manzana de Fillmore, luego ambos giramos a Pacific Street. El Hombre de Negro tuvo que ralentizar un poco su paso para ponerse a mi altura. Recordé aquellas largas piernas dando con pericia una patada que le arrancó el arma de la mano al chico y me di cuenta de que era fútil intentar convencerle de que no me acompañara.

Parecía un hombre que podría ser peligroso, aunque no daba la impresión de que pretendiera hacerme daño. Es más, se comportaba casi como si me protegiera. Aunque, bien pensado, probablemente me estuviera volviendo loca. Tal vez sí estaba maldita, en cuyo caso hasta podría pasármelo bien. Iba caminando con un hombre apuesto, hacía un día espléndido en la ciudad y, además, estaba viva.

Por el momento.

—¿Cómo se llama? —pregunté mientras ascendíamos por Pacific Avenue hacia la Covington.

—La gente me llama Gabriel —dijo.

—Gabriel, como el ángel.

Inclinó levemente la cabeza.

—Si lo prefiere.

—Y la gente le llama Gabriel porque ese... ¿es su nombre?

Él se rio y el estómago se me encogió, no solo porque fuera una risa tan inesperada sino debido a su sonido profundo y matizado que, combinado con sus asombrosos ojos verdes y aquellos hoyuelos, por el amor de Dios, casi acaba conmigo.

Así que, en efecto, yo era débil.

Lo miré de soslayo. ¿No había pensado antes que parecía un ángel oscuro? Un ángel caído, tal vez. Más diabólico que angélico.

Respiré hondo y dije despacio:

—¿Y quiénes son esos amigos comunes?

Él miraba fijamente hacia delante.

—Conocía a Abraham.

—Oh. —Parpadeé. No estaba segura de qué esperaba que respondiera, pero desde luego no eso.

—Y a Ian McCullough.

Me relajé.

—¿Le interesan los libros?

—Esporádicamente. Compro y vendo. —Sacó una delgada cartera del bolsillo posterior de sus vaqueros y me pasó su tarjeta profesional.

Miré la tarjeta. Yo sabía de tipos de papel y vi que ese era un material caro. El color era blanco cáscara de huevo. Su nombre estaba escrito con letra elegante en el centro de la tarjeta: «Gabriel». Solo Gabriel. Levanté la mirada hacia él. ¿Quién necesitaba un apellido cuando tenías el aspecto de haber dado vida al sueño de toda mujer?

Bajo el nombre estaba su ocupación: «Adquisiciones discretas». Aparecía un número de teléfono. Seguramente un servicio de contestador. Di la vuelta a la tarjeta. No había nada.

Adquisiciones discretas. ¿Era ese el término políticamente correcto para el robo? ¿O se trataba de un marchante legal? Imposible. Era demasiado escurridizo. Demasiado atractivo. No me cabía duda de que era capaz de cometer un asesinato y salir bien librado. ¿Y no era eso motivo de alegría? Me quité la idea de la cabeza.

—Bien, Gabriel, ¿qué tengo yo que quiera usted?

Me miró fijamente por un momento y dijo:

—Un libro.

Me reí.

—Tengo muchos libros.

Cuando empezábamos a cruzar la calle en Pacific y Scott oí acelerar a un coche; acto seguido, un SUV oscuro bajó la colina a toda velocidad directo hacia mí.

Chillé mientras Gabriel tiraba de mi chaqueta y me hacía subir a la acera.

—¿Qué diablos ha sido eso? —gritó—. Ese tipo ha intentado matarla.

Me costaba respirar. A esas alturas debería haberme acostumbrado a ser el objetivo de la ira de alguien, pero lo cierto es que no.

—¿Está bien?

—Sí —susurré—. Solo necesito un minuto.

—Guau. —Él paseó por la acera mientras yo intentaba tranquilizarme. Me sentía totalmente vulnerable, ahí, en la acera, a plena luz del día.

Lo bueno del incidente es que me alegraba saber que mi nuevo amigo Gabriel no era un maníaco asesino al acecho.

Se echó el pelo hacia atrás, apartándoselo de la frente.

—Eso me ha dado un susto de muerte.

—Y a mí —dije.

Lentamente, reanudamos el camino colina arriba y él me dedicó otra de sus intensas miradas. Entonces dijo:

—Plutarco.

Me estremecí. ¿Plutarco? ¿Cómo podía saber que tenía el libro del estudio de Enrico?

—¿Cómo ha dicho?

—Ese es el libro que quiero. *Vidas paralelas* de Plutarco. Un incunable. Impresión de Ulrich Han. Cantos dorados, iluminado. ¿Cuánto quiere por él?

—Parece caro —dije con cautela—. Pero no tengo ni idea de qué me está hablando. —Incunable se refería a cualquier libro impreso en el siglo XV, cuando se utilizaron por primera vez los tipos móviles.

Me hizo un gesto agitando un dedo.

—Caro ni se acerca a describirlo, y creo que usted ya lo sabe. Tiene un valor incalculable. Un libro soberbio. Y mi cliente está dispuesto a pagar lo que pida por él.

—Suena fabuloso. —Extendí las manos delante de mí, toda inocencia—. Pero ¿qué iba a hacer yo con un libro como ese?

—Vendérmelo —dijo añadiendo una de sus deliciosas sonrisas a modo de seducción.

Estuvo a punto de funcionarle. Las piernas casi se me volvieron blandiblú, pero pude mantenerme firme.

—Lo haría si pudiera, pero no lo tengo. Lo siento. Aunque, si me entero de algo, usted será el primero al que llame.

—Por extraño que parezca, no la creo —dijo con una sonrisa—. Pero no pierda mi tarjeta por si cambia de opinión.

—No la perderé. —Palmeé el bolsillo lateral de mi bolso, donde había metido la tarjeta—. Y lo digo en serio, le llamaré si me llega alguna información sobre ese Plutarco.

Su mirada se volvió feroz.

—Hágalo.

Sonreí.

—Y gracias otra vez.

—¿Por qué?

—Por tirar de mi chaqueta. Es la segunda vez que me salva.

—Genial —dijo frunciendo el ceño—. Una vez más y ganaré una excursión gratis.

Cuando Gabriel y yo entrábamos por la puerta de la Covington, nos cruzamos con Ian, que salía.

—Buenas noches —dijo, y aceleró el paso hacia el aparcamiento.

—Ian, espera —le llamé. Me volví hacia Gabriel—. Es mi jefe. Solo tardaré un minuto.

Gabriel me agarró del brazo antes de que saliera.

—No, ya me voy. Solo quería asegurarme de que llegaba bien.

—Pero…

—Ya me llamará —dijo—. O yo me pondré en contacto.

—¿Cuándo? —pregunté, pero al instante deseé haberme mordido la lengua.

—Pronto —dijo, y se fue.

Me quedé mirando un momento aquellas piernas increíblemente largas y el abrigo largo negro, que le rozaba las rodillas mientras caminaba. Lo único que faltaba era un sombrero negro y una melodía de una película de Sergio Leone sonando de fondo.

Suspiré. Todavía no tenía ninguna pista de quién era.

Tras echar una carrera alcancé a Ian cuando este pulsaba el botón de desbloqueo del mando de su coche.

—Ian, espera.

—Ahora no tengo tiempo —dijo. Nunca lo había visto tan enfadado, pero, bien mirado, a lo mejor no lo conocía tan bien como creía.

—Para esto sí tendrás tiempo —dije mientras rebuscaba en mi bolso. Encontré el trozo de papel plegado y se lo di.

Él lo desplegó, lo miró atentamente y luego me miró.

—¿Cómo lo has conseguido?

—Lo encontré ayer en casa de Enrico, justo antes de que tú entraras. Era esto lo que buscabas, ¿no?

—No sé de qué estás hablando —se quejó, con un tono que mezclaba la rabia y el rechazo—. ¿Por qué ibas tú a...?

—Ian, por favor. —Le apreté el brazo en gesto comprensivo—. Sé que estuviste allí.

Toda su bravuconería desapareció y se dejó caer contra el coche.

—¿Cómo?

Me rechinaron los dientes y confesé:

—Estaba escondida en la despensa de la cocina mientras tú registrabas la casa.

Lo observé mientras lo asimilaba.

—Aquella puerta estaba cerrada.

Sacudí la cabeza pero no dije nada. No estaba dispuesta a mencionar que había compartido aquel espacio con Derek.

Ian levantó la mirada al cielo.

—Todo esto es un lío de mil diablos. Enrico era un canalla, Brooklyn. Sabía que yo pagaría por su silencio.

—¿Cuánto le diste?

—Cinco mil. —Se frotó la cara—. Al mes.

—¿Qué?

—Durante los tres últimos meses.

Era mi turno de dejarme caer contra el coche.

—Estás bromeando.

Se rio sin ganas.

—Más quisiera.

—Pero ¿por qué, Ian? ¿Qué secreto es tan valioso que estés dispuesto a pagar a alguien para que no hable?

Miró fijamente el suelo durante un momento, luego se apartó del coche de un empujón y dio unos pasos antes de volverse a buscar mi mirada.

—No sé qué quieres que te diga, Brooklyn. Le pagaba a Enrico cinco mil dólares al mes para que permaneciera callado. ¿De verdad crees que te voy a soltar a ti mi gran secreto?

—¿Soltarme qué?, ¿que eres gay?

Se quedó boquiabierto y dio un paso atrás, tambaleándose.

—No soy... Cómo se te ocurre... Ay, Dios. —Se derrumbó contra el coche.

—Ian, ¿a quién le importa?

Se tapó la cara con las manos.

—¿Es que todo el mundo lo sabe? ¿Es que soy un imbécil de ese calibre?

—No todo el mundo —dije sin mucha convicción.

—Siento que mi confianza se dispara —dijo de malas maneras.

—Tampoco tienes tanta pluma que sea evidente para cualquiera —dije, y me apresuré a añadir—: Y, de tenerla, tampoco pasaría nada.

Se le escapó una carcajada, luego emitió un grito ahogado.

Le toqué el hombro.

—Para tu información, no, no todo el mundo lo sabe. A lo mejor no lo sabe nadie.

—Pero tú sí. Agachó la cabeza avergonzado y me partió el corazón.

—Concédeme algo —dije—, tú y yo estuvimos comprometidos para casarnos. ¿No crees que podría haberme dado cuenta de que algo no encajaba? Era, bueno, no sé. —Aspiré hondo y solté—: Para mí estaba claro que yo no era el Wainwright que querías.

Ian había sido el mejor amigo de mi hermano Austin. A mí siempre me había parecido raro que él prefiriera que saliéramos los tres juntos —Ian, Austin y yo— en lugar de nosotros dos solos.

—Ay, Dios, Austin —gimió—. ¿Él también lo sabe? ¿Lo sabe toda tu familia? —Se dejó caer apoyado en el coche y acabó en el suelo, encorvado, en una postura casi fetal. Los hombros se le estremecían y me percaté de que se había echado a llorar.

—¡Ian! —Me agaché para abrazarle—. No es nada malo, te lo aseguro. Ya verás como va bien. ¡Estamos en San Francisco! ¡Todo el mundo es gay! Es una especie de requisito. De verdad, tienes que firmar una declaración jurada para poder entrar en algunos barrios. Para serte sincera, los mejores barrios, los que no lo parecen, pero ahí los tienes. Bien mirado, es algo bueno. Por favor, deja de llorar.

Se estremeció en mis brazos y le aferré con fuerza un poco más, luego me aparté cuando levantó la cabeza para respirar.

—Oh, Brooklyn —gritó mientras se enjugaba las lágrimas—. No sabes lo mucho que vales.

—Sobrevivirás a esta, Ian, te lo juro. Tienes que ser fuerte. Puedo ayudarte. Iremos de compras.

Dejó escapar otro grito, se agarró el estómago y se derrumbó de costado sobre el asfalto.

—¡Ian! ¿Qué te pasa? —Me puse en pie de un salto y rebusqué mi móvil—. Voy a llamar a una ambulancia.

—Basta, me estás matando —dijo mientras rodaba por el suelo, partiéndose de risa.

¿Se estaba riendo?

Le di una patada en el hombro.

—¿Ian?

Negó con la cabeza y me apartó con un gesto de la mano.

—Necesito un momento.

—Lo que necesitarás es un médico si descubro que te estás riendo de mí.

—No, lo juro. —Yacía en el suelo boca arriba, con los brazos extendidos, inhalando y exhalando entrecortadamente—. Tengo que recuperar el aliento. —Aspiró más hondo y luego levantó la mirada—. ¿Por qué hueles a comida china?

Le fulminé con la mirada y crucé los brazos con fuerza ante mi pecho.

—Ya veo lo muerto que estás.

Intentó estabilizar su respiración, se mordió las mejillas para no sonreír y ahogó otra carcajada.

—Lo siento, pararé. En cualquier momento.

Resoplé.

—Sinceramente, ni siquiera estoy segura de lo gay que puedas ser visto lo dispuesto que estás a rodar sobre un asfalto sucio de un aparcamiento.

—Es verdad —dijo.

Irritada, taconeé.

—Si esto es una broma, ¿por qué pagabas por el silencio de Enrico?

Hizo una mueca.

—Menuda aguafiestas estás hecha.

—Solo pregunto.

Rodó a un costado, se puso de rodillas y se levantó. Apoyándose en el coche con una mano se equilibró; con la otra mano se alisó el pelo hacia atrás.

—Cuando la Covington me contrató hace tres años —empezó—, pensaban que estaba comprometido para casarme. A la señora Covington le gusta que los altos ejecutivos sean personas estables y con gustos familiares.

Fruncí el ceño.

—En el San Francisco del siglo XXI, ¿discrimina a los gays?

Suspiró.

—Es una vieja urraca conservadora que no aprueba nada que se salga de la norma.

—Pero aquí ser gay es la norma.

Se rio entre dientes.

—Estás sermoneando a los conversos, querida.

—Pues muy bien, búscate otro empleo.

—Pero yo amo la Covington —insistió—. He nacido para dirigir esta biblioteca. Y la señora Covington me ama. Lleva tres años ascendiéndome cada seis meses.

—En ese caso, habla con ella. A lo mejor lo entiende.

—Iba a hacerlo, te lo juro. —Caminó de un lado a otro—. Pero entonces Enrico se enteró y me amenazó con contárselo antes de que yo pudiera. Yo solo intentaba apaciguarlo hasta que encontrara el momento oportuno para decírselo en persona.

—¿Apaciguándolo al coste de, pongamos, unos cinco mil dólares al mes?

—Solo necesitaba tiempo —dijo y continuó dando vueltas—. Necesitaba que ella tuviera un buen estado anímico. Servirle unos martinis y luego darle la noticia. En cuanto se lo dijera, llamaría a la policía para denunciar a Enrico y recuperar mi dinero.

—Supongo que no lo habrás matado tú.

Se detuvo en mitad de un paso.

—¿Qué? ¡No!

Fruncí el ceño.

—Pues yo creía que sí.

—Pareces decepcionada.

—Haría que todo esto fuera más fácil de entender.

—Pues no puedo ayudarte. —Me colgué el bolso del hombro y me alisé la chaqueta—. Más vale que vuelva al trabajo.

—Muy bien. —Me acercó la mano, sacó algo de mi chaqueta y lo miró. Un noodle seco y retorcido. Entonces me miró.

—Llevas una vida la mar de extraña e interesante.

—No te haces ni idea.

Tomé un atajo a través del jardín de camelias para volver a la entrada principal de la Covington. Los inmensos arbustos de camelias estaban cargados de flores que llenaban todas las ramas. Su intenso perfume flotaba en el aire y me dio un respiro de mi hedor a salsa de soja.

Troté en silencio por el sendero cubierto de mantillo, moviéndome rápidamente para sortear las ramas que sobresalían y los arbustos demasiado crecidos. El jardín tenía fama mundial porque exhibía más de mil variedades diferentes de la flor gracias al regalo de la bisabuela política de la señora Covington, quien lo fundó a principios del siglo pasado. O, al menos, eso decían las guías.

Pero mi detalle favorito del jardín de camelias era lo que escondía en su centro: un precioso jardín de Shakespeare complementado con las referencias del autor al romero, a la hierba de

Santa María, al espliego, a la manzanilla y a otras plantas, todo grabado en piedra.

Pero no pude concentrarme en la belleza del jardín. En su lugar, mis pensamientos divagaron con Gabriel. Me había salvado la vida, así que le debía algo, pero no estaba dispuesta a ceder el Plutarco simplemente porque un desconocido «cliente» suyo lo quería. Sí, de manera que, aunque quizá me hubiera hecho con la posesión del libro gracias a un medio ilícito —vale: lo robé—, eso no implicaba que fuera a desprenderme de él sin que me respondieran algunas preguntas primero. Y, además, ¿cómo llegó a manos de Enrico? ¿Lo había robado? Seguramente. Pero eso no hacía que mi acto fuera menos criticable.

¿Tenía el Plutarco algo que ver con la muerte de Enrico? Imposible. El libro estaba a la vista sobre la mesa. Si era eso lo que buscaba el asesino, se lo habría llevado en aquel momento.

Al dejar atrás el ornamentado reloj de sol de latón que había en el centro del cuidado jardín de Shakespeare, oí crujir una hoja a mis espaldas.

No estaba sola.

Con el corazón latiéndome disparado, me di la vuelta de golpe, preparada para enfrentarme a lo que fuera. ¿O estaba haciendo tonterías? Estaba muerta de miedo y la garganta amenazaba con cerrarse. No había nadie a la vista, pero eso no significaba nada. Alguien me vigilaba. Corrí más deprisa que nunca en mi vida hasta que llegué a la puerta principal de la biblioteca.

Decidí que al día siguiente trabajaría en casa. Sabía que podía acabar el libro más rápido si sufría menos interrupciones, como gente intentando matarme doquiera que fuera.

Encontré a la secretaria de Ian, Marissa, en su despacho, organizando archivos. Llamó al móvil de Ian para que le diera su aprobación. Dado que el *Fausto* se encontraba ahora dividido en un centenar de fragmentos, además de totalmente asegurado, Ian dio el visto bueno.

Pasé una hora más en el taller, empaquetando la prensa de madera que todavía sujetaba el bloque del libro y metiendo en cajas todas las piezas y herramientas que necesitaría al día siguiente. Le pedí prestada una carretilla a Marissa y cargué con todo hasta mi coche. Cuando llegué a casa, estaba derrengada. Pero al abrir y ver mi estudio todavía patas arriba, no pude soportarlo.

Cerré la puerta y aparqué la carretilla junto a mi mesa. Al quitarme la chaqueta me llegó una desagradable vaharada de salsa de soja.

—Lo primero es lo primero —dije. Comprobé de nuevo que las cerraduras de la puerta de entrada estaban como debían, fui al lavabo, me quité la ropa empapada de caldo y me di una larga ducha. Me puse una camiseta y un pantalón de deporte contenta porque ya no hedía a caldo de noodles chinos.

De vuelta en el estudio, reparé en los destellos de la luz roja del teléfono y rebobiné los mensajes. Doris Bondurant había llamado para ofrecerme un trabajo de reencuadernación de un ejemplar *vintage* de *Alicia en el país de las maravillas* que había encontrado hacía poco. Me dio la impresión de que era una prueba para ver si daba la talla. Sentí una punzada de tristeza, sabedora de que Abraham había sido el responsable de que estableciera contacto con ella.

También tenía un mensaje de Robin, que llamaba para informarme de que me había comprado unos pijamas muy monos, así que ya no la avergonzaría cuando durmiera en su casa. El tercer mensaje era de Carl, el abogado de Abraham, que quería reunirse conmigo para aclarar mi nueva situación financiera.

No es que no se lo agradeciera, entiéndanme, siempre venía bien disponer de más dinero. Pero me hacía sentir rara ser la única receptora de la fortuna entera de Abraham.

Le dejé un mensaje a Carl, posponiendo el tema un par de semanas. Solo podía concentrarme en uno o dos desastres graves a la vez.

Busqué un cubo de basura y una escoba, y empecé la limpieza. Tiré las pilas de guardas desgarradas y arrugadas, reuní mis herramientas dispersas y las ordené exactamente como estaban antes, recogí todos los carretes de hilo y los coloqué ordenados por colores en las estrechas estanterías que había construido a tal propósito. Enrollé las pieles de cuero y las bobinas de tela que no estaban dañadas y las devolví a su sitio.

Una hora más tarde, miré a mi alrededor, complacida de que las cosas casi hubieran vuelto a la normalidad. Tendría que encargar más papel marmoleado y un nuevo conjunto de pinceles para pegamento, y habían desaparecido dos de mis plegaderas de hueso, pero ese había sido el único daño importante que había encontrado.

Salvo el jarrón de Robin, que estaba hecho añicos.

Pese a la levedad de los daños, podía asegurar que quienquiera que estuviera tras esa destrucción estaba dominado por una rabia absoluta, y esa era la parte más aterradora del calvario. Simplemente era incapaz de imaginarme a nadie que conociera comportándose de ese modo.

Pensé en el estudio de Abraham en Sonoma. Alguien lo había arrasado de un modo similar. Pero ¿quién? ¿Y qué era lo que buscaba?

Fuera quien fuese, no lo había encontrado, y supongo que por eso había recurrido a la violencia. Pero al menos no había destruido mis libros. Eso me habría resultado mucho más doloroso.

Así que quienquiera que fuese no me conocía. Por extraño que parezca, resultaba consolador.

Estaba agotada y casi medio dormida cuando volví a comprobar las cerraduras, luego me dirigí despacio a mi dormitorio. Al alargar la mano para apartar la colcha, algo en la almohada llamó mi atención y di un salto atrás.

Encima de la almohada había una rosa roja de tallo largo. Parecía fresca, con el rocío todavía colgando de sus pétalos exteriores. Colocada junto a la rosa había una elegante tarjeta. Sin pensarlo, recogí la tarjeta y leí la única palabra escrita.

—Pronto.

CAPÍTULO DIECISIETE

Grité conmocionada, tiré la rosa y salí corriendo de la habitación. Estremeciéndome como una loca, corrí de habitación en habitación, comprobando las cerraduras de todas las ventanas y de la puerta principal. Subí a toda prisa las escaleras que llevaban al jardín de la azotea para cerciorarme de que la puerta estaba bien cerrada.

No lo estaba. La puerta había sido forzada con una palanca.

Me entró el pánico. ¿Estaba el asesino todavía dentro de mi loft? ¿Se había ocultado en la azotea? No tenía intención de salir a comprobarlo.

Reuniendo cada gramo de valor que me quedaba, bajé corriendo las escaleras, busqué mi móvil y llamé a la policía.

La operadora dijo que haría una media hora que el intruso ya no estaba en casa. ¿Cómo podía saberlo?

Y el simple hecho de que hubiera revisado el apartamento entero y algo me dijera para mis adentros que dentro no había nadie más no implicaba que me sintiera a salvo.

«Pronto».

¿Qué narices significaba eso? Pensé en Gabriel y la última palabra que me había dicho ese mismo día. No, me negaba a creer que él tuviera nada que ver con esto. No había pasado más de una hora con él, pero sabía, en lo más profundo de mi corazón, que no era lo bastante retorcido para irrumpir en mi casa solo para dejar una rosa encima de mi almohada. Tal vez sí para robar el Plutarco, pero nunca...

—¡Maldita sea, el Plutarco!

Agarré las llaves y corrí a abrir el armario del pasillo. En la antigua fábrica de corsés había alojado un mecanismo de polea para mandar artículos arriba y abajo entre los pisos, como un pequeño montacargas, imagino. Ahora la función de montacargas se había desconectado y nadie podía conocerla a no ser que examinara los planos del edificio. Pero el panel metálico del suelo todavía podía deslizarse revelando un espacio vacío donde yo guardaba los documentos importantes y dinero.

Y el Plutarco.

Dejé escapar el aliento que había estado conteniendo. El libro seguía allí. Eso no descartaba a Gabriel como posible intruso, claro, pero supe que no había sido él.

Empecé a dar vueltas por el apartamento, preguntándome si Vinnie y Suzie estarían en casa. Pero ya habían aguantado bastantes de mis traumas últimamente. No quería desgastar nuestra relación de buenas vecinas. Hasta ahora nunca me había importado estar sola.

Sabía a quién quería ver. Reuniendo unos gramos más de valor, encontré la tarjeta profesional e hice otra llamada telefónica.

Respondió a la primera señal.

—Más vale que sea interesante.

—Soy Brooklyn.

—¿Qué pasa?

—Alguien ha irrumpido en mi casa.

—Voy para allá.

Me quedé mirando fijamente el teléfono, sin escuchar más que la señal de llamada.

Tras haber decidido algo, me sentí más relajada. Bajé la mirada a mi raído pijama con gatitos rosas. Robin estaría horrorizada. Tenía que cambiarme y ponerme algo normal.

Al rodear la barra hacia mi dormitorio, oí que el suelo crujía a mi espalda, luego algo duro y pesado me golpeó en la cabeza. Mis pensamientos se desvanecieron mientras me derrumbaba.

—Ya pasó, chica. Vamos, abre los ojos.

Inspiré y olí el más delicioso aroma a cuero, bosque y lluvia de primavera.

Parpadeé y volví a cerrar los ojos.

—Vamos, tú puedes —dijo en un susurro una voz cálida y matizada como un whiskey endulzado con chocolate caliente de sabor caramelo.

O bien estaba muerta y había subido al cielo, o bien sufría graves daños cerebrales porque recordaba vagamente haberme despertado con esa voz en mi oído antes, en una ocasión.

Examiné mentalmente mi situación y mis alrededores. No estaba muerta. Eso era bueno. Me encontraba en mi sofá. Los cojines parecían nubes debajo de mí. Mi cabeza se sentía como si un tren hubiera chocado contra mi cráneo. Un trapo frío me cubría la frente.

Abrí los ojos. Derek me sostenía la mano y me acariciaba la mejilla. Estaba a salvo.

—Tengo sed —acerté a susurrar.

—Te traeré un poco de agua.

Abrí los ojos, lo vi cruzar la sala de estar hasta la cocina y volver al cabo de un momento con un vaso de agua.

—Te he traído un analgésico. He encontrado el frasco que te recetaron encima de la nevera.

—Gracias. —Todavía me quedaba algún Vicodin del malvado dentista que había visitado el mes anterior.

Me levantó la cabeza con cuidado y me puso el vaso delante para que bebiera.

—Aquí tienes.

—Gracias —repetí, luego miré más allá de él. La mesa baja formaba el ángulo correcto con el sofá y la silla roja tapizada había entrado en mi campo de visión. Él estaba allí sentado a unos cinco centímetros de mí.

—¿Has reorganizado mis muebles?

—Sí.

—Qué raro.

—Me tomo libertades siempre que puedo.

Me ayudó a estirarme de nuevo hasta que di un salto al topar con algo helado que estaba sobre la almohada.

—Es una bolsa de guisantes congelados —dijo—. Túmbate.

—¿Tengo guisantes?

—Sorprendentemente, sí. Los encontré en tu congelador, detrás de varias docenas de paquetes de pizza y helado.

—No juzgues.

—Túmbate. Los guisantes te reducirán la hinchazón.

—Buena noticia. —La idea de que se me hinchara la cabeza no resultaba muy agradable. Con cuidado, la apoyé en el paquete helado. Estaba frío, pero en unos segundos empezó a bajar el dolor.

—¿Mejor? —preguntó.

—Parece ayudar. —Procurando no mover la cabeza, me retorcí para ajustar los cojines y tirar del dobladillo del pijama hasta que me sentí un poco más cómoda. Por lo visto seguía vistiendo mi provocativo pijama de gatitos.

—¿Cómo has entrado?

—Buena pregunta —dijo recostándose en la silla roja que ocupaba por completo—. Tu puerta estaba abierta de par en par.

—Eso me temía —dije en voz baja—. ¿Has llamado a la policía?

—Ya están aquí.

—Bien. A lo mejor mis vecinas vieron a alguien.

—Supongo que tú no, a nadie.

—No, claro que no.

—La puerta de tu ropero de la entrada estaba abierta.

—Comprobé todos los armarios. Pero ese estaba lleno de abrigos y supuse que alguien podría haberse escondido detrás.

Intenté incorporarme pero me rendí en cuanto la cabeza empezó a latirme con fuerza.

—¿Has encontrado mi bate de béisbol? Podría haber huellas en él.

—Ya veo que sigues jugando a cazadora de criminales. —Pero lo dijo con tono amable, sin pizca de sarcasmo.

—Supongo que sí —dije con tono cansino.

—En ese caso más vale que te dé mi informe.

—¿Qué informe?

Levantó la mano.

—Primero: la sangre que encontraste en el libro pertenecía a Abraham.

—Oh.

—Las huellas dactilares que se encontraron en el estudio de Abraham eran suyas.

—¿No había de nadie más?

—No. Y las únicas huellas que se encontraron en la casa de Baldacchio eran suyas.

—Oh. —Se me relajaron los hombros—. Supongo que eso es algo. —Y el hecho de que él hubiera compartido esa información me hizo latir el corazón a un ritmo un tanto errático. O tal vez fuera por los guisantes congelados.

—Desde luego, lo es. —Se inclinó hacia delante, apoyó los codos en las rodillas y me agarró la mano. El calor me subió por el brazo cuando dijo—: A ver, ¿por qué no me llamaste anoche cuando asaltaron tu casa?

Fruncí el ceño y aquel pequeño gesto hizo que sintiera unas punzadas de dolor por todo el cráneo.

—Parece que pasó hace siglos.

—Pues hace menos de veinticuatro horas.

—Vale. —Habían pasado muchas cosas desde entonces. Casi me habían asesinado en un local de noodles. Casi me asesinan en mi propia casa. ¿Y quién era el misterioso Gabriel? ¿Una buena persona? ¿Un mal bicho? ¿Un buen samaritano? ¿Un oportunista espabilado? ¿Me había dejado él una rosa roja o era la tarjeta de visita del asesino? La cabeza me daba vueltas—. Tendría que haberte llamado.

—Pero no lo hiciste.

—No hace falta que me lo eches en cara. Reconozco que tienes razón.

—Ah, música para mis oídos. —Torció los labios de esa forma irritante y seductora a la que había acabado por acostumbrarme y que solía significar que intentaba no reírse de mí—. Estamos juntos en esto, ¿te acuerdas?

—¿Lo estamos? —No me lo imaginaba con una bolsa de guisantes en la cabeza.

—Claro —dijo—. Todo está relacionado, ¿no lo ves?

—Por supuesto. —Tal vez fuera por la herida de mi cabeza o por la forma en que la camisa azul se ceñía a su torso musculado, pero lo cierto es que coincidía plenamente con él—. Todo está relacionado con el asesinato de Abraham.

—Así que estamos de acuerdo.

—Sí.

—¿Y dónde encaja en esa historia la rosa marchita que había encima de tu almohada?

Los ojos se me abrieron como platos.

—Por eso te llamé. La encontré sobre la almohada y me puse como loca.

—No te culpo. Resulta bastante gótico, ¿no?

—Es una manera de decirlo.

—Antes de que llegue a la conclusión de que nuestro asesino la dejó como un aviso de alguna cosa, supongo que debo preguntar si hay alguien en tu vida que podría haberla dejado como un gesto romántico.

Pensé en Gabriel. Si hubiera querido entrar en mi casa y robar el Plutarco, lo habría hecho sin montar el numerito de la rosa en la almohada.

Derek tosió.

—¿Eso ha sido un sí?

—Oh, lo siento —dije volviendo al mundo terrenal de la habitación—. No, no hay absolutamente nadie que conozca que habría dejado una rosa en mi almohada.

—Muy bien.

—Por eso te llamé —le expliqué—. Estaba asustada.

—Y cuando asaltaron el estudio anoche, ¿a quién llamaste? —preguntó, sin ganas de dejarlo pasar.

Agité la mano, sin convicción.

—Anoche corrí a casa de mis vecinas; luego vino Robin, bebimos un montón de vino y dormí en su casa.

—Ya veo. —¿Era posible que se sintiera sinceramente dolido?

—Lo siento —dije—. No te llamé porque no se me pasó por la cabeza que pudieras estar... —No pude acabar la frase.

Él, sí.

—¿Interesado? ¿Preocupado? ¿Como loco temiendo por tu seguridad?

Me mordí una incipiente sonrisa.

—¿Como loco?, ¿de verdad?

—No deberías parecer tan complacida por eso. —Se puso la mano sobre el corazón, pero sus ojos azules brillaban alegres—. Me duele el alma.

—Oh, por favor. —Me reí suavemente—. Eso será seguramente acidez de estómago.

Alzó las cejas.

—Menuda sabelotodo. En cuanto te hayas recuperado lo suficiente, recuérdame que te castigue.

Volví a reírme.

—Me gustaría ver cómo lo intentas.

—No estás en condiciones de provocarme.

—Detesto que tengas razón. —El subidón de energía producido por nuestra amistosa charla empezaba a bajar. Mi cerebro estaba perdiendo la batalla dialéctica y mis párpados cedían en su lucha contra la gravedad—. Bueno, gracias por estar aquí. Lamento no haberte llamado anoche.

—Estás perdonada —murmuró, acercándose al borde de la silla mientras dibujaba líneas a lo largo de mis dedos y la palma de mi mano.

La sensación de sus caricias iba directamente a mi plexo solar. Vi que me miraba y supe que él sabía exactamente qué me estaba haciendo. Si yo me hubiera hallado en mejor estado, él no habría tenido la más remota posibilidad. Sin embargo, esa noche no me quedaba otra que procurar escaquearme.

—Me parece que me has salvado la vida. —Odiaba mostrarme tan débil. Solía salvar mi vida yo misma, gracias. O, mejor todavía, prefería, para empezar, no tener que salvarla ni que me salvaran.

Me palmeó la mano.

—Forma parte de mi trabajo.

—Sí, claro. El trabajo. —Pues muy bien. Él tenía que hacer un trabajo. Hasta ahí llegaba nuestro coqueteo. ¿Qué me había imaginado?

Él prosiguió su sesión de masaje pasando la mano arriba y abajo por mi brazo y eso empezaba a afectar mi capacidad de concentración. Y además el Vicodin empezaba a hacer efecto.

—Desde el principio ya te dije que te estaría vigilando como un halcón —dijo—. ¿Se te ha olvidado?

—Se me está olvidando todo —admití—. Pero sí me acuerdo de que dijiste que me estarías vigilando porque creías que yo había asesinado a Abraham.

—Solo lo pensé un momento —insistió.

—Yo más bien diría durante una semana —seguí picándole.

Curvó los labios. Entonces presionó algún punto ayurvédico del interior de mi brazo y perdí el hilo de la conversación.

—Y además estaba el hecho de que te comportabas como una sospechosa —proseguía él—. ¿Qué otra cosa iba a pensar?

Bostecé.

—Lo siento.

Ladeó la cabeza hacia mí.

—Necesitas dormir.

—Sí.

—Seguramente mañana no te acordarás de mucho.

—Recuerdo que eres el halcón.

¿Había dicho eso en voz alta? Menuda tontería.

—Sí, recuerda al halcón. —Se levantó de la silla y se arrodilló en la alfombra junto al sofá—. Antes de que te quedes dormida, tengo que hacer una cosa.

—¿Sí?

—Algo muy inapropiado por mi parte —dijo poniéndome la mano en la mejilla—, pero me temo que es inevitable...

Sus labios ya estaban rozando los míos. Su lengua resiguió mi labio inferior y una descarga eléctrica me recorrió de arriba abajo. Mis ojos se nublaron mientras desplazaba su boca por mi barbilla, mordisqueándola, sembrándola de leves besos, rozándome la mandíbula, la oreja, la frente, como si sus labios memorizasen la forma de mi cara. Un mordisco aquí, un lametón allá. Era una tortura. Era el paraíso.

Sonaron unos pasos acercándose por el pasillo y me tensé, intenté incorporarme, pero Derek me lo impidió.

—No pasa nada —murmuró.

—Comandante —dijo un agente—, quisiéramos saber su opinión.

—Por descontado. —Pasó el dedo a lo largo de mi mandíbula, luego se levantó—. Ahora duerme.

—¿Podrías...? ¿Te quedarás un rato?

—No tenía intención de irme.

Me desperté lentamente, abrí los ojos sintiéndome completamente desorientada. Reconocí la silla roja, pero ¿por qué estaba torcida? Mi mesa también estaba descoyuntada. Además, me dolía todo y tenía ganas de llorar.

Pero, un momento, olía a beicon. Tal vez, después de todo, la vida merecía la pena.

Me quité de encima la velluda manta y me incorporé. Al instante volví a tumbarme. La cabeza iba a explotarme.

—Oh, esto va mal. —La noche anterior me volvió a la memoria de golpe: la agresión, Derek, la policía, el beso.

Oh, sí, el beso.

Espiré e intenté incorporarme de nuevo. Por el momento, bien. Esperé unos segundos y me impulsé para levantarme. Tuve que aferrarme al reposabrazos del sofá durante un instante, pero pude dar unos pasos titubeantes y finalmente crucé la habitación.

Revisé la cocina y encontré unas tiras de beicon envueltas en papel absorbente de cocina y papel de plata reposando en el horno todavía caliente. Había café preparado. Una nota amarilla pringosa estaba pegada a la puerta de la nevera y rezaba: «Quédate en casa y recupérate». Iba firmada por «El Halcón».

Sonreí mientras me servía una taza de café, luego me dirigí sin hacer ruido al lavabo, donde tomé dos analgésicos y me metí en la ducha.

El agua caliente me reanimó lo suficiente para vestirme. El Halcón —Derek— tenía razón. Ya había planeado trabajar hoy en casa, acabar la restauración del *Fausto* y tal vez recuperar el tiempo en otros proyectos que llevaba retrasados.

Por comodidad me puse vaqueros, una camiseta y un suéter grueso. Unos calcetines de lana y mis Birkenstocks completaban el conjunto.

Mientras masticaba el beicon y leía el periódico, no podía dejar de sonreír. El Halcón besaba como en un sueño. «Recuerda al halcón», había dicho. No era probable que fuera a olvidarlo muy pronto.

—Recuerda al halcón —dije, y me reí entre dientes mientras daba otro bocado de beicon y pasaba a la página de deportes.

«Recuerda al diablo». Las palabras me vinieron de golpe involuntariamente.

—Guau. —Algo hizo clic y me levanté de un salto. Un espasmo de dolor vibró a través de mi cráneo, me dejé caer en la silla y me apreté la cabeza con ambas manos.

—Oh, Dios. —Tenía que respirar superando el dolor. Pero las palabras empezaron a darme vueltas. Recuerda al halcón. El diablo. Recuerda, recuerda.

«Recuerda al diablo».

—Oh, idiota. —Esta vez me levanté más despacio, luego caminé todo lo rápido que pude al estudio, directa a la estantería donde la portada azul de cuero brillaba como un faro.

Flores silvestres azotadas por el viento.

Lo saqué del estante. Notaba el cuero blando frío en mis manos. Desplegué las cubiertas y el libro cayó abierto por la página 213.

Pilosella aurantiaca. Vellosilla naranja, también conocida como pincel del diablo.

«Recuerda al diablo».

Me volvieron precipitadamente viejos recuerdos mientras buscaba a tientas la silla de mi escritorio para sentarme. Tenía ocho años y había escogido el libro de las flores silvestres de un estante lleno de volúmenes decrépitos que Abraham conservaba con el propósito de practicar el oficio. Él se había burlado de mi elección y había empezado a leer en voz alta las descripciones de algunas de las plantas más tóxicas mientras yo reunía los utensilios para empezar mi trabajo. Me había reído con él, coincidiendo con Abraham en que era una tontería que alguien considerara que esas plantas tan feas eran flores. Pero pese a todo quería trabajar con el libro por su bonito título.

Flores silvestres azotadas por el viento.

Abraham me había entretenido con los defectos de la temible *Pilosella aurantiaca.* Sus hojas y pétalos duros estaban cubiertos de un vello rígido y corto; sus tallos y hojas eran negros y la propia flor era del color del óxido. Y olía mal.

«No es raro que el diablo la utilice como pincel», había dicho él riéndose, y consiguió fascinar a su aprendiz de ocho años, una niña demasiado seria y dependiente.

La pobre planta del diablo no había merecido nuestro desprecio, supongo. Pero era uno de esos momentos compartidos entre profesor y estudiante que atesoro con afecto.

—Un recuerdo preciado —dije, reprochándome el olvido, preguntándome por qué no me habría acordado hasta ese momento.

Mi madre me habría dicho que la verdad no estaba destinada a revelarse hasta ese momento, pero esa dudosa afirmación no mitigó mis remordimientos.

Me lo quité de la cabeza. Mis sentimientos no importaban. El hecho era que acababa de encontrar lo que había estado buscando desde el asesinato de Abraham.

CAPÍTULO DIECIOCHO

Pasé los dedos por el papel envejecido y sin desbastar. Ahí, metidas entre las páginas 212 y 213, junto a la borrosa fotografía del pincel del diablo, había varias hojas de papel desgastadas y amarillentas por los años.

Me tembló la mano al sacarlas y desplegarlas. Era una carta de tres páginas escrita en alemán.

La fecha en la primera página era el 8 de septiembre de 1941. La tinta estaba difuminada, pero la letra parecía femenina. Miré la última página y vi que la carta estaba firmada: «Gretchen».

Abraham tenía que referirse a eso con GW1941. Pero ¿quién era Gretchen?

Tal vez lo averiguaría cuando leyera la carta. Sin poder contener la emoción, busqué mi bolso, saqué el diccionario inglés-alemán que había comprado para ayudarme a traducir *Fausto* y me acomodé en la mesa de trabajo para descifrar la correspondencia.

La carta iba dirigida a «Sigrid» y, en un momento del texto, Gretchen se refería a ella como *«liebe schwester»* o «querida hermana».

Cuarenta minutos más tarde, cerré el diccionario y me aparté de la mesa. Mi emoción se había disuelto en aflicción. Encendí mi portátil y me pasé unos minutos conectada a la red, buscando información adicional en Google. Luego di una vuelta a la sala, ensimismada. Al cabo de unos minutos, mi silencio aturdido mutó en rabia verbalizada y di unos puñetazos a la mesa de trabajo.

—Gretchen, estúpida cobarde.

Decir el nombre en voz alta me sobresaltó. En el *Fausto* de Goethe, Gretchen era la joven virtuosa destruida por Fausto, pero su nombre verdadero era Marguerite. Como acababa de descubrir, «Gretchen» era un diminutivo frecuente en alemán de Marguerite. Un apelativo cariñoso.

El nombre de la esposa de Heinrich Winslow era Marguerite, a la que también se conocía afectuosamente como Gretchen. Pero, a diferencia de su tocaya de ficción, la esposa de Heinrich Winslow era muy real y completamente responsable de tanta destrucción.

Y no era nada raro que alguien estuviera dispuesto a matar por mantener esos documentos en secreto.

Mis conocimientos como traductora distaban de ser perfectos, pero no estaban mal. No me había equivocado ni en el sentido de las palabras ni en el sentimiento.

Explicaba de una manera definitiva por qué habían asesinado a Abraham. No es que se tratase de una explicación justificada ni aceptable, pero sin duda clarificaba las cosas.

Por ejemplo, quién tenía que ser el asesino.

Siempre me había tenido por una buena juez del carácter humano, pero obviamente me equivoqué en este juicio. De hecho había pasado tiempo con el asesino, que incluso me caía bien. Me froté los brazos contra los escalofríos que me recorrían la piel. Tal vez necesitaba que me examinaran psicológicamente. O tal vez necesitaba que me afinaran mi Vata-Dosha. Tal vez cuando este desagradable episodio hubiera concluido por entero, aceptaría la invitación de mi madre para participar en el día de purificación de los chakras en un balneario Ayurveda. Y podría pagarme una manicura y pedicura de lujo mientras estaba en ello.

Me quité de la cabeza las cuestiones de belleza personal. Tenía que llamar a la inspectora Lee. Pero primero quería que la persona que había destruido la vida de mi amigo y mentor sufriera, aunque solo fuera un rato.

Se lo debía a Abraham.

Rebusqué en mi bolso la tarjeta correcta, luego me quedé mirando el nombre del asesino de Abraham durante un largo rato. ¿Podía hacer lo que pensaba? ¿Podía llamar a esa persona, ese asesino, y parecer calmada y tranquila mientras hacía mis acusaciones?

Necesitaba un momento.

Estaba asustada, muy asustada. No las tenía todas conmigo. Miré mi mesa de trabajo. Sobre ella había fragmentos dispersos del *Fausto* aguardando a que yo los volviera a unir. A lo mejor, si trabajaba un rato, si me sumía en el libro, podría engañarme a mí misma para descolgar distraídamente el teléfono y hacer la llamada.

Para reunir valor, abrí una bolsita de maíz dulce y luego me quité de la cabeza cuanto no fuera la restauración del *Fausto*. Las hojas sueltas reparadas estaban ya secas, así que uní el cuerpo del texto y volví a coser los pliegos. Apliqué una capa de cola blanca para afianzar el cuerpo del texto. Mientras se secaba, adherí la portada negra de cuero limpia y pulida a los cartones nuevos.

Eso era lo que necesitaba. Trabajo de rutina. Hacer lo que mejor se me daba. En eso sabía exactamente qué hacer. Sin preguntas, sin misterios.

Cuando la cola todavía no se había secado del todo, utilicé un martillo para golpear las puntas cosidas y crear así un filo redondeado en el lomo del cuerpo del texto. Volví a poner el bloque en la imprenta y añadí otra fina capa de cola para dar consistencia a la forma que acababa de redondear. Luego añadí unas bandas decorativas negras y doradas en la cabezada y el pie del lomo.

La cola tenía que secarse, lo que significaba que podía tomarme un respiro. Miré el reloj, luego me fijé en el teléfono. Era entonces o nunca.

Me senté en el escritorio, aferrando en la mano la tarjeta. Recobré la compostura y llamé. Me saltó el buzón de voz, así que dejé un mensaje claro: «Tengo lo que está buscando y estoy dispuesta a dárselo a cambio de la pequeña suma de doscientos mil dólares».

Me sentía como el doctor Maligno. Tendría que haber pedido más, pero, dado que me estaba marcando un farol, ¿acaso importaba? Comprobé mi reloj.

—Son las dos del martes al mediodía —proseguí hablando al buzón—. Si no he recibido noticias suyas antes de las seis de la tarde, llamaré a la policía.

Colgué y al momento llamé a la inspectora Lee. Sí, había mentido al asesino sobre esperar hasta la seis para llamar a la policía. Culpa mía.

La inspectora Lee no estaba. No me sentía cómoda hablando con el inspector Jaglow, así que pedí a la operadora que me pasase al buzón de voz de Lee. Dejé otro mensaje detallado, contándole qué había descubierto y revelándole el nombre de la persona que, estaba convencida, había asesinado a Abraham Karastovsky y Enrico Baldacchio.

Colgué, sintiéndome un poco culpable. Tal vez no debería haber jugueteado con el asesino con mi amenaza de chantaje, pero había vuelto a sentir toda mi rabia. Ese malnacido había asesinado a mi amigo y a Enrico, había asaltado y saqueado el estudio de Abraham, había irrumpido en mi casa y destrozado mi estudio, había hecho añicos el hermoso jarrón de Robin y me había dejado inconsciente de un golpe. Tenía todo el derecho a reclamar cierta justicia extrajudicial, al estilo del viejo Oeste.

Hice otras dos llamadas telefónicas y tuve que dejar mensajes en ambas ocasiones. ¿Dónde estaba todo el mundo? La primera fue a Derek, explicándole lo que había descubierto y pidiéndole que viniera en cuanto pudiera. La otra fue a mi padre, diciéndole que estaba absolutamente segura de que soltarían a mamá ese mismo día.

Seguidamente plegué la carta de Gretchen, la metí de nuevo en el libro de flores silvestres y coloqué el libro en su sitio en la estantería.

Ahora no me quedaba más que esperar a que el teléfono sonara. Mordisqueé unos noodles, pero no tenía hambre. Cualquier otro día, eso habría disparado las alarmas, pero ese día sabía perfectamente cuál era el motivo de mi ansiedad.

Así que volví al trabajo y primero comprobé la cola del lomo. Estaba seca. Era el momento de recomponer el libro entero.

Ajusté la pintura del Armagedón en su posición de la guarda encolada, y utilicé papel Mylar y láminas de merma para proteger las páginas de cualquier exceso de cola, y luego metí el cuerpo del texto entre las tapas pegadas y reacondicionadas y cerré el libro.

Limpié y pulí los rubíes hasta que centellearon al cobrar una nueva vida, luego volví a pegarlos en su sitio en la portada.

Me pareció espléndido hasta a mí misma. Seguidamente cubrí la enjoyada portada con una capa de cartón pluma protector, envolví el libro entero en una tela fina y lo deslicé entre las planchas de la prensa durante treinta segundos para zanjar el asunto.

Al día siguiente haría fotografías de la encuadernación acabada. Albergaba la esperanza de que algún día sería capaz de reproducir el intrincado diseño con su escudo real dorado y sus acabados en flor de lis. Mientras tato, subiría las fotografías a mi sitio web con una descripción minuciosa del trabajo que había realizado para completar la restauración.

El propio libro centelleaba a la luz que se desvanecía de la tarde, una obra de arte rara y hermosa, pero lo que representaba era algo deslustrado y feo. Hasta ahí alcanzaba su legendaria maldición. La maldición no existía, a no ser que se considerasen como tal la arrogancia, la avaricia, el miedo y la estupidez.

Mientras trabajaba, la luz del estudio se había ido atenuando, así que encendí algunas lámparas. Eran solo las cuatro de la tarde, pero había empezado a caer la niebla. El teléfono no había sonado y la cabeza volvía a latirme desagradablemente.

Sentí el doloroso chichón en la nuca, un vago recordatorio del ataque de la noche anterior. Necesitaba una aspirina, y el estómago me rugía. Había dejado el cuenco de noodles casi intacto. Mi mundo se estaba agrietando.

Tras comprobar que la tela y el cartón pluma seguían envueltos con fuerza, aseguré el *Fausto* entre dos piezas de madera contrachapada blanda y coloqué una pesa de cuatro kilos y medio encima. Lo mantendría envuelto y presionado esa noche hasta que la cola se hubiera secado completamente y el envejecido cuero negro estuviera sujeto con seguridad a los cartones.

La restauración estaba acabada.

Lo celebré metiendo unos restos de pizza en el microondas e ingiriendo dos aspirinas mientras esperaba a que se calentaran.

Diez minutos más tarde, la pizza había pasado a la historia y yo me sentía mejor, sin tener punzadas de hambre y preguntándome si sería demasiado temprano para una copa de vino. Por desgracia, quedaba por resolver un asunto inoportuno que implicaba a un asesino y a la policía, de manera que se requería sobriedad hasta nuevo aviso.

Estaba fregando los platos cuando sonó el teléfono. Me sequé las manos y lo descolgué a la tercera señal.

Conrad Winslow fue directamente al grano, sin perder el tiempo.

—¿Qué diablos pretendes sacar?

—Hola, señor Wilson.

—¿Estás intentando chantajearme?

—Abraham Karastovsky ha muerto y ahora sé por qué.

—¿Y el chantaje es tu forma de abordarlo?

—No, eso no ha sido más que una broma —dije frotándome el punto de la cabeza donde me habían aporreado la noche anterior.

—¿De qué estás hablando?

Llamaron a la puerta. Creía que tenía al asesino al teléfono, así que ni me lo pensé y la abrí de golpe.

Sylvia Winslow estaba ante mí, con el aire elegante y vivaz que le daban un traje melocotón y zapatos de tacón a juego.

—Hola, Sylvia —la saludé—. Menuda coincidencia.

—Cuelga el teléfono —dijo levantando la mano y mostrando una pistola, pequeña pero letal, con la que me apuntaba.

—Oh, oh, adiós —dije al aparato y lo dejé sobre el escritorio. Ella me siguió adentro y cerró la puerta empujándola con la cadera.

Miró a su alrededor.

—Has limpiado.

—Sí —dije mientras me apartaba cautelosamente de ella—. Un cerdo lo puso todo patas arriba.

—Eres muy graciosa para ser alguien que se encuentra ante el extremo peligroso de una pistola. —Dio énfasis a sus palabras agitando la mano—. Dame la carta.

—No la tengo.

—Las dos sabemos que mientes.

—¿Por qué cree que la tengo? —Retrocedí otro paso, acercándome a mi mesa de trabajo, donde sabía que había dejado, al menos, un cuchillo y varias plegaderas de hueso que podía utilizar como armas. Y no es que una endeble plegadera de hueso fuera una gran competencia para una pistola. Tampoco me hacía ilusiones de que ella no fuera a usarla, dado que ya había asesinado, al menos, a dos personas.

—Porque dejaste un mensaje muy claro en el buzón de voz de mi marido —dijo—. ¿Quieres seguir haciéndote la tonta?

—¿Escucha el buzón de voz de su marido?

—Sí, de otro modo nada se haría a tiempo ni como es debido.

—¿Por qué mató a Enrico?

Suspiró.

—¿Y a ti qué te importa? Ese hombre era un cerdo.

—Solo me preguntaba qué daño le había hecho a usted.

—Me robó.

—Podría haber llamado a la policía.

Su risa estaba emponzoñada de desprecio.

—Esa era la solución de Conrad. Hombres.

—Sí, los hombres son graciosos.

—Brooklyn, querida, anda, dame la carta. —Sonrió apretando los labios—. Podría optar por no matarte si colaboras.

—Oh, bueno. —Con el tacón rocé el taburete—. Yo le doy la carta y usted se va tan campante. ¿Por qué será que no la creo?

—No, supongo que no deberías creerme. —Agitó la pistola con displicencia—. Pero ¿puedes culparme? No me gusta que me chantajeen.

—Y a mí no me gustó que mi querido amigo muriese en mis brazos.

—Ah, tu querido amigo, el chantajista. Ya viste hasta qué extremo lo llevó y, aun así, aquí estás, intentando lo mismo. —Negó con la cabeza, decepcionada—. Dame la carta y acabemos de una vez con este absurdo.

Al mirar la pistola, sentí que me temblaban las piernas. Tenía la boca tan seca que me costaba tragar saliva. Retrocedí despacio. No me mataría sin echar mano a la carta, ¿no?

—¿Por qué iba a darle la carta si va a matarme sí o sí? Además, ¿me cree tan idiota como para guardarla aquí, en mi casa?

—Vas a darme esa carta —dijo.

—Pero si no la tengo.

—Mientes. Es lo que hacéis todos: mentir y chantajear. ¿Creías que iba a permitir que gente como tú y ese gran simio, Abraham, chantajearais a mi familia? ¿Cómo te atreves a arruinar el buen nombre de mi familia con ese miserable plan tuyo?

—A decir verdad, no pretendía chantajear a su familia —dije mientras esquivaba el taburete y retrocedía hasta darme contra la mesa de trabajo—. Solo quería hacerle pasar un mal rato hasta que la policía la detuviera.

—¿Crees que soy idiota? —dijo siseando. Sus mejillas estaban adquiriendo un matiz rojizo de irritación—. No has llamado a la policía. No eres más que una malnacida avara y codiciosa que pretende ganar dinero a costa del sufrimiento ajeno.

—Por lo que dice, parece que Abraham pretendía lo mismo. —Yo estaba ganando tiempo, engañándola, aguardando un milagro. Hacerla hablar era lo único que se me ocurría.

—Lo pretendía... y fracasó miserablemente.

En la carta de Gretchen a su hermana Sigrid, la primera se quejaba de que Heinrich estaba poniendo a su familia en peligro con sus grandiosos planes para salvar a la humanidad. «Dios mío, Sigrid, ¿puedes entenderlo? —había escrito Gretchen—. ¡Pone en peligro nuestras vidas para ayudar a los judíos!».

Gretchen había abordado a Heinrich, insistiendo en que parara. De otro modo, ella no sería responsable de sus propios actos. En la carta, Gretchen había sugerido que en el cobertizo del jardinero se guardaba cuanto necesitaba para llevar a cabo cierta desagradable pero necesaria tarea.

Busqué en Google los detalles de la muerte de Heinrich Winslow y descubrí que había muerto envenenado con arsénico. La fecha de su muerte fue tres días después de la que databa la carta de Gretchen. El veneno se localizó en una caja de herbicida. En Wikipedia se leía que la afligida esposa y los hijos de Heinrich se fueron a vivir tras la muerte de este con su hermana Sigrid a Dinamarca.

De algún modo, la carta de Gretchen había acabado en un bolsillo secreto en el interior del *Fausto*. En el fondo de mi corazón, me gustaría creer que su hermana Sigrid había querido que algún día se supiese la verdad.

—Supongo que no beneficiaría a la heroica reputación de Heinrich —dije— que el mundo se enterase de que su esposa había sido una asesina cobarde y antisemita.

—¿Eso crees? —preguntó Sylvia con malicia—. Oh, yo no le echo la culpa por lo que hizo, pero el mundo la tendría por una malvada. El honor y la reputación de mi familia acabarían arruinados. Seríamos personas no gratas allá donde fuéramos. No puedo permitirlo.

—No, eso sería inaceptable. Mucho mejor es matar a unas cuantas personas y ocultar la verdad.

—No me trates con condescendencia —me espetó—. Al hombre no le importaba su propia familia. Tenía que ser el gran héroe salvando a todos aquellos judíos.

—Hace que parezca algo malo.

—¿Y si lo hubieran descubierto? Lo habrían asesinado en el acto o lo habrían enviado a un campo. A Gretchen le habrían dado la espalda, ridiculizado, se habría visto abandonada para criar sola a cuatro hijos. O ¿quién sabe? Tal vez la habrían mandado a un campo con él. No le dejó otra opción.

—Pero ¿asesinarlo?

—Sí, y bien que hizo.

—Pero así también se quedaba sola —dije.

—Pero de ese modo —argumentó Sylvia— su marido murió como un héroe y un buen ciudadano en lugar de morir gaseado como un enemigo del Estado. Su reputación estaba a salvo.

—Y la reputación lo es todo.

—Pese a lo penséis mi hija y tú, sí, la reputación lo es todo.

Enderecé los hombros. No había necesidad de insultar a nadie, metiéndome en el mismo saco que a Meredith. Pero resultaba decepcionante saber que Meredith era de hecho un ejemplo de dignidad y honor en comparación con su madre.

—Pero si ya había leído la carta —conjeturé—, ¿por qué no la destruyó?

Las alas de su nariz se ensancharon como las de un pequeño toro ofendido.

—No leí la carta —concedió mientras recorría tranquilamente un área soleada por la luz que se filtraba entre las persianas—. Karastovsky se la leyó por teléfono a mi marido, luego pidió dinero.

—Y Conrad...

—A él le entró el pánico. Me contó lo que decía la carta y yo le dije que se calmara. Yo me ocuparía de todo.

—El trabajo de una mujer no tiene fin.

—Exacto —dijo esbozando una sonrisa burlona—. Llamé a Karastovsky y le dije que le llevaría el dinero la noche de la inauguración.

—Pero usted no llevó el dinero. Solo una pistola.

—Exacto otra vez —dijo—. Ese mulo grande y estúpido. ¿Creía que iba a permitir que a mi familia le dieran la espalda y la ridiculizaran porque un aborrecible remendón se imaginara que podría manipularnos?

—¿Un remendón?

—Lo que sea. —Agitó con impaciencia la mano en la que sostenía la pistola—. Vosotros trabajáis con cuero. Os ensuciáis las manos. Sois unos artesanos de segunda.

«Artesanos». Buf.

Aparte de los insultos, nada tenía sentido. Abraham era un hombre acaudalado. No necesitaba el dinero. ¿Por qué iba a recurrir al chantaje?

Empezó a cobrar forma una idea en mi mente. Según Minka, Abraham y Enrico habían iniciado una colaboración antes de que Abraham fuera asesinado. ¿Le había revelado el contenido de la carta a Enrico? ¿Había sido este último el que había intentado el chantaje utilizando el nombre de Abraham dado que él ya había quemado sus naves con los Winslow?

El plan llevaba inscrito el nombre de Enrico por todas partes. No me sorprendía.

—Entonces, cuando se enfrentó a Abraham con el arma la noche de la inauguración, cuando le acusó de chantaje, ¿qué dijo?

—Lo negó todo —dijo despectivamente—. Afirmó que nunca había hecho la llamada, que nunca había pedido dinero. Gimió y lloró como una niña grande. Daba asco. Me alegro de haberle librado para siempre de su desgracia.

Apreté los puños con rabia. Abraham había hablado de que Enrico había traicionado una confidencia. Tenía que ser sobre la carta de Gretchen. Estaba casi segura de que Enrico se había enterado de la existencia de la carta y había tramado el plan sin el conocimiento ni la aprobación de Abraham, lo que significaba que Sylvia había asesinado a Abraham sin ningún móvil.

Ahora veía claro lo que había sucedido. Enrico había querido ajustar las cuentas con los Winslow por haberle echado del acceso a su fuente de dinero fácil. Ciertamente era escoria, pero ni siquiera él merecía morir.

Mientras ella hablaba, yo no dejaba de mirarla a la cara, pero, con cuidado, poco a poco, eché los brazos hacia atrás y me apoyé en la mesa de trabajo. Retrocedí todavía más para palpar la mesa en busca de un arma. Mis dedos se cerraron alrededor de un objeto largo y delgado. Una plegadera de hueso.

—Supongo que fue usted la que mandó al tipo con el tatuaje de la serpiente a por mí.

—Willie —dijo, y puso los ojos en blanco—. Es un jovencito que de vez en cuando me hace algún trabajillo. No es que sea muy fiable, pero valía la pena intentarlo.

—¿No teme que la implique?

—Le hago pequeños regalos y me es completamente leal —dijo—. Además, está como una cabra, ¿quién le creería?

Tenía razón. Entonces otra cosa me vino a la cabeza.

—¿Tiene un SUV oscuro?

Se miró las uñas.

—Mi ama de llaves conduce uno. Lo tomo prestado esporádicamente.

—¿Y la rosa encima de mi almohada?

Se rio entre dientes.

—Un gesto tierno, ¿no te parece? Oí a hurtadillas a tu apuesto novio diciéndote que te llamaría «pronto». —Sonrió con malicia—. Chica, si me dieran unos céntimos por cada vez que he oído esas palabras... ¿Me equivoco?

¿Qué era eso?, ¿una charla de chicas? ¿Estaba de broma?

Suspiró y prosiguió:

—Volviste a casa antes de lo que esperaba, así que tuve que esconderme en tu armario de abrigos durante un rato.

Me quedé bloqueada.

—¿Cómo es posible que sepa entrar en las casas?

—Es un don —dijo con una sonrisa pícara—. No siempre he vivido en Nob Hill. Me crie en las calles, aprendí a sobrevivir. De otro modo, habría muerto ahí fuera.

Aferré la plegadera de hueso con más fuerza.

—Eh —dijo al percatarse de mis movimientos—. Apártate de la mesa.

Di un paso hacia ella, y entonces le arrojé la plegadera. No servía de nada como arma, pero era muy útil como distracción. Sylvia gritó y apretó el gatillo al mismo tiempo. La bala se desvió por completo. Caímos la una sobre la otra y yo aparté la pistola. Ella me agarró por la barbilla y me arañó el cuello.

—¡Ay! —Me la quité de encima de un golpe e intenté alcanzar la pistola. Ella quiso apuntarla hacia mí, pero le aferré la muñeca y luchamos por el control.

—¡Vaca estúpida! ¡Suéltame! —gritó mientras me pegaba en la cara con la otra mano.

—¡Maldita sea! —Me estaba dando un montón de puñetazos y bofetones, pero al menos no eran balas.

La puerta se abrió de golpe y mi madre irrumpió apresuradamente con una enorme caja de pizza, justo en el momento en que Sylvia me golpeaba en el oído con el puño y echaba mano a la pistola.

Mi madre utilizó la única arma que tenía para proteger a su hija: la pizza. Arrojó la caja y alcanzó a Sylvia en la cabeza. Sylvia chilló furiosa cuando la pistola salió volando por los aires y la pizza cayó al suelo.

Derek entró a toda prisa detrás de mamá, agarró a Sylvia por detrás de su chaqueta de color melocotón y la levantó para ponerla de pie.

—No pises la pizza —exclamó mi madre.

Alcé la mirada y sonreí a Derek, encantada de verlos a ambos. Él puso los ojos en blanco y se apartó unos pasos, fuera del alcance de la pizza, arrastrando a Sylvia con él.

—¡Hijo de puta, quítame las manos de encima! —gritó mientras se retorcía y forcejeaba para soltarse.

Mamá correteó para rescatar la pizza.

—Es tu favorita, cariño. Champiñones, cebollas y ajo.

—¿Y extra de queso? —pregunté.

—Pues claro. —Dejó la pesada caja sobre la mesa de trabajo y se echó a llorar. Me acerqué y nos abrazamos con fuerza.

—Te quiero, mamá —susurré.

—Ya lo sé, cariño —dijo sorbiéndose los mocos mientras me acariciaba el pelo—. Yo también a ti.

Unos pasos retumbaron fuera, en el pasillo, y mi estudio se llenó de repente de policías. La inspectora Lee entró detrás de ellos, agarrando su arma con ambas manos. La enfundó en cuanto vio a Derek aferrando los brazos de Sylvia a su espalda.

—Recibió mi mensaje —dije.

—No —dijo Lee—. Llamó Conrad Winslow para denunciar a su esposa.

—¡Miserable! —gritó Sylvia.

—Hombres —dije sacudiendo la cabeza.

Derek entregó a Sylvia a uno de los policías y la inspectora Lee sugirió que despejáramos la zona. Agarré la caja de pizza y guie al grupo hacia la cocina, donde la inspectora me interrogó durante la media hora siguiente.

En cuanto se fue, serví tres grandes copas de vino mientras Derek explicaba que había oído mi mensaje, había llamado a la policía y se había pasado por comisaría para recoger a mi madre. De camino, compraron una pizza y habían venido a darme una sorpresa.

—¿Por qué confesaste el crimen, mamá? —le pregunté en cuanto hube recuperado las fuerzas con unos largos tragos de vino.

—Cariño. —Miró a Derek, luego a mí y dijo en voz baja—: Intentaba protegerte.

Me quedé boquiabierta.

—¿A mí? ¿Y por qué ibas a...?

Sonrió con timidez pero no dijo nada.

—Un momento —dije—. ¿Tú creías que yo había asesinado a Abraham? Pero ¿por qué?

—Porque lo odiabas —explicó.

—¿Yo?

Ella asintió con seriedad.

—Descubriste que él y yo teníamos una aventura y le culpaste por destruir nuestro matrimonio.

Removí la copa de vino, perpleja.

—¿A... Abraham y... y... tú teníais una aventura?

—Por Dios, no. —Dio un delicado sorbo al vino.

—Pero... —Miré a Derek, que contenía una sonrisa. Parecía disfrutar del espectáculo.

Respiré hondo y exhalé el aire lentamente.

—Mamá, ¿de qué estás hablando?

—Tu amiga me lo contó el día del funeral de Abraham —dijo—. Me lo contó todo.

Entorné los ojos.

—¿Qué amiga?

—¿La gordita con guantes de leopardo? ¿Cómo se llama? ¿Minky? ¿Manca? —Se quitó la pregunta de la cabeza con un gesto de la mano—. Ya sabes cuál. En cualquier caso, me contó lo preocupada que la tenías. Que esperaba que la policía no descubriera lo mucho que odiabas al pobre Abraham.

Minka. Rechiné los dientes mientras planeaba mi venganza. Iba a destruirla del todo. Solo tenía que pensar cómo.

—Oh, le aseguré que no era verdad lo de la aventura —prosiguió mi madre—. Pero me temía que el daño ya estaba hecho. Cuando me dijiste que la policía iba a detenerte, decidí encargarme yo del asunto.

—No hacía falta que fueras a la cárcel por mí, mamá —dije en voz baja.

—Más valía que fuera yo y no tú, cariño. —Dio un rápido sorbo de vino, luego dejó la copa sobre la mesa y chasqueó los nudillos con aire despreocupado—. He estado en la cárcel y sé cómo sobrevivir. Tú no durarías ni un día.

Me eché hacia atrás y vacié mi copa de vino, luego volví a por la botella, resuelta a emborracharme como una cuba antes de que acabara la conversación.

EPÍLOGO

Un mes más tarde, durante una cálida tarde en Dharma, mi madre y mi padre celebraron su trigésimo quinto aniversario de boda acompañados de setecientos amigos y parientes cercanos.

Mi madre tenía un aspecto espléndido y descansado tras pasarse una semana en la cabaña de sudar Laughing Goat. Tras la desintoxicación, había participado en la ceremonia de purificación con pipa, lo que le había permitido canalizar las meditaciones con tambores chamánicos y el viaje astral a Alfa Centauri con su guía espiritual Ramlar X.

Mi padre desbordaba amor mientras mi madre evocaba los viejos tiempos.

Para la ocasión, el gurú Bob ofreció el uso de su elegante mansión en la cima de la colina y su patio en terrazas. Hizo un brindis muy sentido y luego yo regalé a mis padres un álbum de fotos magníficamente encuadernado en cuero que contenía imágenes y recuerdos de su vida juntos, desde la época de los Deadheads hasta la actualidad.

Había fotos de todos los niños junto con imágenes y recuerdos de diversos lugares donde los Grateful Dead habían celebrado conciertos o de las manifestaciones contra las instalaciones de armas de las que todos habíamos recibido nuestros nombres.

En el álbum había experimentado con el estampado en caliente de un motivo inspirado en la vid en la gruesa tapa de cuero. El material era un papel grueso y exento de ácido, enmarcado e intercalado con delicadas láminas de papel de arroz. Esperaba que acabara convertido en una reliquia familiar.

Mi madre gritó como una niña cuando lo vio, así que supe que le había gustado. Los ojos de mi padre se llenaron de lágrimas, y no pudo articular palabra durante veinte minutos. No era tan espectacular como los billetes de primera clase a París con los que les sorprendieron mis hermanos, pero creo que les gustó igual.

Un mes antes, la noche que encarcelaron a Sylvia Winslow, mamá había hablado conmigo y me había rogado que confeccionara el álbum. Me había confesado que Abraham había sido su primera opción para el proyecto porque quería que fuera un secreto para el resto de la familia.

—¡No puedo creérmelo! —había exclamado yo cuando me explicó lo que quería—. ¿Por eso fuiste a verle a la Covington aquella noche? ¿Para revisar fotos familiares?

—Fue idea suya que nos reuniéramos allí —me explicó mi madre—. Había estado muy ocupado, pero sabía que, una vez hubieran inaugurado la exposición, finalmente dispondría de un par de minutos para mis planes.

—Eso es una locura.

Frunció el ceño.

—Lo que fue una locura es que me pasé casi una hora esperando en un taller equivocado.

Me estremecí.

—Ese error seguramente te salvó la vida.

—Yo no escuché el disparo —se lamentó—. Me había puesto a practicar para mi clase de bilocación cósmica.

—Yo habría hecho lo mismo —le aseguré.

Entonces levantamos nuestras copas de champán y brindamos otra vez por mis padres. Se besaron y los presentes aplaudieron.

—Son la gente más maravillosa del mundo —comentó alguien a mi lado.

—No podría estar más de acuerdo —dije mientras me daba la vuelta y me llevaba una sorpresa. Era Annie, la hija de Abraham. Había cambiado por completo. En lugar del *look* de gótica de ojos pintados con kohl que lucía cuando la conocí, no llevaba más maquillaje que brillo de labios. Parecía una feliz adolescente con el pelo oscuro un poco ahuecado alrededor de la cara. Vestía una camisa de algodón verde grisácea, larga, con una camiseta desteñida sin mangas a juego, y, oh, Dios, unas Birkenstocks. Dharma tenía otra conversa.

—Mira quién se ha vuelto *country* —dije.

—Gracias..., supongo. —Pero sonrió al decirlo.

—¿Ha ido bien la mudanza?

—Sí, gracias a tus padres —dijo—. Me gusta mucho esto, ¿sabes?

—Me alegro. Y sentí mucho lo de tu madre.

—Gracias. No era inesperado, pero aun así... —Negó con la cabeza. La madre de Annie había fallecido unos días después de que detuvieran a Sylvia Winslow.

Una vez acabaron las pruebas de paternidad y los resultados corroboraron que Annie era sin duda hija de Abraham, yo había firmado los documentos que nos convertían a ella y a mí en propietarias conjuntas de la casa de Abraham y la finca que la rodeaba. Con algunas de las propiedades de Abraham, los abogados constituyeron un fideicomiso que pagaría una asignación a Annie hasta que esta decidiera qué quería hacer con el resto de su vida.

—Tu madre me ha estado presentando a la gente de por aquí —dijo Annie—. Es una mujer asombrosa.

Miré a mi madre, que en ese momento estaba bailando el *funky chicken* con mi sobrino de cuatro años.

—Sí, lo es.

—Supongo que estoy en deuda contigo —dijo Annie con una media sonrisa—. Pero no esperes que te bese el anillo cada vez que te vea.

Di un sorbo de champán.

—Bueno, no, todas las veces no.

Sonrió y se alejó.

Miré a mi alrededor buscando a Robin y la vi en una de las barras de vino, hablando con Austin. Él le sonreía risueño y ella se reía. El sonido era tan dulce que sentí una punzada de felicidad por ellos.

Ian se acercó con una botella de *brut rosé* llena y casi me desbordó la copa. Ahora que había «salido del armario», estaba mucho más relajado que nunca. Saludé a Jake, el novio de Ian, al que había conocido en la inauguración oficial de la exposición Winslow.

La inauguración había sido un gran acontecimiento. Las noticias de la maldición y los asesinatos y las tristemente famosas señoras Winslow habían saltado a los titulares y los visitantes eran una multitud.

Me emocionó que Ian hubiera seguido mi consejo y exhibiera el *Fausto* en su propio pedestal, encerrado en plexiglás para que la tapa, el texto y la pintura del Armagedón estuvieran a la vista de todo el público.

Incluso Meredith Winslow, que había asistido a la inauguración con su padre como una demostración en público de su fuerza, convino en que el *Fausto* parecía «*okay,* o como se diga». Y, aunque nunca se hizo realidad mi sueño de verla entre rejas vistiendo un mono naranja, sus palabras sonaron a música celestial en mis oídos.

Ian y Jake se fueron a hablar con Austin. Suspiré y di otro sorbo de *brut rosé.*

—¿Has hecho las maletas?

Tuve que esforzarme en recuperar el aliento, no porque Derek Stone se me hubiera acercado sigilosamente, sino porque su dulce acento británico siempre me sobresaltaba.

Me habría encantado pensar que había hecho el largo trayecto entre Londres y Dharma por mí. Pero la verdad era que mi madre y él habían forjado una fuerte amistad la noche que ella arrojó su caja de kung-fu pizza a la cabeza de Sylvia Winslow.

Derek había sorprendido a mi madre al presentarse la noche anterior y ella había llorado de felicidad. Últimamente había muchas lágrimas por todas partes.

—Maletas hechas y todo preparado, mañana por la mañana, muy temprano —respondí con una sonrisa.

—¿Tu vuelo es directo a Heathrow?

—Sí, y seguí tu consejo y opté por la primera clase. —Y no sabría decir por qué eso me ponía más nerviosa que el propio vuelo. Gastar todo ese dinero extra en mi propia comodidad seguramente me produciría urticaria. Pero, vaya, necesitaba algo en lo que obsesionarme ahora que los asesinatos de Abraham y Enrico se habían resuelto.

—¿Por qué iba a viajar nadie de otro modo? —preguntó él, el hombre que alquilaba un Bentley allá donde iba.

Era verdad que mis maletas estaban ya hechas para el viaje a la Feria del Libro de Edimburgo. El día anterior había recibido la noticia de que uno de mis libros era finalista en el concurso de la feria. Me moría de ganas por ir pero me reventaba marcharme.

Y, hablando de morirse de ganas, llevaba dos horas bebiendo champán y necesitaba un lavabo.

—¿Me aguantas la copa un momento?

—Solo un momento —dijo Derek sonriendo y me sostuvo la copa.

Entré en la casa del gurú Bob para buscar un lavabo. Al cruzar la espaciosa sala de estar algo llamó mi atención y me acerqué a verlo.

—Ay, Dios mío. —Había un Vermeer auténtico en la pared junto al vestíbulo. Avancé sobre la alfombra clara y blanda para verlo más de cerca y me quedé mirando fijamente durante un minuto el cuadro de una joven escribiendo en su mesa—. Hermosa.

—Un estudio soberbio de luces y sombras.

Me di la vuelta rápidamente y vi al gurú Bob observándome.

—Lo siento, Robson —dije con torpeza—. Estaba buscando el lavabo, pero he visto el cuadro y me han entrado ganas de verlo más de cerca.

—Por favor, no te disculpes nunca por disfrutar de las cosas bellas, preciosa —dijo inclinándose levemente—. Me encanta que mi casa se llene de amigos y que quienes sepan apreciarlas contemplen mis obras de arte.

—Tienes muchas piezas magníficas —dije mirando alrededor de la elegante sala. Mi mirada se fijó en un conmovedor retrato de un joven de Rembrandt.

—Dios bendito —dije por lo bajini, y me acerqué a la pintura con admiración—. Increíble.

—Sí, me considero bienaventurado. —Se puso a mi lado mientras yo miraba.

—Gracias por dejarme echar un vistazo.

—Eres siempre bienvenida, preciosa.

Pasé por delante de una majestuosa vitrina de cristal de tres puertas que tenía que ser un original Luis Nosequé. Era muy francesa y estaba recargada de ormolú dorado y un hermoso entarimado. No era mi estilo, pero encajaba tan a la perfección en la sala que era a la vez marcadamente viril y espaciosa y ligera.

Casi me la perdí.

El gurú Bob estaba cerca, apretándose los labios con un dedo mientras me veía pararme y darme la vuelta. En la vitrina estaba la edición de hacía quinientos años de *Vidas paralelas* de Plutarco, que me había llevado de la biblioteca de Enrico Baldacchio. El libro reposaba sobre un pequeño caballete en la balda central. La excepcional encuadernación en tono verde marroquí y el distintivo dorado eran inconfundibles.

Completamente conmocionada, me di la vuelta.

—¿Cómo?

Se suponía que el extraordinario libro estaba guardado en mi escondrijo secreto al fondo de mi armario. Yo había descubierto que el libro no había pertenecido a los Winslow, de manera que, durante el mes anterior, lo había mantenido oculto mientras realizaba discretas pesquisas por la Covington y preguntaba a varios reputados libreros para dar con el verdadero propietario del Plutarco. Hasta el momento, no había tenido la menor suerte. Que era la razón por la que el libro seguía todavía en mi armario. O eso pensaba yo.

—Gabriel —dije en voz baja.

—Un querido amigo.

—¿Cómo es posible? —pregunté.

—Ah, preciosa —dijo suavemente el gurú Bob mientras me cogía del brazo y me acompañaba fuera de la sala—. Los caminos de los dioses son inescrutables.

AGRADECIMIENTOS

Dado que este es mi primer libro, estoy en deuda con tantas personas que ni siquiera podría empezar a nombrarlas, pero, por favor, comprenda que mencione a unas pocas especiales.

A mis agentes, Christine Hogrebe y Kelly Harms, de la Jane Rotrosen Agency, por sus excepcionales consejos, inagotable entusiasmo y consumada profesionalidad guiando a esta nueva autora por el sendero salpicado de baches que conduce a la publicación. Y gracias a mi editora, Kristen Weber, cuya energía positiva atenuó todos mis temores y ayudó a que este libro resplandeciera. Gracias también al departamento de arte de NAL por crear la portada más hermosa que he visto.

Gracias a Maureen Child por su amistad, cariño, honestidad y apoyo, y a Susan Mallery por su sabiduría, ánimos y excelente gusto para el vino. Me siento muy afortunada de poder consideraros mis amigas y colegas en la conspiración, y nunca os podré agradecer lo bastante lo que me habéis dado.

Muchas gracias a los excelentes escritores que crearon los Romance Bandits (http://romancebandits.blogspot.com), cuyo ingenio, amabilidad y dedicación colectiva a la causa han hecho este viaje tan emocionante. También estoy agradecida a Romance Writers of America y Sisters in Crime por abrirme las puertas y proporcionarme la ocasión para hacer amistades y aumentar mis conocimientos.

Gracias al maestro encuadernador Bruce Levy, que me introdujo en el arte de la encuadernación, y al San Francisco Center for the Book, así como a la experta encuadernadora Ann Lindsey por darme las habilidades y los conocimientos necesarios para crear hermosos libros utilizando métodos clásicos del siglo XIX. También quiero dar las gracias a la artista del libro Wendy Poma por enseñarme tantas técnicas distintas de encuadernación, todas en una sola tarde. Cualquier error en el empleo de esos métodos y técnicas es responsabilidad exclusivamente mía.

Por último, tengo una gran deuda con mi maravillosa familia —mi marido, mi madre, mis hermanos y hermanas, mis sobrinos y sobrinas, mis tías y tíos, mis primos y mi familia política y no tan política—. Gracias por vuestro amor, apoyo e inagotable sentido del humor. Juro que cualquier parecido entre vosotros y los personajes de estas páginas es pura coincidencia.

KATE CARLISLE

Kate Carlisle, autora superventas del *New York Times* nacida en California, trabajó muchos años en televisión antes de dedicarse a la escritura. Su fascinación de toda la vida por el arte y el oficio de la encuadernación la llevó a escribir la serie *Bibliophile Mysteries*, protagonizada por Brooklyn Wainwright, cuyas habilidades de encuadernación y restauración la llevan invariablemente a descubrir viejos secretos, traiciones y asesinatos. También es la autora de *Fixer-Upper Mysteries*, protagonizada por Shannon Hammer, una chica de un pequeño pueblo que trabaja como contratista de obras especializada en la restauración de viviendas.

Descubre más títulos de la serie en:
www.almacozymystery.com

Serie

MISTERIOS BIBLIÓFILOS

1

2